EIN HAUCH VON SCHWEFEL

MAGIE DER VEDAMMTEN
BUCH EINS

MCKENZIE HUNTER

Übersetzt von
ANNA DRAGO

McKenzie Hunter

Ein Hauch von Schwefel

McKenzieHunter@McKenzieHunter.com

Coverkunst: Orina Kafe

Übersetzung: Anna Drago

Lektorat (Deutsch): Katrin Dolle

ISBN: 978-1-946457-55-4

DANKSAGUNG

Ein großes Dankeschön auch an meine Familie und Freunde, die mich aus meiner Schreibhöhle zerren und nach mir sehen, um sicherzugehen, dass meine Figuren nicht in meinem Kopf Amok laufen und ich auch mal Pausen einlege.

Elizabeth Bracker, Márcia Silva, Robyn Mather, Sherrie Simpson Clark, Stacey Mann, euch allen ein riesiges Dankeschön dafür, dass ihr die besten Beta-Leserinnen seid, die sich eine Autorin wünschen kann. Euer Feedback hilft mir, ein besseres Buch zu schaffen, und dafür danke ich euch. Meredith Tennant und Therin Knite, meine Lektorinnen, ich schätze eure harte Arbeit, die mir dabei hilft, eine bessere Geschichte zu erzählen, sehr.

1

Jackson, mein Ex, knallrot im Gesicht, krümmte sich und hielt sich die Kronjuwelen, während er mich anschrie, ich würde „überreagieren", und diverse Variationen von „Schlampe" einflocht – so hatte ich mir das Ende unserer dreijährigen Beziehung wirklich nicht vorgestellt. Aber da standen wir nun. Eine meiner besten Freundinnen – oder besser gesagt, Ex-besten Freundinnen – kauerte in der Ecke und versuchte hektisch, sich anzuziehen. Sie kämpfte verzweifelt mit dem Laken, das sie vom Bett geschnappt hatte, um sich irgendwie zu bedecken.

„Spar dir die Mühe, Ava. Ich hab' dich schon nackt gesehen, und Jackson offensichtlich auch."

Sie schlüpfte schnell in ihr Shirt und ihr Höschen, schnappte sich Hose und Schuhe und flitzte aus dem Zimmer. Jackson ächzte und grunzte vor Schmerzen, die Hände immer noch um seinen betrügerischen Schwanz gelegt.

Sie zusammen im Bett zu erwischen, hatte mich mehr als nur geschockt und wütend gemacht – es war eine Offenbarung über ihn und unsere Beziehung. Mein Fund verwandelte sein Selbstbewusstsein, das ich während unserer Beziehung so geliebt hatte, in etwas Hässliches. Was er zur Schau stellte, als er aus dem Bett rollte, war eine grausame Dreistigkeit, die an Narzissmus grenzte. Er stand nackt wie am Tag seiner Geburt vor mir, seine Eier baumelnd, ohne jede Reue oder Scham, und in seinen Augen flackerte nur genervte Gereiztheit, während er irgendwas davon murmelte, dass es nicht so sei, wie ich dachte.

In einem Moment der fassungslosen Ungläubigkeit war ich sprachlos. Was?

„Echt jetzt? Es ist nicht, wie ich denke? Also warst du nicht gerade in Ava drin, während sie gestöhnt hat, als würdet ihr einen Clip für Pornhub produzieren? Ich versichere dir, ich weiß, wie Sex aussieht. Das hier ist genau, was ich denke."

Er streckte nur arrogant sein selbstgerechtes Kinn vor. „Luna, wie üblich übertreibst du. Das war ein Unf–"

„Unfall? Bist du gestolpert und hast deinen Schwanz versehentlich in sie gesteckt?"

Seine Antwort, in der er mir vorwarf, unnötig vulgär zu sein, hatte zur gezielten Kollision meines Knies mit seinen Eiern geführt. Das war *kein* Unfall.

„W o bist du gerade, Luna?" Emoni beugte sich über die Theke des *Books and Brew* Café, wo ich saß. Ihr Gesicht war nur ein paar Zentimeter von meinem entfernt. Ich fragte mich, wie lange sie schon versuchte, meine Aufmerksamkeit zu erregen. Ihr zu sagen, dass ich an Jackson gedacht habe, kam nicht in Frage; sie würde sich Sorgen machen. Das hatte sie in den letzten Monaten oft genug getan. Sorge hatte schon tiefe Furchen in ihre Stirn gegraben. Ich schenkte ihr ein Lächeln und tippte auf das Buch vor mir.

„Sorry. Das ist so ein spannendes Buch. Eines von diesen

seltenen Dingern, bei denen man einfach über die Informationen nachdenkt", log ich.

Sie nahm das Buch, verzog das Gesicht angesichts des Titels, *Die Entdeckung der Magie*, und blätterte durch die Post-its, die ich für Anmerkungen benutzt hatte, weil es ein geliehenes Buch war.

„Das ist so typisch für dich. Du grübelst über Hexen, Kobolde, Feen, Vampire, Werwölfe und all die schrägen Dinger, die nachts rumgeistern", neckte sie, während sie die Tassen weiter auffüllte. Ihr Ton war unbeschwert und verspielt, aber ich bemerkte den verstohlenen besorgten Blick, den sie mir zuwarf.

„Keine Feen oder Kobolde. Und sie nennen es nicht Werwölfe, sondern Wandler."

Sie zog eine Augenbraue hoch. „Nein." Sie zeigte mit einem anklagenden Finger auf mich. „Böse Luna. Du wirst mich nicht in deine Fantasiewelt reinziehen. Das ist nicht mein Ding, und du wirst mich nicht dazu bringen."

„Das liest sich wie Fiktion", sagte ich, wohl wissend, dass nichts, was ich sagte, ihre Meinung ändern würde.

„Aber es ist keine Fiktion."

„Probier's einfach, bevor du's abtust."

Im *Books and Brew* zu arbeiten war ein Traumjob für Leseratten, aber zu den vielen Gemeinsamkeiten, die Emoni und mich am College schnell zu Freundinnen gemacht hatten, gehörte eindeutig nicht unser Lesegeschmack. Der hätte nicht unterschiedlicher sein können. Mein Geschmack war weniger wählerisch; wenn es interessant klang, gab ich der Sache eine Chance. Emoni liebte Romane, Biografien, Krimis und Thriller und wich selten von diesen Genres ab. Nach einem Moment des Schweigens, in dem wir uns gegenseitig ein schiefes Lächeln und überredende Blicke zuwarfen, die in der Vergangenheit nie funktioniert hatten, landeten wir wieder in unserer üblichen Pattsituation.

„Was nimmst du?", fragte sie.

„Irgendwas, das mich für meine Schicht wachhält." Ich arbeitete jetzt mehr, und das war Emoni nicht entgangen. Der Humor wich aus ihren Augen, und die Sorge schlich sich wieder ein, wie immer, wenn sie spürte, dass das Gespräch auf meine Trennung von Jackson zusteuerte.

Es war nicht nur, dass ich Jackson beim Fremdgehen erwischt habe, was wehtat. Es war, wie sehr sein Betrug mein Leben verändert hatte. Ein paar Wochen lang war ich obdachlos gewesen und hatte auf Emonis Sofa geschlafen, bis ich aus dem Dreizimmerhaus, das wir von seinen Eltern weit unter Marktpreis gemietet hatten, in eine Einzimmerwohnung gezogen war – nur ein paar Quadratmeter größer als das Schlafzimmer, das Jackson und ich geteilt hatten, und in einer ziemlich fragwürdigen Gegend. Geld war knapp, und es fiel mir schwer, mich daran zu gewöhnen, allein zu schlafen.

„Kommst du in deiner Wohnung langsam klar?", fragte sie, ihre Stimme neutral, obwohl ihre Augen nicht verbergen konnten, was sie empfand. Sie wollte verzweifelt meinen Kummer und Schmerz vertreiben.

Mein Lächeln kostete mehr Kraft, als ich zugeben wollte, aber je mehr ich litt, desto öfter ließ Emoni durchblicken, dass sie Jackson am liebsten die Kniescheiben zertrümmern würde.

„Sie ist gemütlich."

Gemütlich und wirklich winzig. Aber mein. Es gab niemanden, der sich über den Stapel Bücher auf dem Nachttisch beschwerte, darüber, dass ich zu lange aufblieb, um zu lesen, oder, na ja, irgendwas sonst. In den Jahren, die wir zusammengelebt hatten, hatten Jacksons Beschwerden stetig zugenommen. Ich dachte, das lag daran, dass zwei sehr unterschiedliche Menschen unter einem Dach lebten. Doch wahrscheinlich hatte er mich mit Ava verglichen. Ich versuchte, es amüsant zu finden, dass die beiden sich anfangs so gar nicht hatten ausstehen können.

Für einen kurzen Moment stürzte ich in einen emotionalen Kaninchenbau und versuchte, den Augenblick zu finden, an dem sie aufgehört hatte, ihn für zu eingebildet und distanziert zu halten – was sie oft behauptet hatte –, und angefangen hatte, ihn als jemanden zu betrachten, für den sie eine jahrelange Freundschaft verraten würde. Oder wann er ihre überdrehte, sprunghafte Art, die er früher nervig gefunden hatte, plötzlich liebenswert fand.

Ich würde so schnell nicht aus diesem Kaninchenbau rauskommen, denn ich fing an, die Momente Revue passieren zu lassen, in denen Jackson Ava eingeladen hatte, um Filme zu schauen, was mit uns trinken zu gehen oder zum Abendessen zu kommen. Ich hatte die Veränderung in ihrem Verhalten zueinander als unvermeidlichen Übergang interpretiert – dass sie sich meinetwegen irgendwann tolerieren würden. Bei ihm und Emoni war es ähnlich gewesen, auch wenn zwischen ihnen immer eine Mauer aus misstrauischer Distanz geblieben war. Kein Zweifel, sie haben sich meinetwegen geduldet, wegen ihrer Beziehung zu mir.

Emoni, die selbsternannte Barista-Queen, reichte mir eine Tasse Kaffee und holte mich aus dem Labyrinth, das meinen Tag hätte ruinieren können. „Hier, bitte. Ein fein gemahlener Robusta. Wenn dich das nicht durch eine Acht-Stunden-Schicht bringt, weiß ich auch nicht.“

Die Tasse wärmte meine Hände, die vom zugegeben milden Herbst des Mittleren Westens kalt waren. Ich trank einen genießerischen Schluck. „Heute sind es zehn Stunden“, sagte ich.

Sie runzelte die Stirn.

„Lilith hat sich krankgemeldet. Mir macht es nichts aus, einzuspringen oder lange zu arbeiten.“

Arbeiten hielt meinen Verstand davon ab, untätig zu sein und die Bilder von Jackson und Ava, wie sie sich im Bett verknotet hatten, wieder auszugraben. Es vertrieb den Schmerz nicht, aber machte es leichter, damit umzugehen.

Die Monate vergingen, aber es gab immer noch ein Ava-und-Jackson-großes Loch in meinem Herzen und meinem Leben. Doch mit jedem Tag schrumpfte es ein bisschen mehr. Eine dreijährige Beziehung und den Verlust einer Freundin, die ich seit der Grundschule kannte, überwinden? Ja, das würde nicht über Nacht passieren.

„Mehr Chancen, noch mehr von deinen schrägen Büchern zu entdecken", sagte Emoni, während sie eine Grimasse schnitt und einen kurzen Blick auf mein Buch warf.

„Hab' ich nicht aus dem Laden, ist geliehen."

„Lass mich raten, Reginald?"

Der Tarot-Leser aus dem Apothekenladen nebenan war mein Lesebuddy für paranormale Bücher geworden. Bei unseren Buchdiskussionen im *Books and Brew* warf Emoni mir immer diesen liebevollen, aber verständnislosen Blick zu, der schrie: „Wie sind wir überhaupt Freundinnen?"

„Na ja, wir können nicht alle so glamouröse Nebenjobs und Hobbys haben wie du", neckte ich, den Blick auf meinen Kaffee gesenkt, wohl wissend, dass sie gerade die Stirn runzelte. Das tat sie immer, wenn ich solche Bemerkungen machte.

Ich blickte auf und sah, dass sie die Nase rümpfte. Als Leadsängerin einer Band sah sie das nicht als Hobby. Für sie war es ein Job, ihre Berufung, das, was sie „ihren Atem" nannte. Und wenn sie sang, erfüllte sie das mit etwas, das über das Leben hinausging. Sie liebte es, und das sah man bei jedem Auftritt. Was den Ausdruck auf ihrem Gesicht festhielt, waren ihre Model-Jobs für Künstler aus der Gegend.

Vor ein paar Monaten hatte sie widerwillig zugegeben, dass es ihr gefiel, Gemälde und Fotos auf Social Media und in den Ateliers der Künstler zu sehen, aber das war alles, was sie daran mochte. „Das ist kaum ein Job. Es braucht kein Talent, mit den richtigen Maßen, Formen und ‚Definitionen' und ‚Skulptur' geboren zu werden, die den Humanoiden gefallen", war ihre typische Antwort, wenn das Thema zur Sprache kam. „Humanoide" war der abfällige Begriff, den sie für Leute verwendete, die besessen von Schönheit und Dingen waren, die man nicht kontrollieren konnte. Ich wusste, das war ihre Reaktion darauf, zu oft als „exotisch" bezeichnet worden zu sein.

Afroamerikanerin, mit beneidenswert makelloser, tief mahagonifarbener Haut, vollen, klar definierten Lippen, dichten, lockigen, nachtschwarzen Haaren, die sie ohrlang trug, umbrabraunen Augen und einem ovalen Gesicht – all das kam zusammen und schuf, was viele Leute oft als „exotisch" bezeichneten. Wir schauderten bei der Beschreibung, weil wir glaubten, dass es ein Oberbegriff war, der für Menschen verwendet wurde, deren Aussehen sich von den meisten anderen in der Stadt unterschied. Unserer Meinung nach war „einzigartig" ein Wort, das man für jemanden benutzt, der alle richtigen Merkmale hatte, aber irgendwie trotzdem falsch aussah. Anstatt ein Rembrandt zu sein, waren jemandes Züge eine wilde Mischung aus Formen und Winkeln, die an einen Picasso erinnerten. Abgesehen von Talent und künstlerischem Beitrag lag eine Beleidigung darin, mit einem Picasso verglichen zu werden.

Modeljobs waren unregelmäßig, während unsere Arbeit bei *Books and Brew* stetiges Geld einbrachte. Wir schätzten uns glücklich, von Anfang an Angestellte des Cafés mit Buchladen gewesen zu sein. Im Künstlerquartier gelegen, war der Laden eines der weniger ausgefallenen dekorierten Geschäfte der Gegend. Dunkle Holzmöbel, eine riesige, beigefarbene Couch nahm die gesamte Wand links ein, und petrolgrün bemalte Stühle waren ein Farbtupfer im Kontrast zu den sonst langweiligen, ebenfalls beigefarbenen Wänden. Die geschwungenen Metall- und Holz-Drehhocker an der Theke verliehen dem Dekor einen Hauch von schickem Komfort. Die Farbskala setzte sich im angrenzenden Buchladen fort.

Der New-Age-Apothekenladen rechts vom Café verkaufte ein Sammelsurium aus Kräutern, Vitaminen, Kerzen, Ölen, Heilkristallen, Massagegeräten, Yogakissen und handgeflochtenen Körben. Reginald mietete dort einen Raum, um seine Lesungen durchzuführen. Der Laden setzte auf einen modernen Boho-Look: beruhigende beigefarbene Wände, Rattan-Tische für den Verkaufsraum, hängende Pflanzen in den Ecken der Räume und großblättrige Pflanzen nahe der Kasse, akzentuiert mit Orange und Terrakottatönen.

Eine Shisha-Lounge war unsere Nachbarin links. Unser kleiner Abschnitt des Blocks sprach Künstler, Exzentriker und Leute an, die die Welt durch eine andere Linse betrachteten.

Ich nippte an meinem Kaffee, während Emoni zur Kasse ging, um eine Bestellung aufzunehmen. Wir hatten unsere Stammkunden, aber das war keiner davon. Ich lehnte mich zurück und beobachtete amüsiert, wie Emoni ihr freundliches, aber steifes Lächeln aufsetzte. Ein Blick, den ich kannte, wenn sie neue Kunden musterte und überlegte, ob sie unsere bekannten Kaffees bestellen würden oder eine Starbucks-Mischung, die wir nicht anboten. Es endete immer mit Emonis kaum freundlichem, schmallippigem Lächeln, wenn sie auf die Karte mit den Kaffees zeigte und mit großer Mühe höflich erklärte, dass Starbucks zwei Blocks weiter sei.

Nachdem jemand einen Caramel Ribbon Crunch Frappuccino bestellt hatte und sogar vorschlug, wir sollten was Ähnliches machen, schlug Emoni Cameron, der Besitzerin, einen Weg vor, mit der Starbucksklientel umzugehen. Beim ersten Vergehen würden sie höflich aufgefordert, zu gehen. Ein zweites Mal würde mit Kaffeebohnen geahndet, die auf sie geworfen wurden, bis sie aus dem Gebäude rannten und sich zu Recht geschmäht fühlten. Cameron widersprach dem

Vorschlag nicht entschieden genug. Tatsächlich lag ein schelmischer Glanz in ihren Augen.

„Wenn jemand Kaffee und Bücher nicht liebt, warum kommt er oder sie dann überhaupt her?", verteidigte sich Cameron, als ich darauf hinwies, dass sie die Idee, ahnungslose Kunden mit Kaffeebohnen zu bewerfen, nicht zu hassen schien.

„Die sind auch nicht hergekommen, um von empörten Kaffeeliebhabern mit frisch gerösteten Bohnen beworfen zu werden. Erste Geschäftsregel: Vertreib nicht deine Kunden", zog ich sie auf.

Ihre Antwort war, die Nase zu rümpfen und eine Grimasse zu schneiden.

Wir waren seit der Eröffnung vor fünf Jahren dabei, was die kaum rein professionelle Beziehung erklärte, die sie mit uns hatte.

Mit zwanzig Minuten Zeit bis Schichtbeginn teilte ich meine Aufmerksamkeit zwischen Gesprächen mit Emoni und den Kunden und dem Lesen meines Buchs auf.

Ich nahm meinen Kaffee, als Emoni den Ring bemerkte, der sich spiralförmig bis zur Mitte meines Fingers zog, kurz vor dem Gelenk, um Bewegungsfreiheit zu erlauben. Die Rippen, Wellen und filigranen Muster erinnerten mich an die Schuppen eines Drachen. Wo ein Kopf hätte sein sollen, war ein abgeflachtes Dreieck mit weiteren aufwendigen Mustern.

„Der ist interessant", sagte sie und drehte meine Hand um, um einen besseren Blick darauf zu werfen. Nachdem sie meine Hand losgelassen hatte, bewunderte ich den Ring mit derselben Wertschätzung, die ich hatte, als ich ihn vor zwei Wochen nahe dem Müllcontainer in der Gasse gefunden hatte. Es war ein auffälliger Ring; wer auch immer ihn verloren hatte, musste ihn suchen. Ich dachte, wenn ich ihn täglich trage, würde der Eigentümer ihn sicher erkennen, aber noch hatte ihn niemand beansprucht.

„Ich kann kaum fassen, dass ich den gefunden habe. Schade, dass ich ihn nicht behalten kann, falls jemand Anspruch darauf erhebt", gab ich zu.

Sie warf ihm einen weiteren schnellen Blick zu. „Ich bin sicher, du könntest jemanden finden, der ihn für dich nachmacht oder dir einen ähnlichen entwirft", sagte sie.

Ich hoffte, dass das nicht nötig sein würde. Ich plante, noch eine Woche zu warten, bevor ich den Ring als meinen betrachtete.

Ich warf einen Blick auf die Uhr, rutschte vom Hocker und winkte Emoni stumm zu, bevor ich das Buch an mich drückte und in den angrenzenden Buchladen ging, wo ich arbeitete.

„Ristretto, bitte", bestellte eine tiefe Stimme mit einem unverkennbaren Akzent, als ein Mann sich näherte und mich überraschte. Vor Schreck ließ ich meine Tasse und das Buch fallen. Bevor ich das Buch vor dem auslaufenden Kaffee retten konnte, wurde es schon aufgehoben. Ich schnappte mir ein paar Servietten und wischte den Kaffee auf. Jemand hinter der Theke kam mit einem Mopp und einem „Vorsicht, frisch gewischt"-Schild heraus.

Als ich mich aufrichtete, wanderte mein Blick den Mann empor, der das Buch in der Hand hielt. Er überragte meine knapp unter eins sechzig um mehr als einen Kopf.

Zu viele Augenblicke verstrichen, während ich versuchte, meinen Blick von seinen strahlend-bernsteinfarbenen Augen zu lösen, die mit goldenen Sprenkeln und der auffälligen Intensität eines Feuers strahlten. Gerahmt von langen, nachtschwarzen Wimpern, verrieten sie mehr als sein undurchschaubarer Gesichtsausdruck.

Seine Augen glitten über die Linien meines Gesichts, das Emoni liebevoll als „Valentinsgesicht" beschrieb – dank seiner klassischen Herzform. Ich fuhr mir mit der Hand durch meine kastanienbraunen Wellen und wurde mir plötzlich des hellblauen Bandes bewusst, das ich aus Langeweile in meinen Zopf geflochten hatte.

Die Augen des Fremden wanderten von meinem Gesicht zu meinem weißen T-Shirt mit einer lesenden Katze, zu meinen engen Jeans, zu meinen Chucks mit Galaxie-Print und dann zum Buch. Er überflog den Titel, blätterte ein paar Seiten durch und fixierte mich dann mit seinem Blick. Sein zögerliches Lächeln zog meine Augen zu seinen weichen Lippen. Der leichte Bartschatten betonte seine scharf geschnittenen Züge. In einem schwarzen Hemd und seiner schwarzen Hose wirkte er fehl am Platz in einer Gegend, wo die Leute Farben liebten. Wenn jemand hier Schwarz trug, war es keine maßgeschneiderte Kleidung. Mein Blick fiel auf das Netz aus Tattoos, das unter seinem Ärmel hervorspähte.

„Die Entdeckung der Magie", sagte er mit einer tiefen, rauchigen Stimme, bevor er mir das Buch zurückgab. Die undefinierbare Energie, die von ihm ausging, brachte mich dazu, viel zu nah stehenzubleiben und alle sozialen Normen und Anstandsregeln zu brechen.

„Ein echt spannendes, aufschlussreiches Buch", bemerkte ich.

„Ach ja?" Seine Frage war rhetorisch. Er beugte sein Gesicht näher an meines, seine feurigen Augen forschend, während er mich musterte. Spekulativ. „Du bist eine Hexe." Die Betonung ließ mich überlegen, ob es eine Frage war, aber sein prüfender Blick wirkte wie ein widerwilliger Vorwurf.

Soll das ein Witz sein? Glaubte er wirklich an Hexen?

Und schlimmer noch, dachte er, dass ich eine war?

„Das ist Fiktion. Niemand ist eine Hexe", sagte ich. „Das Buch habe ich mir vom Tarot-Leser nebenan ausgeliehen." Ich deutete mit dem Kinn in Richtung des Ladens neben dem Café. Reginald nannte sich Wahrsager, und wegen der Genauigkeit seiner Lesungen war er schon des Öfteren als Hexenmeister bezeichnet worden. Etwas, das er nie korrigierte. Wenn die Leute ihn für einen hielten, war das gut fürs Geschäft.

„Ich habe mir von ihm die Karten legen lassen. Der ist kein Hexenmeister", stellte der Fremde fest.

Natürlich weiß ich das. Weil es keine Hexen gibt.

Seine durchdringenden, forschenden Augen wanderten zu meinem Ring. Ich suchte in seinem Gesicht nach einem Zeichen des Erkennens. Da war keines, aber definitives Interesse. Sein Blick schnellte zu meinem Gesicht, und er musterte meine Züge mit diesem scharfen Interesse. Dann presste er seine Lippen zu einer schmalen Linie zusammen, und ohne ein weiteres Wort machte er auf dem Absatz kehrt, warf Geld in den Trinkgeldbehälter und ging ohne seinen Kaffee.

Emoni blickte auf den Behälter und folgte ihm mit dem Blick. „Der hat gerade vierzig Dollar dafür bezahlt, dich anzustarren und in deinem komischen Buch zu blättern", stellte sie fest. Die Rädchen hinter ihren immer berechnenden Augen drehten sich. „Das könnte sich lohnen", neckte sie.

„Ich glaube kaum, dass es einen großen Markt für seltsam intensive Typen gibt, die zufällig in Cafés reinspazieren." Und erst recht nicht für welche, die an Hexen glauben.

Sie lachte. „Hoffen wird man ja wohl noch dürfen."

Ob es wirklich Zufall war, war fraglich, denn der Fremde wurde von zwei anderen Personen begleitet, eine Frau und ein schmaler Mann, etwas über eins fünfundsiebzig, der sich sehr genau umgesehen hatte, als sie gingen. Sein dichtes, kohlrabenschwarzes, schulterlanges Haar verdeckte sein Profil. Er bewegte sich mit fließender Anmut. Was auch immer der Fremde, der mich gefragt hatte, ob ich eine Hexe sei, sagte, ließ ihn stehen bleiben und sich umdrehen, den Blick auf mich gerichtet.

Die Frau neben dem Fremden blieb ebenfalls stehen.

Sie drehte sich um und ging auf das Fenster des Cafés zu,

ihre langen honig- und kastanienbraunen Box Braids schwangen mit ihrem schnellen Schritt mit. Ihre braune Haut mit rosigem Unterton gab ihr ein lebendiges, einladendes Aussehen, was im Kontrast zu ihren strengen, leuchtendvioletten Augen stand, die sich in mich bohrten. Sie hatte eine mittlere Statur und war ein, zwei Zentimeter größer als ich, trug ein schlichtes schwarzes Trägerkleid, das für das kühle Wetter unpassend war. Sie starrte mit derselben Intensität wie der Fremde. Den Kopf geneigt, runzelte sie die Stirn.

Abrupt drehte sie sich um, um sich den Männern wieder anzuschließen, die nicht weit gekommen waren. Sie sagte etwas, und alle starrten zurück zu mir. Ich fühlte mich wie ein Kaninchen vor der Schlange, beobachtete, wie sie mich beobachteten, unfähig, den Blick von der faszinierenden Gruppe abzuwenden.

Schließlich riss ich meine Aufmerksamkeit von ihnen los, schauderte, drückte das Buch an mich und ging zur Arbeit.

2

Cameron strahlte, wie erwartet. Kleine Fältchen hatten sich um ihre Augen gebildet, die wahrscheinlich von ihrem breiten Lächeln kamen, das sie so großzügig verteilte wie Süßigkeiten zu Halloween.

Ihre drahtigen, dichten Locken waren zu einem tiefen Pferdeschwanz gebunden. Ein paar widerspenstige Strähnen rahmten ihr Gesicht. Mitte fünfzig, hatte sie eine lebhafte Persönlichkeit und ein ansteckendes Lächeln.

„Morgen gibt es Neuerscheinungen."

Seit fünf Jahren präsentierten wir wöchentlich Neuerscheinungen, und ihr Gesicht leuchtete jedes Mal auf, als wäre es das erste Mal. Ihre honiggoldenen Augen spiegelten eine Lebendigkeit wider, die selbst den apathischsten Menschen anstecken mussten. Selbst wenn die Bücher Veröffentlichungen waren, die ich nicht erwartet hatte, weckte sie die Vorfreude und Aufregung, die mich oft dazu brachte, welche zu kaufen.

„Und die Lieferung von Morrisons *Menschenkind* ist auch da", informierte sie mich. Eine Influencerin hatte es kürzlich als Buch bezeichnet, das „sie zerbrochen" habe. Und aus diesem Grund war das vor über dreißig Jahren erschienene

Buch schon mehrmals ausverkauft gewesen. Klassiker wiederzubeleben und preisgekrönte Bücher in die Hände neuer Leser zu bringen, ließ mich das zweischneidige Schwert von Social Media und Influencern schätzen.

Vor einem Jahr hatte ein Kaffee-Enthusiast, der mehr Follower hatte, als ein Mensch haben sollte, und dessen Lieblingskaffee im Grunde nur Sahne und Zucker mit einem Schuss Kaffee war, unser Café empfohlen; es war prompt von neuen Kunden überrannt worden. Wir waren überglücklich über das Geschäft, aber mit neuen Kunden, die zuckrige Specials verlangten, war ich überzeugt, dass der nächste Post über uns von unserer schnippischen Barista handeln würde. Genau zu dieser Zeit hatte Emoni ihren Vorschlag, Leute mit Kaffeebohnen zu bewerfen, wieder aufgegriffen.

Zu unserem Erstaunen vertrieb das die Leute nicht. Es wurde sogar zum Verkaufsargument: *Komm und hol dir deinen Kaffee von der mürrischen, scharfzüngigen Barista. Anstelle von Biscotti bekommst du eine kaum verhüllte Beleidigung und ein liebliches Lächeln.* Das überzeugte mich erneut, dass hübsche Menschen mit viel zu viel durchkamen.

„*Frankenstein*, *Ender's Game* und *Lolita* sollten auch in der Lieferung sein", informierte mich Cameron. Ein weiterer überraschender Anstieg von Verkäufen, aber wir kannten die Quelle ihres erneuten Ruhms nicht.

Wir verstummten, als ein großer Mann neben uns stehenblieb, dessen intelligent wirkende Attraktivität durch den abstoßenden Ausdruck seiner finsteren Miene Lügen gestraft wurde. Das Hochschieben seiner dickrandigen Brille auf die Nase schien eher theatralisch.

„Entschuldigt, Händlerinnen. Ist meine Ausgabe von Howard Zinns *A People's History of the United States* angekommen?"

Händlerinnen? Echt jetzt, Peter?

Cameron sagte, Peter sei eine exzentrische alte Seele.

Emoni und ich waren überzeugt, dass er auch gern den Besserwisser spielte. Oder vielleicht war es eine Kombination aus beidem. Mit Anfang dreißig hatte Peter die Nonchalance eines Aristokraten, aber seine ausgefransten Jeans, die tief auf seinen Hüften hingen, sein Shirt mit einem Q*bert-Motiv und sein zerzaustes, flachsblondes Haar standen im krassen Gegensatz zu seinem vornehmen Auftreten.

Er verbrachte die meisten Tage im Laden, teilte seine Zeit zwischen seiner Arbeit als Day-Trader, dem Streifen durch die Buchregale und dem Sitzen in der Ecke mit einer Tasse Kaffee auf.

Normalerweise war er unaufdringlich, es sei denn, er fiel über einen ahnungslosen Kunden mit seiner ungekürzten Version historischer Ereignisse her. Sein Wissen war gleichzeitig beeindruckend und abstoßend. Ich bewunderte seine dogmatische Weigerung, Geschichte nur aus der Sicht der „Sieger" zu erzählen, aber ich war davon überzeugt, dass ungeschminkte Geschichte in kleinen Dosen verabreicht werden sollte. Etwas, das ihn nicht interessierte.

„Lass mich nachsehen", sagte ich zu ihm. Er verabschiedete sich mit seiner üblichen Verbeugung und ging zu dem kleinen Tisch in der Ecke des Ladens, den er als seinen Platz beansprucht hatte. *Kannst du noch seltsamer sein, Peter?*

Auf dem Weg ins Lager konnte ich die ahnungslose Frau auf dem Weg zu seinem Tisch nicht retten. *Viel Spaß mit dem kostenlosen Vortrag – du solltest fragen, ob du dafür College-Credits bekommst,* dachte ich.

Peter fing immer irgendeine Frau ein. Wenn er seine große Brille abnahm, enthüllte er ausdrucksstarke braune Augen. Seine große, schlanke Statur erinnerte mich an einen Läufer, und er strahlte eine lässige Gleichgültigkeit aus, wenn er in ein Buch vertieft war. Seine gelehrte Attraktivität und sein quasi-apathischer Blick deuteten auf eine sexy Schwermütigkeit hin, die viele Frauen zu willigen Empfängerinnen seiner informellen und endlosen Vorträge machte.

Normalerweise, wenn ich jemanden in diese Richtung gehen oder ungewollt in seine einseitigen Gespräche verwickelt sah, fragte ich, ob sie das gesuchte Buch gefunden hatten, oder erinnerte sie an unser Prämienprogramm.

Während ich in den Kisten im Lagerraum stöberte, in der Hoffnung, schnell Peters Ausgabe von *A People's History of the United States* zu finden, kehrten meine Gedanken immer wieder zu der Szene im Café zurück. Die unheilvolle Art, wie die Begleiter des Fremden mich angesehen hatten, sein prüfender Blick, seine Frage, ob ich eine Hexe sei, und die Gewissheit seiner Worte. „Er ist kein Hexenmeister."

War mir irgendwas entgangen? Obwohl ich mir albern vorkam, dem mehr als nur einen flüchtigen Gedanken zu widmen und es nicht als die Wahnvorstellungen einer Person abzutun, deren Glauben an Psychose grenzte, zog ich mein Handy heraus, textete Reginald und fragte, ob wir in meiner Pause reden könnten. Auch wenn er am Wochenende oft mehr zu tun hatte, antwortete er schnell. Seine Wochentage verbrachte er am Telefon, beim Lesen und, falls nötig, indem er mit dem Ladenbesitzer eine Minderung der Miete für seine Hilfe aushandelte.

Ich stolperte über die Stufe und landete in Reginalds Büro. Er hatte eine breite Statur, und sein schokoladenbraunes Haar war kurz geschoren in einem Wellenmuster. Als Mischling – mexikanischer und kaukasischer Abstammung – hatte er diesen goldbraunen Teint, für den andere Stunden am Strand oder im Solarium verbringen mussten.

„Luna", begrüßte er mich und deutete mit der Hand auf den Stuhl gegenüber dem kleinen Tisch, an dem er saß. Er räumte seine Tarotkarten beiseite. Sofort fiel sein Blick auf *Die Entdeckung der Magie*, und sein Gesicht hellte sich auf.

„Gefällt dir die Welt der Magie?"

„Schon, da stecken so viele tolle Informationen drin." Ich schlug das Buch auf. „Besser als alles, was ich je in Fantasyromanen gelesen habe. Ein eindringliches, immersives Erlebnis. Als würde die Autorin aus echter Erfahrung sprechen. Hexen, Leute, die sich in Tiere verwandeln –"

„Wandler", korrigierte er.

„Und Vampire."

Er nickte. „Bist du schon bei der Stelle, wo sie alle mit einem Gott verbunden sind, und bei dem ewigen Fluch, mit dem sie und ihre Nachkommen belegt wurden?"

Ich nickte. „Ja, aber …"

Ich zögerte, weil ich, als Reginald mir das Buch geliehen hatte, den Eindruck gehabt hatte, dass es für ihn mehr als nur ein unterhaltsames Fantasy-Buch war. Wenn es mehr war, dann war das nur eine weitere skurrile Eigenheit an ihm. Selbst wenn er auf die Existenz des Übernatürlichen anspielte, war es ein vager, abstrakter Gedanke, der zu seinem Job als Tarot-Leser passte. Aber es laut auszusprechen und darüber zu reden, verlieh dem Ganzen eine Gültigkeit, auf die ich nicht vorbereitet war. Doch die Art, wie mich die Fremden angesehen hatten, hatte mich wirklich beunruhigt. Ich wollte, dass das alles Fiktion war. Pure Fiktion.

„Das ist doch nur ein spaßiger Lesestoff für dich, oder? Du glaubst doch nicht wirklich an diesen Kram?"

Er blickte zur geschlossenen Tür und beugte sich zu mir vor. „Reden wir vertraulich?", fragte er mit einer leisen, verschwörerischen Stimme.

Nein, denn je nachdem, was du sagst, werde ich eine Intervention organisieren. Brauche ich etwa eine? Soll ich einen Therapeuten rufen? Einen Psychiater? Deine Eltern?

Das Herz hämmerte in meiner Brust, meine Finger wurden immer klammer. Ich würde sein Vertrauen wahren, weil wir drei Jahre lang nebeneinander gearbeitet hatten und ich ihn als mehr als nur einen Geschäftskontakt betrachtete. Er war mein Freund. Wenn ich es schwor, dann war das bindend. Wir waren in einem Vertrauenskreis. Aber war ich bereit für jedes Gespräch, das daraus hervorgehen würde, wenn wir über dieses Buch sprachen?

Ich nickte, unfähig, Worte zu finden.

„Klar, glaube ich daran."

Ich zeigte auf das Lesezeichen auf der offenen Seite. „Du glaubst an Hexen, Wandler und Vampire?" Ich beugte mich näher zu ihm und sah mich im leeren Raum um. „Siehst du sie jetzt? Hier im Raum?"

Er warf den Kopf zurück und lachte laut. „Nein, sie sind nicht hier. Aber sie existieren, Luna."

„Okay, sie existieren und kommen von derselben Quelle." Ich blätterte durch das Buch, überflog die Seiten, die darüber sprachen, und suchte die Quelle.

„Das steht da nicht drin", sagte er. „Es wird gemunkelt, dass alle magischen Wesen von einer Quelle kommen und ihre Veränderungen das Ergebnis eines Fluchs waren. Vielleicht ein Experiment? Aber ich bin froh, dass ich den guten Fluch abbekommen habe."

Gibt es sowas wie einen guten Fluch? Moment, was? Er hatte den guten Fluch abbekommen? Die Stille wurde gespannt, während ich überlegte, wie unhöflich es wäre, das Buch auf den Tisch zu legen, zu gehen und nie wieder mit Reginald zu sprechen. Aber die Neugier siegte.

„Guter Fluch?", fragte ich schließlich.

„Ja", flüsterte er. „Ich bin ein Hexenmeister."

„Eine Hexe?" Überraschenderweise klang meine Skepsis eher wie Neugier.

Er nickte, sein Gesicht strahlte vor Stolz. „Von der Zauberformel-Art?"

„Du hast im Buch gelesen, dass es verschiedene Typen gibt. Hexen, die von Hexen abstammen, sind stärker. Und wir haben alle unterschiedliche magische Fähigkeiten."

„Ja." Ich blätterte durch die Stellen, an denen ich Post-its ins Buch geklebt hatte. Als Fiktion gelesen waren es nur interessante Passagen, die ich leicht wiederfinden wollte, nicht um sie wie ein Sachbuch zu studieren. „Elementarmagier, Nekromanten und Zauberkundige, von denen man sagt, sie seien die stärksten und könnten Zauber wirken und die Welt manipulieren." Das Buch konzentrierte sich so intensiv auf sie, weil sie die stärksten und zahlreichsten waren.

„Über meine magische Fähigkeit steht nichts drin, weil so wenig darüber bekannt ist. Ich vermute, weil sie so fließend ist", gab er zu.

„Welche Magie besitzt du?"

„Ich bin ein Influencer", sagte er kryptisch, sein Lächeln wurde breiter.

Das ist ein Instagram-Job.

Fest entschlossen, für alle Möglichkeiten aufgeschlossen zu bleiben, behielt ich meine Meinung für mich und bemühte mich um eine neutrale Miene.

„Diese Gabe ist sehr nuanciert", fügte er hinzu.

Und hörte sich ziemlich erfunden an.

„Ich lasse Sachen zu meinem Vorteil laufen. Ich schätze, man könnte es … Wahrscheinlichkeitsmagie nennen. Wenn etwas auf die eine oder andere Weise ausgehen könnte, wirke ich einen Zauber, um den Ausgang zu meinen Gunsten zu lenken."

Mein Mund klappte auf. Er interpretierte es als Interesse.

„Das ist erstaunlich", sagte ich. „Fühlst du dich nicht manchmal wie ein Betrüger? Dir so viel Glück zu verschaffen?"

„Ich versuche, es nicht auszunutzen. Wir haben alle Gesetze, an die wir uns halten müssen, und eines ist, vor Menschen verborgen zu bleiben." Er beugte sich vor, nahm meine Hände in seine. „Das muss jetzt wirklich unter uns bleiben."

Glaub mir, Kumpel, da musst du dir keine Sorgen machen. Wenn ich jemandem von deiner Möchtegern-Hexenpower erzähle und dieser Welt, an die du glaubst, wäre ich diejenige, die schiefe Blicke erntet. Ich warf einen Blick auf die Uhr an der Wand.

„Ich muss los, aber du hast mein Wort. Vielen Dank für das und dafür, dass du mir dein Geheimnis anvertraut hast.“

Er erzählte wirklich gequirlte Scheiße, aber er war trotzdem ein netter Kerl. Das musste ich ihm lassen. Mr. *Kein Hexenmeister* musste sich doch der Absurdität dessen, was er mir gerade erzählt hatte, bewusst sein. Wenn er den Ausgang einer beliebigen Situation zu seinen Gunsten ändern konnte, warum ging er dann nicht nach Vegas und machte einen Haufen Geld oder verdiente zumindest genug, um nur Tarot zu legen und keinen zweiten Job machen zu müssen? Kartenlesen, was er offensichtlich wirklich liebte, hätte sein Vollzeitjob sein können.

Bevor ich die Tür öffnete, drehte ich mich um. „Deine Tarot-Lesungen, sind die mit deiner Magie verbunden?“

Er warf mir einen fast schüchternen Blick zu. Ich hatte keine Ahnung, was das bedeutete.

„Nein, das wird gelehrt, aber ich glaube, meine magischen Gaben helfen mir, besser darin zu sein. Und vielleicht benutze ich gelegentlich einen Zauber, um die Präzision meiner Lesung zu sichern.“ Er war ein talentierter Tarot-Leser, aber ich vermutete, dass das nichts mit seiner angeblichen magischen Fähigkeit zu tun hatte.

„Danke“, sagte ich nochmal. Ein kleiner Teil von mir wollte durch ihn und seinen Glauben in magischen Welten von Zauberkundigen, Leuten, die sich in Tiere verwandelten, und ewigen Nachtwesen leben.

Aber Realismus und Pragmatismus meldeten sich zurück, und ich betrachtete Geschichten von Hexen, Wandlern und Vampiren wieder als nichts als Fiktion und den Fremden im Café als einen der seltsamen Leute, die diesen Teil der Stadt bevölkerten.

Unser unkonventionelles Viertel schien ein Tummelplatz für alles Schräge, Untraditionelle und für selbsternannte Außenseiter zu sein. Da waren die Nachtschwärmer, die einen kleinen Club namens *People of the Night* gegründet hatten. Obwohl sich der Name auf Leute bezog, die nachts besser funktionierten, trieben einige Mitglieder es auf die Spitze, meist mit nachtschwarzem oder platinblondem Haar und dunkler Kleidung, wobei der Geruch von Gras oder Patchouli-Öl ihre Anwesenheit schon aus der Ferne ankündigte. Es war ziemlich offensichtlich, dass sie auf das *Noir* der modernen Vampire aus TV und Filmen abzielten. Abgesehen von Reginalds kürzlicher Offenbarung, ein Hexenmeister zu sein, hatten wir Leute hier, die sich als Wicca bezeichneten. Mit dem zunehmenden Mainstream-Einfluss von Wicca in unserer Gegend, wo Exzentrik ein Sport war und jeder nach Gold strebte, entschieden sich diese Leute, noch ein bisschen *extra* zu sein. Wenn jemand angezogen war, als würde er zu einem Steampunk- oder Renaissance-Festival gehen, war er definitiv unser Broad Street Wicca.

Da ich ein bisschen frische Luft brauchte, nahm ich den längeren Weg nach draußen, anstatt die Türen zwischen den Läden zu nutzen. Gerade, bevor ich den Eingang des Buchladens erreichte, glaubte ich, einen Blick auf den Fremden zu erhaschen. Das Buch an mich gedrückt, blieb ich stehen, um nochmal genauer zu schauen. Da waren diverse Fußgänger, aber nicht er.

Reiß dich zusammen, schalt ich mich. War es so lange her, dass ich mit jemandem zusammen gewesen war, dass ich diesen gutaussehenden Fremden nicht aus meinem Kopf bekommen konnte? Oder wurde unser Broad Street-Seltsam einfach ein bisschen zu seltsam?

*D*rei Tage waren seit meiner Begegnung mit dem Mann im Café und Reginalds Geständnis vergangen, und trotz meiner Bemühungen, kreisten die Informationen immer noch in meinem Kopf. Ich war wie besessen davon. Arbeit war die Ablenkung geworden, die ich dringend brauchte, um meine Gedanken vom Übernatürlichen abzulenken. Ich hatte das Buch noch nicht an Reginald zurückgegeben, aber ich zögerte, weiterzulesen.

Arbeit. Ich konzentrierte mich mit Feuereifer darauf: Putzen, Auffüllen, sicherstellen, dass kein einziges Buch falsch einsortiert war. Zwei Stunden vor Dienstschluss schnappte ich mir ein paar zerlegte Kartons und ging zum Müllcontainer, um den Putzleuten die Mühe zu ersparen, sie nachts rauszubringen.

Schnauben und Hecheln ließen meinen Kopf hochschnellen, und mein Atem stockte beim Anblick der schimmernden, durchsichtigen Wand hinter dem Hund, der in meine Richtung schlich. Der Hund hatte das Gesicht und den Körper eines Xoloitzcuintli Quetzal, aber er war viel größer als die kleine Hunderasse, die ich kannte. Mein Blick wechselte zwischen der schimmernden Beleuchtung hinter der

Kreatur und dem Tier selbst, das groß genug war, dass sein Kopf an meine Hüfte reichte. Glänzendes graues Fell bedeckte seinen langen, schlanken, muskulösen Körper. Er war für Geschwindigkeit und Wendigkeit gebaut, also wäre Weglaufen eine echt schlechte Idee. Er bewegte sich mit einer verstörend entschlossenen Geschmeidigkeit, sein Kopf schwang hin und her, als suchte er die Gasse ab. Eine menschenähnliche Intelligenz lauerte hinter den dunklen Augen, als sie mich fixierten.

Ich drückte mich gegen die Wand des Gebäudes und hielt den Atem an, als würde mich das unsichtbar machen. Die einzige Waffe, die ich parat hatte, war der Cutter in meiner Gesäßtasche. Langsam holte ich ihn raus. Würde der Cutter bei der Größe des Hundes reichen, um ihn abzuwehren? Er fletschte seine dolchscharfen Zähne, die aussahen, als könnten sie alles zerreißen, was ihnen begegnete. Ich erstarrte und schmolz förmlich gegen die Wand.

Selbst wenn er mich nicht riechen könnte, würde mein hämmerndes Herz es ihm leicht machen, mich zu finden. Ich zwang mich, langsam und gleichmäßig zu atmen, und drückte mich noch fester gegen die Wand. Er kam näher, schnupperte an meiner Hand und leckte sie. Mit schnellen und präzisen Bewegungen stellte er sich auf. Seine schweren Pfoten drückten auf meine Schultern. Ich bemühte mich, sein Gewicht zu halten. Den Kopf geneigt, als würde er mich studieren, kam er mit der Nase näher. Dann ließ er sich wieder auf alle viere fallen und rannte in die Richtung zurück, aus der er gekommen war.

Ich stützte mich erleichtert auf meinen Knien ab. Als mein Atem langsamer wurde und ich mich beruhigte, war weder der Hund noch die schimmernde Beleuchtung in der Gasse zu sehen.

Ich zog mein Handy aus der anderen Tasche und suchte die Nummer der Tierschutzbehörde. Was sollte ich sagen? „Hey, halten Sie Ausschau nach einem Hund. Was für ein

Hund? Stellen Sie sich einen vor, der aussieht, als könnte er in einem Film die Tore der Hölle bewachen."

Stattdessen rief ich an, erzählte ihnen von dem Hund und erklärte, dass er nicht aggressiv war, aber wegen seiner Größe so wirken könnte. Nachdem ich meinem Gesprächspartner alle geforderten Informationen gegeben hatte, blieb ich in der Gasse, starrte in die Leere und begann, an dem zu zweifeln, was ich klar und deutlich gesehen hatte. Es fühlte sich so surreal an, ich wollte es auf schlaflose Nächte und lange Arbeitsstunden schieben.

Auf dem Rückweg in den Laden redete ich mir ein, dass meine Augen mich getäuscht hatten.

Anstatt nach Schichtende direkt nach Hause zu gehen, machte ich einen Umweg zurück in die Gasse, ging sie ab, Handy in der Hand, und filmte dabei den Weg.

Nichts.

Keine Fremden, die fragten, ob ich eine Hexe bin, keine riesigen Hunde, die einen Auftritt in *Supernatural* verdient hätten. Alles wurde noch bizarrer, als ich tief Luft holte und mich an den berauschenden Duft des Fremden erinnerte. Er hatte im Café noch lange nach seinem Gehen in der Luft gehangen, warum sollte er also nicht in der Gasse zu riechen sein?

Konnten der Fremde und der Hund wirklich zwei unabhängige Ereignisse sein? Es gab keinen Beweis, dass sie zusammenhingen.

„Was machst du da?", kam Emonis Stimme von hinten. Sie musste gesehen haben, wie ich die Luft anstupste, dort, wo ich die schimmernde Wand gesehen hatte.

Ich wirbelte herum, mein Gesicht vor Scham gerötet. Wie erklärt man, dass man die Luft anstupst?

„Nichts", sagte ich mit einem gequälten Stirnrunzeln. Das war nicht gut genug, um einen Fremden zu täuschen, ganz zu schweigen von meiner Freundin, die ich seit dem Studium kannte.

Ihre Brauen zogen sich zusammen. Sie griff nach einer Haarsträhne und wickelte sie um ihre Finger, während sie mich weiter ansah. Schließlich seufzte sie. „Luna, ich hänge mit Musikern, Schriftstellern, Fotografen und Künstlern ab. Ich kann keine weiteren schrägen oder" – sie malte mit den Fingern Anführungszeichen in die Luft – „*exzentrischen*, wie sie sich lieber nennen, Freundinnen brauchen. Also reiß dich zusammen, Mädchen." Sie strahlte, und ihre langen Beine legten die Distanz zwischen uns in ein paar Schritten zurück. Sie drückte mich kurz an sich, legte ihre Arme um meine Schultern und führte mich zurück zum Laden. Ihr Verhalten war unbeschwert und entspannt, aber mir entging der Anflug von Sorge in ihren Augen nicht.

„Ich habe aufregende Neuigkeiten. Rate mal, wer heute Abend im Kingmakers spielt!"

Emonis Neuigkeiten wirkten Wunder, um die Begegnung mit dem Mann aus dem Café und dem Hund zu vertreiben. Emoni und ihrer Band bei einem Last-Minute-Auftritt zuzusehen, war genau, was ich brauchte: starker Alkohol, tanzen und meine Freundin zu unterstützen, während sie in einer der erfolgreichsten und hipsten Bars der Stadt spielte.

Ihre Begeisterung, in dieser Bar zu spielen, war ansteckend. Ich sprühte vor Energie. Nach nur drei Jahren war das Kingmakers populär geworden und bekannt dafür, aufstrebende Künstler aus der Gegend zu präsentieren, aber vor allem dafür, dass zwei Chartstürmer des Öfteren unangekündigt dort auftraten, um der Besitzerin ihre Dankbarkeit dafür zu zeigen, dass Sie ihnen ihre erste Chance gegeben hatte. Während ich die Menge betrachtete, siegte mein Zynismus, und ich vermutete, dass die meisten Gäste den Club in der Hoffnung besuchten, einen großen Künstler für den Preis eines verwässerten Cuba Libre zu sehen.

Emonis Band, Night Ravage, vibrierte vor Aufregung, die ich von meinem Platz an der Bar spüren konnte, während ich an meinem Negroni nippte.

„Das ist ja 'ne Überraschung.“ Jackson schob sich auf den Hocker neben mir, einen Whiskey in der Hand. Ich verdrehte die Augen. Es war keine Überraschung, dass er hier war, und er musste wissen, dass ich nicht naiv genug war, das zu glauben. Er folgte der Band auf Social Media und wusste, dass die Wahrscheinlichkeit groß war, dass ich dort zu finden war, wo Emoni spielte. Wie üblich war ich mit der Band angekommen und hatte beim Aufbau geholfen, wo es nötig war.

„Wirklich?“, fragte ich mit einem genervten Seufzer. „Es kommt mir vor, als wär es mal wieder Zeit für dein zweiwöchentliches Gesuch, dass wir uns aussprechen. Sag mir bitte, wie sich irgendjemand wieder zusammenraufen soll, nachdem du offenbar zufällig in Avas Pussy gefallen bist?“

Zu Avas Ehrenrettung, nach ihrem Verrat hatte sie den Anstand gehabt, mich in Ruhe zu lassen. Sie hatte sich davongeschlichen, und das eine Mal, als wir uns über den Weg gelaufen waren, hatten sich unsere Blicke nur kurz getroffen.

Sie hatte ihren Blick sofort abgewandt. Ich war mir nicht sicher, warum. War es schwer, den Nachhall des Schmerzes zu sehen, den ihr Verrat verursacht hatte? Hatte sie das Bedürfnis, ihre Scham und Reue zu verbergen? Vielleicht schrieb ich ihr damit zu viel zu. Sie zu sehen, war ein Schlag in die Magengrube. Aber zumindest hatte ich das nur einmal ertragen müssen.

Er lachte. „Pussy. Das ist süß.“

In diesem Moment war ich nicht hingerissen von seinem breiten, charismatischen Lächeln oder seinen üppigen, kastanienbraunen Locken, die an den Seiten kurz geschnitten waren. Oder seinem runden Gesicht mit dem ausgeprägten Grübchen am Kinn und mit der Hakennase. Die Kombination der Merkmale funktionierte für ihn, gab ihm Charakter. Jackson wusste, dass sein unkonventionelles, aber attraktives Aussehen Frauen anzog. Es klappte, und er wusste es.

„Offenbar ist süß nicht das, was du willst, weshalb du

woanders gesucht hast." Ich schlug mir mit der Hand gegen die Stirn. „Ach, ich vergaß. Du hast ja nicht woanders gesucht. Was hast du gesagt? Ach ja, es war ein Unfall. Du hast *versehentlich* mit meiner Freundin geschlafen."

Er stieß einen Seufzer aus. „Ich habe dir schon ein paarmal gesagt, das war eine unglückliche Wortwahl. Es war kein Unfall. Sondern ein Fehler. Wir machen alle Fehler, und ich denke, das ist was, woran wir arbeiten können."

„Weiß Ava, dass du hier bist und versuchst, dich mit mir *auszusprechen*?" Bei jedem seiner Versuche fragte ich mich, wie ich jemals so einen egozentrischen, reuelosen Bastard hatte lieben können. Ich hatte ihn durch eine rosarote Brille gesehen. Die war jetzt weg, und ich sah seine Persönlichkeit durch eine ungefilterte Linse.

Mein Wissen, dass er immer noch mit Ava zusammen war, schien ihn nicht zu stören.

„Sagen wir, ich denke über die Idee nach, mich mit dir zu vertragen." Warum nicht? Ich hatte Zeit totzuschlagen. „Was passiert dann mit Ava? Oder werde ich dann die Nebenfrau?"

Sein Kiefer spannte sich an, und er blickte nachdenklich in sein Whiskeyglas. „Überhaupt nicht. Ihr zwei seid Freundinnen –"

„Waren."

„Waren. Aber ihr seid meinetwegen keine Freundinnen mehr", fing er langsam an. Emoni hatte aufgehört, am Mikrofon herumzufummeln, und warf ihm einen finsteren Blick zu. Der Blick wurde etwas weicher, als ich in ihre Richtung lächelte. Ihre Braue hob sich, eine stumme Frage, ob ich okay war. Als ich nickte, wandte sie sich wieder ihrem Mikrofon zu und bereitete sich auf ihren Auftritt vor.

„Die hasst mich echt, oder?", fragte er.

„Hassen ist eine Untertreibung. Du hast keine Ahnung, was sie mit deinen Kronjuwelen anstellen wollte."

Er runzelte die Stirn, trank noch einen Schluck aus

seinem Glas. „Wie ich schon sagte, ihr wart Freundinnen, und die Situation mit ihr –“

„Die *Situation* war, dass du mich mit ihr betrogen hast“, korrigierte ich wieder. Ich würde ihm nicht erlauben, die Situation kleinzureden.

„Betrogen oder was auch immer. Wir haben früher alle zusammen abgehangen und hatten ’ne gute Zeit. Ich verstehe nicht, warum das nicht wieder so sein kann. Aber diesmal … na ja, intensiver als vorher.“

Ich verschluckte mich an meinem Drink, als mir klar wurde, worauf er hinauswollte. Dieser Bastard dachte wirklich, sein Fremdgehen sollte belohnt werden – womit? Einem Dreier? Einem Throuple? So nach dem Motto *„Hey, ich kann ihn nicht in der Hose lassen, also lass mich euch beide haben?“* Ich hatte keine Ahnung, ob er das mit Ava besprochen hatte oder ob er dachte, dass, wenn ich einverstanden war, es leichter wäre, sie zu überzeugen. *„Ich bin ein guter Kerl. Ich finde es egoistisch von dir, dass du nicht teilen willst.“*

Ich muss genickt haben, während ich das alles auf mich wirken ließ. Er interpretierte das als Zustimmung. Das war mehr als schockierend. Er schlug das nicht vor, weil er einen Lebensstil ausprobieren wollte, sondern weil er für nichts Verantwortung übernehmen wollte. Und selbst dann war ich nicht überzeugt, dass er innerhalb dieses Arrangements treu sein könnte. Seine Arroganz und Anspruchshaltung kannten keine Grenzen.

„Ich war noch nie an einer Kneipenschlägerei beteiligt“, informierte ich ihn. „Oder besser gesagt – an irgendeiner Schlägerei. Punkt.“

Er runzelte verwirrt die Stirn.

„Ich habe vor, das zu ändern, wenn du nicht sofort verschwindest. Zuerst werde ich dir meinen Drink ins Gesicht schütten. Dann ramme ich dir mein Knie in die Klöten. Und während du über dein zertrümmertes Gemächt heulst, bekommst du noch eine ins Gesicht. Betrachte das als deine einzige Warnung."

Die Wut in mir brodelte in einem Tempo hoch, das ich nicht kontrollieren konnte.

Tiefe Atemzüge. Keine Gewalt. Du bist für deine Freundin hier. Aber ich *wollte* Gewalt. Ich wollte meine Drohung wahr machen.

Ich musste aus der Situation raus. Ich würde Emonis Show nicht ruinieren. „Halt dich fern von mir", zischte ich und ging zur anderen Seite der Bar. Ich war weiter weg von der Band, aber je weiter ich von Jackson entfernt war, desto besser. Innerhalb einer halben Stunde hatte sich die Anzahl der Leute in der Bar verdoppelt. Sie war voll, aber nicht überfüllt, und ab und zu spähte ich in die Richtung, wo ich Jackson gelassen hatte, um sicherzugehen, dass er auf seiner Seite der Bar blieb.

Durch die Menge erhaschte ich einen Blick auf seine langsame Bewegung in meine Richtung. Als er an einer Stelle stehenblieb, erhellte das gedämpfte Licht für einen Moment seine nachdenkliche Miene. Ich hoffte, er würde es sich anders überlegen und umdrehen. Doch das tat er nicht und schlängelte sich durch die Menge auf mich zu.

Ich wandte den Blick ab, in der Hoffnung, dass er die Botschaft verstand. Meine Aufmerksamkeit wurde von dem warmen Körper, der sich neben mich schob, von Jackson abgelenkt. Ich blickte auf, um den Fremden anzusehen, bevor sein Blick zu meinem nahenden Ex wanderte, dessen Aufmerksamkeit von mir zum Fremden abgedriftet war. Ein Grinsen verzog Jacksons Lippen, während er die Augen zusammenkniff. Er straffte die Schultern in einer Demonstration von Trotz und unverhohlener Aggression.

„Geh." Die leise, schneidende Stimme des Mannes aus dem Café hatte etwas Unheilvolles an sich. Sein Befehl brachte ihm einen schockierten und gereizten Blick von Jackson ein.

„Was hast du gesagt?", presste Jackson durch zusammengebissene Zähne heraus, nachdem der Schock nachgelassen hatte.

Der Mann trat vor meinen Ex. Die imposante Präsenz des Fremden dominierte den Raum. Jackson gab sich sichtlich Mühe, seine Fassung und seine unverfrorene Fassade zu wahren. Aber die Selbstüberschätzung blieb; davon hatte er reichlich.

„Glaub mir, du willst nicht, dass ich mich wiederhole", sagte der Fremde. Sein ruhiger, sachlicher Ton klang bedrohlich. Mit der schnellen, präzisen Bewegung einer Viper war er hinter Jackson und gab mir freie Sicht auf seine Hand, die sich um Jacksons Hals legte. Jacksons Gesicht wurde bleich, und er brachte ein ersticktes Keuchen heraus, bevor seine Worte abgewürgt wurden. Mr. Bedrohlich flüsterte irgendwas in Jacksons Ohr.

Ich sollte etwas tun. Schreien. Wenn man einen Angriff sieht, tut man was.

Der Fremde ließ Jackson los. Der taumelte zurück, starrte den Mann an, dann warf er mir einen bösen Blick zu, bevor er sich zurückzog. Er ließ seinen Drink auf der Theke stehen und steuerte auf den Ausgang zu.

In den bernsteinfarbenen Augen des Fremden lag eine beunruhigende Gleichgültigkeit für jemanden, der gerade seine Hand um den Hals eines anderen gelegt hatte. Er trat näher an mich heran, ließ nur ein paar Zentimeter Platz. Das Licht fiel auf die scharfen Kanten seines Kiefers und seiner Wange, über den Nasenrücken und den Umriss seiner vollen Lippen. In seine intensiven Augen zu schauen, war, als würde man in einen feurigen Abgrund starren. Seine Präsenz: gerade so beherrschte Gewalt. Wenn ich draußen jemanden gesehen hätte, der solche Intensität und Gefahr ausstrahlte, würde ich die Straße überqueren, um ihm auszuweichen. Hier, in der vollen Bar, war ich in seinem Fadenkreuz. Neugierige Augen betrachteten mich mit Interesse.

Mein Seitenblick war nicht so unauffällig, wie ich dachte.

„Du wolltest, dass er geht." Er sagte es so nüchtern, dass ich ein unpassendes, schnaubendes Lachen ausstieß.

Mir seiner Gefährlichkeit vollkommen bewusst, zog ich mich ein paar Schritte von ihm zurück. Er folgte. Ich wich zurück. Er blieb stehen, gab mir Raum, ein amüsiertes, sanftes Lächeln im Gesicht. Es war entwaffnend, aber nicht genug, um mich in Sicherheit zu wiegen. Falls nötig, würde ich den Plan, den ich für Jackson gehabt hatte, auf ihn umleiten.

„Ja. Aber ich sage das normalerweise einfach. Jemanden zu würgen ist wohl auch eine Option." Ich lächelte. Ich dachte, er würde es erwidern. Tun das normale Leute nicht?

„Sag mir, wie du heißt", befahl er.

Ich hatte nicht gesehen, wie er sich bewegt hatte, aber die neue, geringere Distanz zwischen uns war spürbar. Seine alles verschlingende Präsenz um uns herum ließ die Leute winzig erscheinen.

„Dominic", sagte er, als ich nicht antwortete. „Ich bin Dominic."

Wir standen definitiv dichter beieinander. Es war nicht genug Platz zwischen uns, um meine Hand auszustrecken. Händeschütteln? Zu förmlich. War es okay, ihn gegen die Brust zu stoßen, um uns Platz für eine angemessene Vorstellung zu verschaffen?

Nach mehreren Momenten eisiger Stille stellte ich mich vor. „Luna."

Er wiederholte ihn mit tiefer Stimme. Langsam, jede Silbe betonend. Als schmeckte er das Wort. Es schien, als würde er es in seinem Kopf wälzen, versuchen, es einzuordnen.

Als er wieder sprach, beugte er sich vor, direkt an mein Ohr. Hitze strahlte von seinem Körper aus, hüllte mich ein. Ich inhalierte seinen Sandelholzduft, meine Hand wanderte zu seiner Taille, mein Daumen strich über die harten

Muskeln seines Bauchs. Verdammt. Meine Gedanken wanderten an einen Ort, an den sie nicht gehen sollten.

„Gefällt dir das Buch immer noch?", fragte er.

Er konnte nur ein Buch meinen. Ich nickte, versuchte, seinen Ausdruck zu lesen. Er hatte mich gefragt, ob ich eine Hexe bin, und ich war neugierig, wie tief er in den übernatürlichen Kaninchenbau vorgedrungen war.

„Es ist detaillierter, als ich dachte. Ich habe eine Menge Fantasy-Bücher gelesen. Aber die Autorin schreibt es so, dass ich glaube, es könnte ein Sachbuch sein."

„Inwiefern?"

„Die Details. Alles ist sehr spezifisch, besonders, wenn sie über Wandler und Vampire schreibt. Es erinnert mich wahnsinnig an Anne Rice' *Interview mit einem Vampir*, eine übernatürliche Geschichte, die einen so reinzieht, dass man das Gefühl hat, eine Biografie zu lesen. *Die Entdeckung der Magie* liest sich, als würde mich jemand sein Tagebuch über seine Erfahrungen mit der übernatürlichen Welt lesen lassen. Sehr anschaulich."

Ein dunkler Schatten legte sich über seine Augen, als sie sich in mich bohrten. Seine Lippen waren plötzlich zu einer schmalen Linie gepresst. Hatte ich ihn beleidigt? Er glaubte an Magie und Hexen, waren Vampire und Wandler da ein so großer Sprung? Würde er, wie Reginald, behaupten, eigene zweifelhafte magische Fähigkeiten zu haben? *„Luna, meine Magie ist, Wodka schneller verschwinden zu lassen als jeder andere. Wenn ich ihn an die Lippen setze, ist er einfach weg."*

„Du glaubst gar nicht an das Okkulte?", fragte er.

„Nein."

Seine Zunge glitt über seine Lippen und befeuchtete sie, während er sich näher beugte. Ich versuchte, die Worte zu verstehen, die er flüsterte. Die Atmosphäre um uns herum wurde dichter, und ich sog scharf die Luft ein, als die Hitze unserer Nähe durch kühle Schwingungen ersetzt wurde, die über meine Haut glitten und sich um mich legten, mich einengten. Die Enge löste sich dann und wehte über mich wie ein sanfter Windhauch. Seine Augen waren dunkle Teiche, die mich verschlangen und mich unfähig machten, den Blick abzuwenden. Das Gefühl brach abrupt ab. Ich riss meinen Blick von seinen Augen los.

„*Tenebras Obducit*", zischte er. „Unmöglich." Er verzog das Gesicht und war verschwunden.

Ich scannte die Menge, suchte nach ihm. Ein Blick.

Nichts.

Mehr Leute waren zwischenzeitlich angekommen. Der Laden war nicht vollgestopft. Sich durchzuschlängeln war schwierig, aber nicht unmöglich. Es war nicht überlaufen genug, dass er komplett verschwinden könnte. Doch genau das hatte er getan.

Was zum Henker war das?

Diese seltsame Begegnung zu verdrängen war schwer, und ich musste mich zwingen, mich auf Emonis Auftritt zu konzentrieren. Aber meine Aufmerksamkeit wurde immer wieder zu Dominics Abschiedsworten gezogen. Hatte er mich beleidigt? Vielleicht, so, wie er mich angesehen hat. Es war definitiv kein Kompliment gewesen. Ich zog mein Handy heraus, schrieb die Worte auf und buchstabierte sie phonetisch, obwohl ich nicht sicher war, was er gesagt – oder wie er mich genannt – hatte. Ich würde es später nachschlagen.

Night Ravage hatte jetzt meine volle Aufmerksamkeit. Emoni hatte sie. Egal, wie oft sie auftrat, wie das Publikum war ich gefangen von ihrer kraftvollen und unvergesslichen Stimme und ihrer unbestreitbaren Bühnenpräsenz. Das Publikum war ihren flüssigen, hypnotischen Bewegungen erlegen, von ihr gefangen. Das war ihr Element. Obwohl sie sagte, dass Musik ihr Leben gab, glaubte ich, es war umgekehrt. Sie hauchte den Texten Leben ein wie niemand sonst.

Die Musik von Night Ravage war eine herrliche Mischung aus R&B und Rock, mit Anklängen von Tina Bells

Einfluss in den Texten. Obwohl sie von den meisten übersehen wurde, hatte sie in Emoni einen unerschütterlichen Fan.

Nach dem Auftritt verbrachte sie wie üblich etwa eine Stunde damit, mit dem Publikum zu reden, Kontakte zu knüpfen, Merchandise und Musik zu verkaufen. Als es vorbei war, half ich der Band, ihr Equipment zum Band-SUV zu bringen. Sobald alles verstaut war, standen wir draußen und diskutierten, ob wir Waffeln holen gehen sollten. Zu diesem Zeitpunkt war das nur noch Formsache. Nach jedem Auftritt diskutierten wir das, und es endete immer damit, dass wir in einem 24-Stunden-Diner saßen und Waffeln aßen. Gus, der Gitarrist, legte einen Arm um Emoni und drückte seine Wange an ihre.

„Das war Wahnsinn! Die haben uns geliebt. Echt jetzt … na ja, oder eher dich." Sein Gesicht war mehr gerötet als sonst, ein tiefes Rot, ähnlich wie seine Haare. Er drückte Emoni nochmal, bevor er sie losließ. „Du warst unglaublich. Ich hab' dir gesagt, du hast die stimmliche Bandbreite für das Lied. Ich glaube immer noch nicht, dass du es fast nicht gesungen hättest." Er ging zur Fahrertür. „Sind wir uns einig? Waffeln?"

Natürlich würde es Waffeln geben. Es gab immer Waffeln. Emoni würde ihr Essen verschlingen und seins noch mitessen. Nach dem Adrenalinrausch eines Auftritts hatte Gus nie Hunger, suchte aber immer nach einem Grund, mehr Zeit mit Emoni zu verbringen.

„Du weißt, dass er dich *mag*, oder?", betonte ich zum x-ten Mal. Selbst wenn sie wie ein Nebelhorn singen würde, würde er ihr sagen, sie hätte die nebligste Hornstimme.

Sie tat es mit einem Schulterzucken ab. „Das geht vorbei. Er weiß, dass er keine Chance hat. Ich meine, ernsthaft, die Leadsängerin, die mit dem Gitarristen zusammenkommt. Warum nicht gleich mit dem Drummer und es noch klischeehafter machen?" Sie schnalzte mit der Zunge. „Im

Übrigen musst ausgerechnet du das sagen. Sag' Jackson klar und deutlich, er soll sich verziehen und fertig."

„Ich hab's versucht."

„Soll ich mit ihm reden?", fragte sie, und ihre Augen blitzten.

„Nein, weil ich kein Geld habe, um deine Kaution zu stellen", flachste ich.

Bevor sie mit Gus in den SUV stieg, gab ich ihr eine gekürzte Version der Begegnung mit Dominic, erzählte von seiner Neugier über das Buch und dass ich dachte, er glaube an Hexen. Ich ließ diese Energie zwischen uns aus, die kühle Luft, die mich umarmte und sich in einen Windhauch verwandelt hatte, und die ganze Merkwürdigkeit dieses Teils der Begegnung. Sie hätte das einfach als eigenartige Anziehung zwischen zwei offensichtlich seltsamen Leuten abgetan. Ich konnte ihr das nicht verdenken. Welche andere Erklärung gab es?

„Er hat mich gefragt, ob ich an das Okkulte glaube. Übernatürliches Zeug! Warum bist du nicht überrascht?"

„Wenn er hier lebt, ist es nicht so überraschend, dass er an das Übernatürliche glaubt. Und er hat das Buch gesehen, das du gelesen hast", bemerkte sie. „Er dachte wahrscheinlich, du stehst auch auf solches Zeug."

„Soll das ein Witz sein? Du wolltest Leute mit Kaffeebohnen bewerfen, wenn sie Sahne in ihrem Kaffee wollen, und hast gesagt, die, die einen Frappuccino bestellen, sollten auf einer Regierungs-Überwachungsliste stehen, aber der Typ, der an Übernatürliches glaubt und mich für eine Hexe hält, kriegt 'nen Freifahrtschein?"

„Na ja, eine Gruppe ist gefährlich und sollte nicht auf die Allgemeinheit losgelassen werden, und die andere glaubt an das Okkulte. Das ist nur verschroben."

Als sie mir ein Lächeln schenkte, wünschte ich, Reginald hätte mich nicht zur Verschwiegenheit verpflichtet. Es musste eine Beste-Freundin-Klausel oder sowas für Versprechen geben. Obwohl ich dachte, seine angebliche magische Fähigkeit sei kompletter Quatsch, fing ich an, mich zu fragen, ob an seinem Glauben an Magie was dran sein könnte.

Nachzuschlagen, was Dominic zu mir gesagt hatte, stand ganz oben auf meiner Liste der Dinge, die ich recherchieren wollte. Ich würde mehr über Magie nachforschen und mich bemühen, aufgeschlossen zu bleiben. Ich hatte das Gefühl, Letzteres würde wirklich schwer werden. Jahrelang hatte ich über Magie gelesen und sie nur als Fantasie betrachtet; sie jetzt als etwas anderes zu sehen, würde mir nicht leichtfallen.

4

Als ich am nächsten Tag in den Buchladen stürmte, war es keine Überraschung, Jackson am Tisch in der Nähe des Pausenraums zu sehen, wo er gedankenlos in einem Buch blätterte. Als er mich sah, legte er das Buch auf ein anderes, anstatt es an seinen ursprünglichen Platz zurückzustellen.

„Ich habe dich nie für jemanden gehalten, der auf den großen, grüblerischen, bedrohlichen Typ steht", sagte er schmollend. Nach meiner langen Nacht mit Emoni und ihrer Band, den drei Stunden, die ich damit verbracht hatte, Dominics Worte zu entschlüsseln, und der darauffolgenden schlaflosen Nacht aufgrund seiner Anschuldigung war meine Toleranzgrenze für Bullshit eher niedrig.

Ich hatte bei Weitem nicht genug Kaffee oder Schlaf gehabt, um mich mit ihm auseinanderzusetzen.

„Normalerweise nicht", sagte ich. „Ich stehe eher auf den jungenhaften Charme, schlaksigen Körperbau, durchschnittliche Größe und die Neigung, versehentlich mit meiner Freundin im Bett zu landen. Du weißt schon, der Typ, der arrogant genug ist, nachdem er beim Fremdgehen erwischt wurde, einen Dreier vorzuschlagen."

Er verzog das Gesicht, aber nicht bei dem Teil, bei dem er es hätte tun sollen. Als schlaksig und durchschnittlich groß beschrieben zu werden, traf einen Nerv. Indem ich absichtlich die zwei Dinge ansprach, bei denen er nicht übermäßig selbstsicher war, hoffte ich, er würde einfach schnaubend verschwinden und mich leise ein unsensibles Miststück nennen. Aber er ließ die Beleidigung an sich abprallen. Es war immer noch ein Wunder, wie ein Mensch, der von unverdienter Arroganz lebte, Komplexe wegen seiner Größe von eins neunundsiebzig hatte. Na ja, eins neunundsiebzig*einhalb*, um genau zu sein. Er hat mich diesen verdammten halben Zentimeter, der nur ihm wichtig war, nie vergessen lassen.

Er verdrehte die Augen. „Ich habe nie was von einem Dreier gesagt. Monogamie ist einfach so traditionell und langweilig. Das setzt unerreichbare Regeln und Grenzen für Leute wie mich. Ich weiß, was ich zu bieten habe und wer ich bin. Scheint mir nicht was, das du so leichtfertig ablehnen solltest." Er breitete die Arme zur Seite aus und erlaubte mir einen vollen Blick auf das, was er wohl für beeindruckend hielt. „Lass andere teilhaben."

Mein Mund blieb offenstehen, und ich schloss ihn schnell wieder. Das war einer der Momente, in denen ich mir Zuschauer wünschte, damit ich mich zu ihnen umdrehen und sagen könnte: „Ist dieser Arsch zu fassen?"

„Warum bist du hier?"

„Weil ich mir Sorgen um dich mache, Luna." Seine gespielte Sorge war das Letzte, womit ich mich befassen wollte.

„Du magst Dominic nicht, verstanden. Jetzt erklär mir, warum mich das interessieren sollte?"

„Weil der Typ ein totaler Psycho ist. Er hat im Stillen überlegt, wie lange es dauern würde, mich zu Tode zu würgen. Und dann hat er laut darüber nachgedacht, ob ich leise in den Tod gehen oder kämpfen würde. Wer sagt denn sowas? So ein Typ spricht aus Erfahrung. Ich wollte keine Szene machen und Emonis Show ruinieren, also bin ich gegangen. Ich hätte ihm den Arsch aufreißen sollen."

Nichts am letzten Teil war wahr. Emoni hatte ihn während unserer Beziehung toleriert; nach dem Ende hatte sie keinen Grund mehr, so zu tun, als würde sie ihn mögen. Ihre Abneigung war gegenseitig. Ich wusste, dass ihn mit Kaffeebohnen zu bewerfen, das Netteste war, woran sie gedacht hatte, wann immer sie ihn gesehen hatte. Ihr Blick könnte glatt als Waffe eingestuft werden. Und wenn er auch nur einen Moment geglaubt hätte, er könnte Dominic den Arsch aufreißen, hätte er es getan.

„Offenbar war er nicht psycho genug, dass er dich in einer Bar erwürgen wollte, denn hier bist du ja."

„Verdammt, Luna, habe ich dich wirklich so weit getrieben, dass du mit so einem Typen rumhängst?"

Für den Fall, dass seine Sorge tatsächlich echt war, drehte ich mich zu ihm.

„Ich date Dominic nicht. Das war ein Zufallstreffen. Du hast meine Grenzen nicht respektiert. Wie jetzt. Ich bin weder an dir noch an ihm interessiert."

Hoffentlich war der Hexen-Ankläger fertig mit mir. Denn sollte er nochmal auftauchen, würde er eine eigene Version dieser Ansprache bekommen. Ich nahm demonstrativ das achtlos liegen gelassene Buch und brachte es an seinen richtigen Platz im Regal, nur ein paar Zentimeter von ihm entfernt, während ich immer noch dem Druck seines Blickes widerstand.

„Gut, denn ich bin besser als dieser Brutalo." Dieses Gespräch war sowas von vorbei.

„Besser? Du bist ein untreues, narzisstisches, arrogantes, reueloses Arschloch. Besser? Du schmeichelst dir."

Er rückte näher an mich ran, während er einen Ausdruck gespielter Sorge aufsetzte. „Ich habe Fehler gemacht. Du hast Fehler gemacht –"

„Was war mein Fehler? Früher nach Hause zu kommen oder nicht damit einverstanden zu sein, dass du fremdgehst?“

Er stieß einen frustrierten Laut aus. „Luna, ich werde dieses Spiel langsam leid. Bist du wirklich bereit, mich wegen ein paar kleiner Fehltritte wegzuwerfen? Ernsthaft, denk zur Abwechslung mal praktisch. Wir kommen wieder zusammen, und du kannst bei mir wieder einziehen. Denn du wohnst in einer beschissenen Gegend, und ich wette, deine Wohnung ist genauso schlimm. Der Typ gestern Abend passt nicht zu dir, Luna. Ich schon.“

„Du hast recht, ich sollte wirklich praktischer sein. Und der erste Schritt dazu ist, meine Fehler einzugestehen. Mein erster Fehler: Ich habe einen beschissenen Männergeschmack. Den allerschlimmsten. Kannst du glauben, dass der letzte Typ, mit dem ich zusammen war, ein totaler Arsch war? Ich glaube nicht, dass er sich dessen bewusst ist. Soll ich's ihm sagen?“

Er schnaubte und funkelte mich an. „Du bist lächerlich.“

„Jackson, lass dies das letzte Mal sein, dass du mich auch nur ansprichst. Lass mich in Ruhe und geh zu Ava und welche andere ahnungslose Person du noch in deiner Beziehung haben willst. Ich will dich nicht zurück. Wenn Wohnen dein Verkaufsargument ist, hast du schon verloren.“

Seine Lippen waren zu einer schmalen Linie gepresst, seine Augen flackerten – ich wusste, er ging in Gedanken eine Reihe von Argumenten durch. Er hatte immer noch nicht begriffen, dass er gehen sollte, also schob ich mich an ihm vorbei und ging in den Pausenraum, um meine Sachen wegzustellen und ihm klarzumachen, was ich meinte: *Verschwinde und komm nicht wieder.*

Jackson war weg, als ich zurückkam.

Ich begrüßte die Banalität meines Tages, deren Highlight das Bestellen einer Liste obskurer Geschichtsbücher für Peter war. Während ich die Bestellung aufgab, studierte er meinen Ring.

„Was bedeutet die Schrift?", fragte er, und ich zuckte mit den Schultern, während ich ihn betrachtete. „Keinen Schimmer."

Er schien das amüsant zu finden. Soweit ich wusste, hätte da stehen können, dass die Trägerin dieses Rings so oberflächlich war wie Fettaugen auf einer Suppe, und das könnte stimmen. Da offensichtlich niemand Anspruch darauf erhob, trug ich ihn, weil er einzigartig und niedlich war. Peter machte ein Gesicht, wahrscheinlich, weil er das nie tun würde.

Willst du deine Bücher, dann hör auf damit, Mr. Besserwisser.

In Eile, nach Hause zu kommen, um *Die Entdeckung der Magie* fertigzulesen, schloss ich den Laden schnell ab, räumte die Bücher auf und machte dann dicht. Bleib aufgeschlossen, ermahnte ich mich und winkte Lilith zu, die vor mir durch die Tür ging, während ich mich nochmal im Laden umsah, um sicherzugehen, dass alles an seinem Platz war. Als ich zurückging, um ein auf der Theke liegengelassenes Buch zu holen, wartete Lilith. Wir ließen niemanden allein im Laden.

Ich drängte sie zu gehen. „Ich lege das nur schnell weg. Dauert nur eine Sekunde."

Sie zögerte und blickte stirnrunzelnd auf das Buch.

„Es ist okay. Dauert ja nicht lange."

Mit einem widerwilligen Nicken stimmte sie zu.

Das abgegriffene Buch gehörte definitiv nicht uns. Keine ISBN auf der Rückseite und nur Symbole anstatt eines Titels. Das hatte jemand für mich dagelassen. Ich wusste es einfach. Gefragt zu werden, ob ich eine Hexe bin, die seltsame Art, wie die Fremden bei Dominic mich angesehen hatten, und seine Anschuldigung neulich waren keine Zufälle. Ich war mir sicher, dass Reginald das Buch nicht für mich dagelassen hatte. Er hätte es nicht einfach liegen lassen.

Dominic. Es musste von Dominic sein. Vielleicht würde das erklären, was er zu mir gesagt hatte. *Hexe.* Das war definitiv eine Verwechslung. Während ich das Buch an mich drückte, gestand ich mir ein, dass ich genauso schlimm war wie Reginald, verführt und angezogen vom Mystisch-Okkulten. Dieses Buch würde so ähnlich sein wie *Die Entdeckung der Magie*. Das war aufregend.

Der fünfzehnminütige Weg zu meiner Wohnung fühlte sich wie Meilen an, während ich voller Vorfreude darüber nachdachte, was ich lernen würde.

Eine Tüte Popcorn und ein schnell zusammengeschustertes Sandwich waren mein Abendessen. Ich legte das Buch auf meinen Schoß und blätterte zwischen Bissen vom Sandwich und der einen oder anderen Handvoll Popcorn darin.

Enttäuscht blickte ich auf. Anders als *Die Entdeckung der Magie*, das sich wie ein akribisch detailliertes Tagebuch las, schien dieses Buch zwischen Tequila-Shots geschrieben worden zu sein. Ein wirrer Wortsalat: „Der Tod entzieht sich dem Nachtwanderer. Taballuh. Hebt die Schleier der Knechtschaft. Licht und Dunkelheit richten sich aus. Acostmias." Ich las es immer wieder und versuchte, einen Sinn darin zu finden. Ein Rätsel? Es ergab keinen Sinn. Verschlüsselt vielleicht. Das Durchblättern der Seiten offenbarte nur mehr verschlüsselte Sprache und mäandernde Erzählungen.

Neugier wurde zu Langeweile, und ich blätterte noch ein paar Seiten weiter. Ich zuckte zusammen, als eine Seite meinen Finger ritzte. Blut quoll aus dem Schnitt und färbte die Ecke der Seite. Das Metall des Rings an meinem Finger erwärmte sich.

Ich versuchte, das Buch von meinem Schoß zu schieben, aber es klebte an mir fest. Zeile für Zeile verschwanden die Worte von der Seite, während ich meine Aufmerksamkeit zwischen dem Buch und dem Ring aufteilte, der sich um meinen Finger neu geformt hatte. Das verschlungene Design war verschwunden, und an seinem Platz war jetzt eine schlichtere Version davon.

Ich schaffte es schließlich, das Buch von meinem Schoß

zu stoßen. Es landete am Boden, offen auf der Seite, die ich gelesen hatte, alle Worte verschwunden.

Der Ring hatte sich um meinen Finger festgezogen. Es dauerte fast zehn Minuten, ihn abzubekommen. Darunter, auf meiner Haut, waren Zeichen, identisch mit der ursprünglichen Version des Rings.

Mein Atem kam in kurzen Stößen, Angst überwältigte mich. Ich zwang mich, tief einzuatmen, sonst würde ich ohnmächtig werden. Ich konzentrierte mich auf die Wand, aber meine Augen wanderten immer wieder zu dem Buch und den Markierungen an meinem Finger zurück.

Was. Zur. Hölle? Es wurde ein Mantra, das sich wiederholte.

5

Mein freier Tag begann so, wie die letzte Nacht geendet hatte, damit, dass ich versuchte, die unauslöschlichen Male an meinem Finger loszuwerden, der zwischenzeitlich wund vom Schrubben war und schmerzte. Irgendwann gab ich auf.

Das Buch hatte ich auf die Küchentheke verbannt. Ich weigerte mich, in seine Nähe zu gehen. Da war immer noch Blut an der Seite, aber sie und die benachbarte Seite waren leer, kein Text, nichts. Mein Ring war kaum wiederzuerkennen, und ich hatte jetzt Symbole auf meinen Finger tätowiert. So vieles war an der Situation falsch, und mein Kopf schwirrte, während ich verzweifelt versuchte, das zu verstehen. Mein erster Impuls war, Emoni anzurufen, wie ich es bei jedem Problem tun würde. Aber ich entschied mich dagegen. Das war nicht nur ein skurriler Vorfall. Es war so viel mehr, und während ich versuchte, das zu begreifen, hatte ich nicht die Kraft, jemand anderen in dieses Chaos hineinzuziehen. Eigentlich wäre es weniger ein Hineinziehen und mehr ein Hineinstoßen in eiskaltes Wasser.

Reginald glaubte an das Übernatürliche. Es war nicht nur etwas Exzentrisches, an das Leute glaubten, wie dass man, wenn man oft genug campen geht, irgendwann auf Bigfoot trifft.

Obwohl es mir schwerfiel, dafür aufgeschlossen zu bleiben, hatte Reginald kein Problem damit. Reginald hatte allen logischen Glauben ausgesetzt. Das hier erforderte Denken außerhalb der Norm und das Ausblenden alles Praktischen.

Nachdem ich eine weitere Nachricht für Reginald hinterlassen hatte, in der ich ihn bat, mich zurückzurufen, machte ich mich an noch eine Runde erfolgloser Versuche, die Male an meinem Finger zu entfernen, und starrte erwartungsvoll auf mein Handy.

„Was ist los, Luna?", fragte Reginald, nachdem ich ein schnelles Hallo zur Begrüßung herausgebracht hatte.

„Wir müssen reden", flüsterte ich. Als könnte mich jemand hören!

„Was ist passiert?" Sorge war klar in seiner Stimme zu hören.

„Ich muss dir das zeigen, nicht erzählen."

„Ich habe ein paar Kunden, aber ich kann gegen eins bei dir vorbeikommen", sagte er. „Passt das?" Er klang so beunruhigt, dass ich mich bemühte, ruhiger und sicherer zu klingen, als ich antwortete.

„Ja, das passt."

Ich nutzte die Zeit, bis er kam, um wieder meinen Finger zu schrubben und zu recherchieren, was Dominic zu mir gesagt hatte. Nichts kam dabei heraus. Es war eine andere Sprache, und ich schrieb es wahrscheinlich so falsch, dass selbst Google aufgab.

Minuten, bevor Reginald ankommen sollte, nahm ich all meinen Mut zusammen, um das Buch wieder zu öffnen. Ich behandelte die Seiten vorsichtig, achtete darauf, einen weiteren Angriff auf sie zu vermeiden. Dieses Buch war lebendig; egal, wie unlogisch und lächerlich das klang, das Buch hatte mich geschnitten – nein, es hatte mich *gebissen*. Das war kein simpler Papierschnitt.

Als ich die Tür für Reginald öffnete, war sein Gesicht gerötet, so schnell war er die drei Treppenabsätze zu meiner Wohnung hinauf gerannt. Er sah sich anerkennend in meiner Wohnung um. Sie war viel kleiner als das Haus, das ich mir mit Jackson geteilt hatte, und definitiv auf der anderen Seite von „niedlich". Jetzt, wo sie eingerichtet war, fand er sie viel ansprechender als damals, als er mit Emoni zwei Tage nach meinem Einzug zu Besuch gekommen war.

Mit intensivem Schnäppchenjagen, Möbelkauf in Secondhandläden, auf Craigslist und Facebook-Marketplace hatte ich ein gemütliches Zuhause geschaffen. Eine rostrote Couch und ein großer gemusterter Sessel, der besser aussah, als er sich anfühlte. Eine abgenutzte Ottomane – eines der Stücke, die ich aus meinem Zuhause mit Jackson mitgenommen hatte. Reginald lächelte über die Fülle an Pflanzen im Wohnzimmer. Das Grün gab mir wirklich das Gefühl eines Neuanfangs. Ein neues Leben.

„Also, was ist passiert?", fragte er.

Ich wusste nicht, womit ich anfangen sollte, meinem Finger oder dem Buch. Meine Worte sprudelten heraus wie aus einem gebrochenen Damm, und es fühlte sich an, als würde ich beides gleichzeitig tun. Ich wedelte mit meiner Hand vor ihm, hielt den zerstörten Ring hoch, zeigte ihm meinen Finger und erzählte ihm, dass das Buch mich gebissen hatte. In dem Moment schien das völlig normal zu sein. Natürlich hatte das Buch mich gebissen. Das machen Bücher doch dauernd. Leute ritzen und Worte auslöschen. Immer schön weitergehen, Leute, hier gibt's nichts zu sehen!

Er untersuchte erst meine Hand, dann den Ring, der jetzt nur noch ein Stück Metall war, etwas, das ich nie auf der Straße aufheben würde.

Er nahm das Buch, zischte und ließ es fallen. Seine Hände und Finger waren knallrot. Aber es waren die Worte, die schnell von der Seite verschwanden, die mich dazu brachten, mein Handy zu schnappen und es zu filmen, nur Sekunden

Video einzufangen, bevor das ganze Buch nichts weiter als vergilbte, leere Seiten war.

„Was. Zur. Hölle?", zischte Reginald vom Waschbecken aus, wo er seine Hände unter kaltes Wasser hielt. Von dort aus konnte er sehen, dass es Worte im Buch gegeben hatte und die Seiten jetzt leer waren.

„Ja", seufzte ich und schüttelte den Kopf. Mit Vorsicht berührte ich leicht die Kante des Buches, ohne Probleme. Ich zögerte immer noch, es aufzuheben. Nach ein paar weiteren vorsorglichen Sicherheitsmaßnahmen hob ich es auf.

Sah mir jede Seite an; alle leer.

„Das ist ein Zauberbuch", informierte mich Reginald. Das überraschte mich nicht im Geringsten.

Reginald hatte nicht denselben Ausdruck von Aufregung und Neugier, wie er ihn gehabt hatte, als er mir *Die Entdeckung der Magie* gab. Sein Gesicht war angespannt von den Emotionen, die sich darauf abzeichneten.

Er stellte mehr Fragen, drängte mich, mich an die Phrasen zu erinnern, die ich beim Lesen des Zauberbuchs gesprochen hatte. Es fühlte sich wie ein Verhör an. Aber die Worte hatten sich alle vermischt. Wenn sie Sinn ergeben oder irgendwie verständlich gewesen wären, wäre es leichter gewesen, mich zu erinnern.

„Ich weiß nicht, wie ich dir helfen soll, Luna", gab er zu, während er sich mit den Händen über das Gesicht rieb.

Bitte lass das nicht der Moment sein, in dem er gesteht, dass er keine Hexe ist. Er musste eine Hexe sein.

Mit einem Stirnrunzeln schaute er auf seine Hände. „Wie geht's deinen Händen?", fragte ich.

„Nicht schlimm, es brennt nur ein bisschen. Es dient eher der Abschreckung, nicht dazu, zu verletzen", sagte er mit genug Selbstsicherheit, dass meine Hoffnung, dass er helfen könnte, wieder aufflammte.

„Ich habe von so einer Magie gehört, aber die Hexen in meinem Zirkel beherrschen sie nicht."

„Zirkel?“

Er nickte. Scheiß drauf, ich war an Bord. Zirkel, Wandler, Hexen, Vampire, Magie, Bücher, die beißen und sich selbst zerstören. Gestern hatte ich verdammt nochmal einen Höllenhund gesehen!

Mein Kopf pochte, und mir wurde immer schwindliger. Ich hielt mich am Küchentresen fest, um Halt zu finden. Die Schwindelgefühle kamen nicht vom Sprung ins Unbekannte, sondern von Hypoglykämie. Ich hatte seit dem Abendessen gestern nichts zu mir genommen. Und das war kein richtiges Abendessen gewesen. Ich musste essen.

„Ich mach’ mir ein Sandwich. Willst du auch eins?“

Er nickte und blätterte mit derselben Vorsicht, die ich angewandt hatte, durch das Buch. Da alle Seiten leer waren, gab es nichts zu finden, also legte er das Buch mit der Vorderseite nach unten und studierte die Muster auf den Deckeln vorn und hinten.

„Ich weiß nicht, was diese Sigillen bedeuten“, sagte er. „War der Zauber auf Englisch?“

„Alles war auf Englisch“, berichtete ich ihm und machte uns schnell ein Truthahn- und Käsesandwich mit Gurken und Chips als Beilage. Ich gab ihm ein Glas Wasser und musterte ihn. Er sah aus, als könnte er was Stärkeres gebrauchen.

„Du hast einen Zirkel? So richtig mit anderen Hexen wie du?“

„Ich kenne nur Hexen wie mich. Wir haben keine starke Magie.“ Er wedelte mit der Hand durch die Wohnung. „Was hier passiert ist, war starke Magie. Außerhalb meines Fachgebiets.“

„Glaubst du, jemand in deinem Zirkel kennt Hexen, die Erfahrung mit dieser Art von Magie haben könnten? Vielleicht könnten die helfen?“

„Ich werde mich umhören, aber“ – er blickte zwischen den Bissen nachdenklich auf – „wir sollten diskret sein.

Wenn ich ihnen das bringe, riskiere ich, rausgeworfen zu werden, weil sie dann wissen, dass ich dir gesagt habe, dass ich ein Hexenmeister bin."

„Ich will nicht, dass du das riskierst." Das wollte ich wirklich nicht, aber ich brauchte jemanden mit Magie, die nicht von einem Instagram-Filter kam.

„Nein, ich mach's. Es muss nur mit Diskretion laufen", sagte er.

Nachdem wir zu Mittag gegessen hatten, machte er mehrere Fotos von den Malen an meinem Finger, den Sigillen auf dem Buch und bat mich, ihm das Video zu schicken.

Nachdem er gegangen war, konnte ich nicht aufhören, an Dominic und seine Rolle dabei zu denken. Ich musste ihn finden.

Ohne Nachnamen war es fast unmöglich, ihn zu finden. Ich suchte zuerst auf Facebook, scrollte durch Seite um Seite von Namen und sah mir Profile an, die auch nur entfernt nach ihm aussahen. Aber was dann? Sollte ich ihm eine Freundschaftsanfrage schicken? Eine Nachricht versuchen? Was sollte ich tun, Hashtags checken? Ich konnte mir nicht vorstellen, auf was für eine wilde Jagd mich das geschickt hätte.

Nach zwei Stunden auf Facebook und Instagram war ich so verzweifelt, dass ich überlegte, durch die Straßen zu streifen und einfach seinen Namen zu rufen. Das hätte wahrscheinlich genauso viel gebracht. Er hatte mich zweimal gefunden. Suchte er nach mir? Es dauerte nicht lang, bis ich mich am Ort unserer ersten Begegnung wiederfand, im *Books and Brew* an der Theke saß, Leute beobachtete und unter Emonis fragendem Blick Kaffee schlürfte. Geheimnisse. Ich hatte jetzt welche vor ihr. Sollte ich es ihr sagen? Das Café war voll, was mein schlechtes Gewissen, die Ereignisse von gestern für mich zu behalten, wenigstens etwas beruhigte. Ich durfte sie nicht damit belasten, bis ich wusste, was los war. *Komm schon, Dominic.* Immer unruhiger ging ich in den Buchladen. Nichts schreit „du lebst dein bestes Leben" mehr, als an deinem freien Tag an deinem Arbeitsplatz rumzuhängen. Nachdem ich die Neuerscheinungen und Bücher von meiner Leseliste durchgesehen hatte, kaufte ich fünf davon. Es kostete Mühe, Liliths „Echt jetzt?"-Blick zu ignorieren, als sie mich abkassierte. Es war weniger ein ungläubiger Blick, sondern eher ein „du bist eine bemitleidenswerte Verliere-rin"-Blick.

Mit einem schwachen Lächeln zahlte ich. Es würde ihr nicht seltsam vorkommen, dass meine Käufe ein episches Fantasydrama, einen Psychothriller und ein YA-Buch umfassten, dazu Bücher über Wicca und Hexenkunst. Mein Geschmack war ziemlich eklektisch.

„Du hast deinen Ring gewechselt", bemerkte Peter und neigte den Kopf, während er ihn mit einem Stirnrunzeln studierte.

Ich nickte, während in mir der Drang brodelte, zu sagen: „Nein, ein Buch hat mich gebissen, eine Menge komisches Zeug ist passiert, und jetzt habe ich diesen langweiligen Ring, der Male auf meinem Finger verbirgt. Und darüber hinaus muss ich Amateurdetektivin spielen, um den Typen zu finden, den ich für den Verantwortlichen halte." Er klappte das dicke Hardcover-Buch in seiner Hand zu, um einen genaueren Blick darauf zu werfen. „Gleicher Stil. Der passt besser zu dir." Er schenkte mir dieses halbe Lächeln, das so viele Leute in ungewollte Geschichtsstunden verwickelt hatte. Sein Blick fiel auf meine Büchertüte. Er musterte mich in meinen Chucks, Jeans, Baby-Yoda-T-Shirt und dem lockeren Pferdeschwanz, der den minimalen Aufwand zeigte, den ich in mein Styling gesteckt hatte.

„Falls du es nicht eilig hast, hast du Lust auf einen Kaffee mit mir?" Er ließ sein verschmitztes Lächeln blitzen, von dem ich schnell erkannte, dass es nicht so unbeabsichtigt war, wie ich zuvor geglaubt hatte. Er legte Köder aus. Nicht heute, Mr. Geschichtsvorlesung. Nicht heute.

„Vielleicht ein andermal. Ich habe eine Menge Besorgungen zu erledigen. Ich habe nur was zum Lesen für heute Abend gebraucht", log ich. Obwohl Peters Vortrag eine gute Ablenkung gewesen wäre, um nicht ständig aufs Handy zu starren und auf Nachricht von Reginald zu warten oder meine Suche nach Dominic fortzusetzen.

Blindes Durchhaltevermögen, Vorsicht und störrische Neugier führten dazu, dass ich die Gegend absuchte, wo ich Dominic gesehen hatte. Ich ging sogar zurück in die Bar, wo er Jackson bedroht hatte. Verzweiflung ließ mich keine Möglichkeit ignorieren. Ich wünschte, es gäbe dunkle, gefährliche, grüblerische Bat-Signale, die ich einsetzen könnte. Vielleicht, wenn ich eine Spur aus Ristretto legte …

Mitten auf dem Gehweg plante ich, wo ich als Nächstes suchen wollte, als eine Hand meine Taille berührte und mich gegen einen festen Körper zog. Kühle Schwingungen hüllten mich ein.

„Schließ die Augen", befahl der Fremde.

Ich tat es nicht. Ich ließ die Büchertüte fallen, kratzte an dem fremden Arm und stampfte, zielte auf seinen Fuß, bis das Gebäude um mich herum und der ferne Blick auf Leute ein paar Blocks entfernt verschwanden und ich in Dunkelheit gestürzt wurde.

Als der Arm mich losließ, stützte ich mich auf meine Knie, bis mein Kopf aufhörte zu schwirren. Sobald es erträglich wurde, richtete ich mich auf und sah vier Leute an einem halbkreisförmigen Konferenztisch sitzen, die mich musterten.

„Ich habe dir doch gesagt, du sollst die Augen schließen", sagte jemand hinter mir. „Man gewöhnt sich nie wirklich dran, es sei denn, man ist derjenige, der *zont*."

Ich wirbelte herum, um einen Blick auf meinen Entführer

zu werfen, der eigentlich aus Stein gemeißelt und vor ein Museum gestellt werden sollte. Zerzaustes umbrabraunes Haar, Haut, blass wie Pergament, Adlernase, scharfe, markante Wangen und großzügig geschwungene, rosige Lippen. Meine Augen fixierten den unnatürlichen Kontrast seiner Augen, die wie Opale aussahen.

Er war zu nah. Wenn jemand mich von der Straße entführt, tut er das nicht aus Höflichkeit. Ich stieß ihn zurück. „Noch nie was von persönlicher Distanzzone gehört?“

Sein spöttisches Lächeln wurde breiter und enthüllte scharfe Eckzähne. Vampir. Ein langes Blinzeln. Ich redete mir ein, dass er verschwunden sein würde, wenn ich die Augen wieder öffnete.

War er nicht. Nur ein paar Zentimeter vor mir stand ein Vampir.

Ein Vampir!

„Ich mag sie. Vielleicht eine kleine Verkostung wert, bevor wir weitermachen.“

Ein perverser Vampir, der mich kosten wollte. Ich hatte keine Zeit, das zu verarbeiten. Mein einziges Ziel war, mich zu schützen. Das hier lebend zu überstehen. Und sehr optimistisch, aber ja – vorzugsweise unversehrt.

„Versuch's, und du wirst nie wieder was schmecken“, schoss ich zurück, zeigte eine Tapferkeit, die ich nicht wirklich fühlte, und schützte Fähigkeiten vor, die ich nicht hatte. Wie sollte ich einen Vampir aufhalten? Wenn er eine „kleine Verkostung“ versuchen würde, würde ich jedoch alles tun, um meine Drohung wahrzumachen. Die einzigen Waffen, die ich hatte, waren meine Knie, die direkt in seinen Schritt gehen würden, und meine Finger in seine Augen. Egal, was dabei kaputtginge, ich würde ihm mit dem Handy aus meiner Gesäßtasche auf den Schädel schlagen.

Er tat meine Drohung mit einer übertriebenen Verbeugung ab.

Ich sah mich um. Der gruselige Vampir war nicht der Einzige, um den ich mir Sorgen machen musste.

„Ich sehe den Reiz. Aber wie du weißt, machen die Feurigen oft den meisten Ärger. Und die hier hat schon eine Menge verursacht", sagte die Frau, die in der Mitte des halbkreisförmigen Tisches saß.

Der Vampir war immer noch zu nah für meinen Geschmack. „Kane, tritt zurück von ihr", wies die Frau ihn an.

Nachdem er ein paar Schritte zurückgetreten war, fixierten mich ihre berechnenden haselnussbraunen Augen. Ihr ovales Gesicht nahm einen strengeren Ausdruck an, und ihre Lippen wurden zu einer schmalen Linie. Ich würde wetten, dass die Fältchen, die sich bildeten, als sie die Brauen zusammenzog, nicht vom vielen Lächeln kamen. Warme, elfenbeinfarbene Haut stand im krassen Kontrast zu ihrem kühlen und distanzierten Auftreten. Ihr dunkles Haar mit pflaumenfarbenen Schattierungen war zu einem Zopf geflochten, der am Hinterkopf zu einem tiefen Knoten gesteckt war. In einen tiefblauen Anzug gekleidet, ergänzt durch eine cremeweiße Seidenbluse, schien sie die Führung zu haben – oder vielleicht hatte sie sich die Rolle selbst zugeteilt. Die kühle Einschätzung in ihren Augen ließ mich glauben, dass sie älter war, als sie aussah.

Es fühlte sich an, als wäre ich mitten in ein Gespräch geworfen worden und konnte die richtigen Fragen nicht finden. Was auch immer sie mir vorwarfen, es hatte mich zu ihrem Feind gemacht. Ich teilte meine Aufmerksamkeit zwischen den Leuten, dem Raum und der Aussicht auf die Stadt auf, dank des wandhohen Fensters, das die gesamte Rückseite des Raumes einnahm. Ich war nicht im Erdgeschoss. Vielleicht im dritten oder vierten Stock.

Als ich meine Aufmerksamkeit zurück zu den Leuten lenkte, sah ich die Frau, die behauptet hatte, dass ich Ärger verursacht hatte, mit verächtlichem Blick auf mich herabblicken. Haselnussbraune Augen, die mich mit Abscheu durchbohrten, kamen von der jüngeren Frau zu ihrer Rechten. Vielleicht war die Bezeichnung Feind noch optimistisch. Der Mann zu ihrer Linken hatte dieselben leuchtend violetten Augen wie die Frau, die mit Dominic im Café gewesen war. Bunte Tattoos bildeten Sleeves auf beiden seiner Arme. Durch sein petrolblaues V-Ausschnitt-Shirt konnte ich die Ränder weiterer Tätowierungen sehen. Er beobachtete mich mit einem sanfteren Blick, während seine Finger mit den Strähnen seiner ohrlangen rotbraunen Haare spielten.

„Was wollt ihr –"

Meine Frage wurde vom leisen Tapsen von Pfoten unterbrochen. Langsam näherte sich mir ein Löwe. Ein Löwe! *Ein riesiger Löwe!* Als er sich die Lefzen leckte, begann ich zu kalkulieren, wie lange es dauern würde, zur Tür zu kommen. Die Anwesenden im Raum schienen ganz und gar unbeeindruckt, dass ein Spitzenprädator einfach so in den Raum spazierte, als würde das jeden Tag passieren. Vielleicht war das auch so. Man sitzt beim Mittagessen, zack, ein Löwe kommt hereinspaziert und schnappt sich das Steak von deinem Teller.

Ich spannte meine Muskeln an, als er um mich herumging, seine Nase an meinem Bein entlangstrich und dann an meiner geballten Faust. Bevor ich einen Plan schmieden konnte, schauderte er, und ein Mann – ein nackter Mann! – kauerte auf allen Vieren zu meinen Füßen. Er stand auf, seine Lippen zuckten angesichts meiner Bemühung, meinen Schock zu verbergen – der definitiv erwartet und gewollt war.

Ich musste weg aus diesem Nest von Freaks.

„Lance, musst du dich immer so zur Schau stellen?", tadelte die majestätische Frau in der Mitte. Mit einer knappen Handbewegung wehte ein Windstoß in meine Richtung, gefolgt von einem Wirbel goldener Lichter, der den menschlichen Löwen einhüllte, und als die Lichter verblassten, stand er voll bekleidet vor mir in einem enganliegenden T-Shirt, lässigen Jeans und Flipflops. Ungebändigtes, knapp schulterlanges sandblondes Haar, seine Hautfarbe ein paar Nuancen heller. Raubtierhafte, ausdrucksstarke goldbraune Augen und ein langes, ovales Gesicht. Er war sein Tier in Menschengestalt.

Er warf einen Blick über die Schulter zu der Frau, die ihn angezogen hatte. „Madeline, das ist keine Hexe", verkündete er.

Danke! Hör auf den schamlosen Nudisten, der – o liebe Schicksale – vor einer Minute noch ein Löwe gewesen war. Es traf mich wie ein Schlag. Er war gerade eben noch ein Löwe gewesen!

Alle Augen wanderten zu dem Mann mit den violetten Augen. „Sie ist die, die ich gesehen habe", bestätigte er. Er beugte sich in seinem Stuhl vor; seine Ellbogen ruhten auf dem Tisch, während er die Fingerspitzen wie ein Zelt anein-anderlegte. Vorsichtiges Interesse trat in seine freundlichen Augen. „Sie stellt mich vor Rätsel. Das ist die, die ich vor mir gesehen habe, bevor ich die leeren Perils entdeckte. Wie kann das sein, wenn sie keine Magie besitzt?"

Madelines Miene wurde finsterer. „Ich dachte, sie sei in einen Tarnzauber gehüllt und dass ich es deshalb nicht spüren konnte." Sie richtete ihre Aufmerksamkeit auf Lance. „Aber ein Tarnzauber wirkt nicht auf Wandler. Bist du sicher, dass sie ein Mensch ist?"

Es wäre nicht schwer festzustellen, dass ich keine Hexe bin, wenn jeder, der tatsächlich Magie besaß, eine so bedroh-liche, dynamische Energie ausstrahlte. Sie prickelte auf meiner Haut, zupfte an meinen Nerven und machte klar, dass ich in der Gegenwart von etwas anderem war. Bei all seinen Beteuerungen, eine Hexe zu sein, hatte sich nichts an Reginald so angefühlt. Sicherlich deutete auch nichts an mir darauf hin.

„Ja, ich bin ein Mensch", bestätigte ich, bevor jemand

anderes etwas sagen konnte. „Also gibt's keinen Grund für mich, hier zu sein … was auch immer das hier ist. Ich weiß nicht, das Treffen der Seltsamen und Gruseligen?"

Niemand schien das lustig zu finden.

Ich begann zurückzuweichen, aber der scharfe, raubtierhafte Blick des Wandlers ließ mich innehalten. Eine Warnung. „Sie ist ein Mensch", bestätigte Lance.

Madeline sah nicht überzeugt aus. „Aber macht sie das zu einer Unschuldigen?"

„Was ihre Rolle beim Kompromittieren der Perils angeht, ist sie es", bestätigte eine tiefe, volle, gebieterische Stimme.

„Dominic." Madelines Augen schnellten in die Richtung der Stimme, genau wie meine und die aller anderen. Die Lippen des Vampirs verzogen sich, entblößten seine Fangzähne.

„Die kannst du wegstecken, denn du wirst sie definitiv nicht an mir benutzen", sagte Dominic zu ihm, während er und die zwei Leute, die im Café bei ihm waren, auf den Tisch zugingen. Blutspritzer befleckten die Ärmel und die Vorderseite von Dominics weißem Shirt, das sich an die Muskeln seiner Brust und Arme schmiegte.

Der Mann, dessen Gesicht ich im Café nicht hatte sehen können, war jetzt gut sichtbar. Rehbraune Haut; ich vermutete nahöstlicher Herkunft. Seine hellhaselnussbraunen Augen hatten einen grünlichen Unterton. Die Winkel seines Gesichts waren diamantscharf, mit einem starken, klar definierten Kiefer und ebenso klar definierten Wangen. Die Woge von Gefahr, die von ihm ausging, machte es schwer, seinem Blick standzuhalten. Zunächst abgelenkt von dem Schwert, das an seinem Rücken befestigt war, ließ ich meinen Blick schließlich zur Narbe wandern, die über seine Wange verlief.

Als sie weiter in den Raum kamen, wurden zwei Dinge überwältigend klar. Die Gruppe hinter dem Tisch mochte Dominic nicht, und es war ihm völlig egal.

„Du hast keinen Grund, hier zu sein", behauptete Madeline durch zusammengebissene Zähne.

Ein spöttisches Lächeln huschte über Dominics Lippen, während er eine Braue hob. „Und doch bin ich hier." Als er neben mir stand, fixierte er Madeline mit einem harten Blick. Es gab eine feine Linie zwischen bewundernswerter Selbstsicherheit und schamlosem Arschloch, und angesichts des selbstsicheren Ausdrucks auf seinem Gesicht balancierte er gefährlich darauf.

„Waren die Wachen dazu da, mich zu unterhalten oder aufzuhalten?", fragte er mit einem dunkel amüsierten Grinsen.

Wut fegte über Madelines Gesicht. „Leben sie?"

„Wenn du dir darüber Sorgen gemacht hast, hättest du ihnen nicht befehlen sollen, mich aufzuhalten", konterte er und erwiderte ihren finsteren Blick.

Ich nahm das als Bestätigung, dass ich so schnell wie möglich von ihm und dieser Situation wegmusste, aber ich war zu neugierig und fasziniert, um sofort zu rennen. Verzweifelt wollte ich wissen, was los war und wie ich fälschlicherweise da reingezogen wurde, also blieb ich für eine Erklärung. Madeline stand auf, lehnte sich auf den Tisch. Die Magie, die von ihr ausging, veränderte den Druck im Raum und erstickte die Luft mit bedrohlicher Energie.

„Du sagst uns, dass die Perils kompromittiert wurden, die Gefangenen entkommen sind und die Schlimmsten unserer Art auf freiem Fuß sind, und erwartest, dass wir – was tun? Herumsitzen und warten, bis sie sich an uns rächen – an den Leuten, die sie dort eingesperrt haben?", zischte sie. „Unser Seher hat bestätigt, dass sie beteiligt war."

„Ich hab' erwartet, dass ihr die nötigen Vorsichtsmaßnahmen trefft, um euch und eure Leute zu schützen. Dass ihr euch bedeckt haltet und mich nicht behindert, während ich die Situation in den Griff bekomme. Und ich habe verdammt nochmal nicht erwartet, dass ihr versucht, meine Teilnahme an dem Treffen zu verhindern. Sag mir, was sind eure Pläne für diesen Menschen?"

Mir gefiel die Formulierung nicht, aber ich würde es ignorieren, wenn sie mich hier rausbrachte.

Madelines Kiefer spannte sich an, während sie einander anstarrten. Ich irrte mich; es war nicht, dass sie ihn einfach nur nicht mochten. Sie hassten ihn mit einer glühenden Leidenschaft, die auf allen Gesichtern deutlich zu sehen war, aber am stärksten auf Madelines.

Bevor Dominic etwas antworten konnte, das Madeline vermutlich noch mehr aufregen würde, richtete Dominics Begleiterin mit den violetten Augen eine Frage an den Mann, dessen Augen ihren glichen.

„Was hast du gesehen, Callum?"

Sein Blick wanderte zu mir. „Sie, leere Zellen und …" Er nahm das Handy, entsperrte es und drehte das Display zu ihr um. Ich bewegte mich mit ihr, um einen Blick zu erhaschen.

Verdammt! Das war den Malen an meinem Finger ähnlich. Ich war dankbar, dass der Ring sie verdeckte. Nein, nicht ähnlich. Genau gleich. Mein Atem stockte.

„Ihr wollt sie töten?", schloss Dominic.

„Das ist der Zauber, der sie befreit hat. Offensichtlich hast du ihn nicht brechen können, sonst hättest du uns nicht sagen müssen, dass unser Leben in Gefahr ist. Wir handeln proaktiv. Wir verteidigen uns. Töte den Magier, bricht den Zauber. Sie ist die Magierin."

Mord ist also proaktiv?

„Ah", sinnierte Dominic, meiner Meinung nach ein bisschen zu entspannt für eine Diskussion über Mord. „Sie ist keine Hexe. Wir können alle sehen, dass sie keine Magie besitzt. Ich kann euch versichern, dass ihr nicht ein einziges Mal im Mittelpunkt dieser Angelegenheit standet. Ich habe Luna zweimal zuvor getroffen." Er wedelte mit einer abfälligen Geste in meine Richtung, während ich versuchte, meinen Finger unauffällig zu verstecken. „Nailah" – ich nahm an, er meinte die Frau mit den seltsamen violetten Augen – „hat dasselbe gesehen. Ich habe einen *ostendo*-Zauber auf Luna angewandt, um alle Tarnzauber zu entlarven, und sie ist keine Hexe und besitzt nicht die Fähigkeit, einen solchen Zauber zu wirken."

Mein Herz raste. So gesehen hatte er recht, aber ... ich war involviert. Allerdings würde ich das in einem Raum voller Leute, deren Plan war, mich zu töten, nicht erwähnen. Mit langsamen Atemzügen wartete ich ab, wie die Situation sich entwickeln würde.

„Madeline", sagte Dominic gedehnt. „Hast du immer noch vor, sie zu töten?"

Hör verdammt nochmal auf, das vorzuschlagen! Das ist keine Option. Wie wäre es mit: Hey, sie ist unschuldig, lass sie gehen? Jetzt sag nicht, dass du nicht auf diese Idee gekommen bist?

„In einer solchen Situation ist es besser, auf Nummer sicher zu gehen."

Es ärgerte mich, wie selbstverständlich sie über meine Ermordung diskutierten, als überlegten sie, ob sie Sesam auf ihren Avocado-Toast streuen sollten.

„Mord an einem unschuldigen Menschen? Ist das nicht genau das, wofür ihr andere in die Perils geschickt habt?", bot Dominic an.

Kane knurrte. „Du hast gesagt, die Perils funktionieren nicht, dass ein genereller Zauber darauf liegt, der nicht einmal dir erlaubt, denselben Zauber zu benutzen, jemanden dort einzusperren. Die rücksichtslosesten und grausamsten unserer Art, die mit einfacher Magie nicht bezwungen oder eingesperrt werden können, sind frei, und du bittest uns, die Sache dir zu überlassen. Drei Tage. Du gehst nicht effizient genug damit um. Wage es nicht, uns zu belehren. Wir werden tun, was nötig ist, um uns zu schützen und das wieder in Ordnung zu bringen."

Dominics Lippen verzogen sich zu einem grausamen

Lächeln. „Und ich werde tun, was ich tun muss, um euch dafür zu bestrafen. Vielleicht kehren wir zu unseren alten Methoden zurück, die ihr für zu barbarisch gehalten habt. Folter, dann Tod – eine scheinbar angemessene Strafe für den Mord an einer Unschuldigen." Seine Augen verdunkelten sich.

Ist das irgendein Mordkult? Warum ist Töten Plan A für diese Leute?

Scheiß drauf, ich war raus. Als ich langsam zurückwich, hoffte ich, unbemerkt zu bleiben, während sie mit der Lässigkeit von Soziopathen über Mord und Töten sprachen.

„Wenn sie unschuldig ist, warum pocht ihr Herz dann so? Das hat es vorher nicht getan", sagte ein weiterer Mann, den ich nur als silbern beschreiben konnte. Grau-silbernes Haar, obwohl er wie Anfang dreißig aussah, wilde platingraue Augen und ein sehniger, schlanker Körper, der mich an einen Windhund erinnerte. Seine Augen besaßen Lances raubtierhafte Schärfe.

„Könnte es vielleicht sein, dass das was damit zu tun hat, dass ihr meine Ermordung diskutiert, als wäre ich nicht hier?", schnaubte ich.

Er sah nicht überzeugt aus. Die Augen zusammengekniffen, lehnte er sich in seinem Stuhl zurück, die Hände hinter dem Kopf verschränkt. Das schwarze T-Shirt spannte sich über sehnige, straffe Muskeln. „Bist du eine Hexe?"

„Nein."

Er benetzte sich die Lippen, aber nicht auf verführerische Weise. Eher so, wie ich es bei Raubtieren gesehen hatte, bevor sie über ahnungslose Beute herfielen. Ich schluckte und straffte die Schultern, weigerte mich, mich einschüchtern zu lassen, besonders nicht von einem Lippenlecken. Wie schwach war das denn?

„Warst du verantwortlich für die Zerstörung der Perils?"

Das konnte ich nicht mit absoluter Sicherheit beantworten. Nichts von alldem hier war Zufall. Dass ich das Buch gefunden hatte, dass es mich gebissen hatte, der Zauber, den ich wohl unabsichtlich ausgelöst hatte, oder die unauslöschlichen Male an meinem Finger. Ich nahm jedoch an, seine Frage zielte darauf ab, ob ich das aktiv und wissentlich getan hatte. Und ich hatte absolut nichts damit zu tun. Ich war eine passive Teilnehmerin und daher nicht verantwortlich.

„Nein.“

Ich fragte mich, ob die nächste Frage zu den Sigillen sein würde, die Callum uns gezeigt hatte. Es war der Schock, der mich wie angewurzelt stehen bleiben ließ, als ich im einen Moment einen Mann vor mir hatte und im nächsten Moment einen riesigen Wolf mit gefletschten Zähnen, der auf mich zusprang, mir gerade genug Zeit ließ, zu schreien und die Arme zu meiner Verteidigung hochzureißen. Reflexartig schloss ich die Augen. Als ich sie vorsichtig wieder öffnete, sah ich eine Bewegung von links und hörte dann ein dumpfes Geräusch. Dominics Begleiter mit der Narbe im Gesicht saß rittlings auf dem Wolf, ein Arm um den Hals des Wolfs, die andere Hand mit einem Messer an der Halsschlagader.

„Anand, lass ihn leben.“ Das Wort „vorläufig“ schwang deutlich in Dominics Stimme, während er sich umsah. „Lasst mich mit Luna allein. Wenn sie befragt werden soll, werde ich das tun.“

Ich wollte weder von ihm noch sonst irgendjemandem befragt werden. Basierend auf jedem Spionage-Film und -Buch war ich ziemlich sicher, wie diese Befragung ablaufen würde. Bilder brutaler Verhöre schossen mir durch den Kopf. Ich wollte definitiv nicht von einem Mann befragt werden, der gerade angedeutet hatte, Wachen für den Versuch, ihn aufzuhalten, zu diesem feindlichen Freakshow-Treffen getötet zu haben, und der beiläufig vorgeschlagen hatte, zu den alten Methoden von Folter und Mord zurückzukehren.

Zum Teufel damit. Ich rannte mit voller Geschwindigkeit

zur Tür, so schnell ich mich bewegen konnte. Jeder, der sich mir in den Weg stellte, würde umgerannt werden. Einen sicheren Ort zu finden war mein einziges Ziel.

Nur Zentimeter von der Tür entfernt, schlang sich ein Arm um meine Taille und riss mich gegen eine harte Brust, die sich anfühlte, als wäre ich gegen eine Ziegelmauer geprallt. Kanes tiefes, kehliges Lachen verhöhnte mich. Ich warf den Kopf zurück, mein einziges Ziel war, ihn irgendwo zu treffen, wo es wehtat: Nase, Wange, Kinn. Wo war mir egal. Der Aufprall würde ihn benommen machen. Als sich sein Griff lockerte, stampfte ich mit dem Absatz auf seine Zehen. Während ich mich zu ihm drehte, zog ich mein Handy aus der Gesäßtasche und schlug es ihm ins Gesicht.

Dann rannte ich los.

Ich hatte noch keinen Schritt geschafft, bevor ich zurückgerissen und gegen die Wand geschleudert wurde. Sein Gesicht nur Zentimeter von meinem entfernt, hüllte mich die Kühle seines Körpers ein, als er mich mit eisernem Griff festhielt. Es war offensichtlich, dass der Erfolg meines ersten Fluchtversuchs darauf zurückzuführen war, dass ich die Überraschung auf meiner Seite hatte und er die Menschenfrau unterschätzt hatte. Fänge wurden sichtbar, als er sich mir näherte. Ich wand mich und drehte den Kopf von ihm weg, weigerte mich, ihm ein leichtes Ziel zu bieten.

Mit einer schnellen, geübten Bewegung hatte Kane mich gegen seine Brust gedrückt, meine Arme durch seinen Körper an die Seite gedrückt, meinen Kopf gedreht und meinen Hals entblößt.

Ich atmete zittrig aus, als ich spürte, wie scharfe Fänge meinen Hals berührten. Sie streiften meine Haut. Dass er meine Angst genoss war offensichtlich. Er verhöhnte mich damit. Seine Fangzähne drückten hart genug, um wehzutun, aber nicht genug, um die Haut zu verletzen. Dann taten sie es. Schmerz ließ Tränen in meinen Augen aufsteigen, als sie tiefer eindrangen.

Der Griff um mich lockerte sich, und ich riss mich los, presste meine Finger auf die verletzte Haut. Ich blutete, aber die Stichwunde war nicht tief. Er hatte nur mit mir gespielt. Einen Kick von der Angst bekommen, die er auslöste. Widerlicher Bastard!

Dominic hielt ein Schwert an Kanes Hinterkopf.

Was machst du da? So geht man nicht mit einem Schwert um – nicht, dass ich wüsste, wie man das macht, aber sicher nicht so. Ich hatte keine Ahnung von Fechtkunst, aber ich nahm an, dass das Führen eines Schwerts dem Schwingen eines Baseballschlägers ähneln musste. Es musste Abstand zwischen Schwert und Ziel geben, damit die Klinge beim Aufprall Schwung hatte. Aber vielleicht brauchte er das nicht. Böswillige Absicht lag in Dominics Augen. Kaum kontrollierte Gewalt zeigte sich in seiner raffinierten Bewegung, als er das Schwert hielt, um den Vampir anzugehen. Wenn Blicke töten könnten, wäre Kane schon zu Asche zerfallen.

„Mach dir nichts vor, Kane. Diese da" – Dominics Blick zuckte zu den anderen – „waren vielleicht nicht der Meinung, dass du in die Perils gehörst, ich jedoch schon. Aber das hier wird genauso befriedigend sein."

Kanes Augen schossen zu mir. In seinem Ausdruck lag die Abscheu, etwas anzusehen, das er sich vom Schuh wischen musste. Er war wankelmütig: Eben noch wollte er mich wie eine Trophäe behalten, im nächsten Moment war ich Dreck an der Sohle seines Schuhs.

„Sie wurde von beiden Sehern gesehen. Wie auch immer sie beteiligt ist, sie ist eine Bedrohung. Eine, die beseitigt werden muss."

„Du bestätigst nur, wie dringend du in die Perils gehörst. Du hast sie überzeugt, dass du kein Monster bist, aber ich glaube dir nicht."

„Dann muss das so sein, als würdest du in einen Spiegel blicken. Von Monster zu Monster." Die Feindseligkeit zwischen beiden wurde intensiver, und eine dicke Aura von Gewalt lag in der Luft. Sie fixierten einander mit erbarmungslosen Blicken.

„Sollen wir sehen, welches Monster überlebt?"

Auf gar keinen Fall würde ich bleiben, um zu sehen, wie viel Gewalt diese selbsternannten Monster austauschen könnten. Und ich wollte auch nicht weiter zusehen, wie sie darüber plauderten, einander umzubringen.

Ich schob mein Handy zurück in die Tasche und steuerte das Ende des Flurs an. Es gab keinen Aufzug, nicht dass ich es gewagt hätte, den zu nehmen.

Ich rannte die Treppe zwei Stufen auf einmal nehmend hinunter und stürmte durch die Tür zum Erdgeschoss.

Sicher.

Ich stieß einen tiefen Seufzer der Erleichterung aus – zu früh.

Anand stand am Ausgang, zwei Messer in den Händen.

6

Auch wenn ich aus Marvel-Filmen nichts gelernt habe, wusste ich dennoch, dass das der Moment war, mit voller Geschwindigkeit auf ihn zuzurennen, in die Luft zu springen und meine Beine wie eine Schere um seinen Hals zu legen. Sein Gesicht und seinen Kopf mit Fäusten bearbeiten, bis er desorientiert und benommen war. Ihn zu Boden bringen, indem ich meine Position ausnutzte und mein Gewicht verlagerte. Mit meinen superkräftigen Oberschenkelmuskeln würde ich ihn würgen.

Eine Frau darf doch wohl träumen und große Ziele haben. Dieser Plan hatte keine Basis in der Realität, da er einen massiven Wolf in kaum mehr als einem Wimpernschlag bezwungen hatte und ich letzte Woche über meine eigenen Füße gestolpert war. Ich besaß weder die Agilität noch beherrschte ich die Kampftechniken, um mich mit diesem Mann anzulegen und auch nur ansatzweise effektiv zu sein.

Meine beste Verteidigung war, so schnell wie möglich wegzukommen und den Rest später zu klären. Mit einem spöttischen, bedrohlichen Blick wirbelte Anand die Waffen mit geübter Präzision, bevor er sie in die Scheiden an seiner Taille steckte.

Ich wich zurück und rannte in die entgegengesetzte Richtung, wo ich den Hauptausgang erwartete.

Fuck!

Dominic stand zwischen der Tür und mir. Stählerne Augen, Gefahr und rohe Macht strahlten in Wellen von ihm aus. Was auch immer zwischen ihm und Kane vorgefallen war, hatte etwas Wildes in ihm entfacht. Ich sah mich nach einem Fluchtweg um. Nichts. Dieses Gebäude diente einem Zweck: als Treffpunkt für sie.

„Verschwinde!", befahl ich.

„Nein." Mit einer unheilvollen Welle war er ganz nah und bewegte sich im Kreis um mich herum. Musterte mich mit zusammengekniffenen Augen. Ich drehte mich, folgte jeder seiner Bewegungen und hielt seinen prüfenden Blick fest.

„Ich habe Fragen an dich." Er spannte sich an, ein Vorwurf lag schwer in seiner Stimme.

„Was?" Ich wollte herausfordernd und selbstsicher klingen, aber das Wort kam als unsicheres Quietschen heraus.

„Wie hast du das gemacht?", wollte er wissen. „Ich dachte, wir hätten diese Art von Magie aus der Welt verbannt. Und doch bist du hier."

„Du weißt verdammt gut, dass ich keine … Hexe bin." Es fühlte sich immer noch albern an, das zu sagen, obwohl ich jetzt wusste, dass Hexen und andere – schlimmere – Dinge existierten. Ich verstand nicht, wie er mich so leidenschaftlich vor der Gruppe verteidigen und mich dann so vorwurfsvoll ansehen konnte.

„Nein, bist du nicht. Du bist viel schlimmer." Mit zusammengekniffenen Augen und angespanntem Kiefer betrachtete er mich.

Feuer flammte auf und schloss sich um mich. Hitze leckte an meiner Haut. „Zeig dich!", befahl er.

Ich presste die Arme an meine Seiten, und meine Hände

schossen hoch, um mein Gesicht zu schützen. Ich presste die Oberschenkel zusammen und versuchte, mich so klein wie möglich zu machen, um Verletzungen zu vermeiden, während die Flammen immer näher kamen. Er würde mich bei lebendigem Leib verbrennen.

Ich wimmerte jedes Mal, wenn die Flammen meine Haut berührten. Schmerz tobte durch mich hindurch, Tränen verschleierten meine Sicht. So wollte ich nicht sterben. Ich weigerte mich, so zu sterben. Ich ging in die Hocke, bereit, durch die Flammen zu springen, auf eine Weise, die hoffentlich nur minimalen Schaden anrichten würde.

Bevor ich das tun konnte, gab Dominic einen scharfen Befehl, und die Flammen verschwanden. Es war, als hätten sie nie existiert, der Boden war unversehrt. Aber sie waren echt; meine verbrannte Haut war der Beweis dafür.

„Du bist keine Hexe – keine Dunkle Magierin", sagte er und trat näher an mich heran.

„Das habe ich dir doch schon die ganze Zeit klarzumachen versucht!"

Er ergriff einen meiner verbrannten Arme. Ich riss ihn weg. Tränen flossen. Ich war einem qualvollen Tod so nah gekommen. Wut tobte in mir, stürmisch und hemmungslos.

Als er erneut nach meinem Arm griff, schlug ich zu. Hart. Sein Kopf schnappte zurück. Nicht schlecht für meinen ersten Schlag. Aber ich hatte nicht erwartet, dass meine Hand so wehtun würde. Da musste eine Kunst dahinterstecken. Und ich plante, sie zu lernen. Trotz dieses Schmerzes taten meine verbrannten Stellen mehr weh.

Ihn zu schlagen, fühlte sich gut an, bis ein Lächeln über seine Lippen huschte. Seine bernsteinfarbenen Augen leuchteten amüsiert, die goldenen Sprenkel tanzten.

Oh, du willst noch einen? Ich legte mehr Kraft in den nächsten Schlag. Es entlockte ihm ein bellendes Lachen. Ich hätte nie gedacht, dass Leute besser schlagen zu können ein

Lebensziel werden könnte, aber hier war ich und machte es zu einem.

Vielleicht war er ein lebensechter Roboter? Vampire, Wandler, Hexen, Seher. Warum nicht perfekt lebensechte Roboter? Niemand lacht, wenn man ihm ins Gemächt tritt. Bevor ich das tun konnte, machte er eine knappe Bewegung mit dem Finger. Eine starke Kraft traf mein Bein und ließ mich mit einem dumpfen Schlag zu Boden gehen. Dann kniete Dominic neben mir und legte seine Hände auf meine roten, mit Blasen überzogenen Arme. Seine unnachgiebigen Augen hielten meine fest.

Kühle kroch die Länge meiner Finger, Hände und Arme hinauf. Der Schmerz wich zusammen mit meiner Wut und Angst. Zur Ruhe verlockt, entspannte sich mein Körper, und ich legte mich auf den Boden zurück, mein Kopf fiel zur Seite. Bildete ich mir das nur ein, oder roch ich Lavendel und Vanille? Ich wurde in einen schläfrigen Zustand gelullt, während mein Körper heilte. Frieden. Die Welt schien nicht mehr so überwältigend, mein Leben kein katastrophales Chaos.

Das ist nicht real.

Ich riss meine Arme aus seinem Griff, sprang auf, starrte auf meine unversehrte Haut und dann auf Dominic, der ebenfalls wieder auf den Beinen war, nur ein paar Zentimeter von mir entfernt. Er warf mir einen wissenden Blick zu, und unheilvolle Freude zupfte an seinen Mundwinkeln.

„Was zum Teufel hast du mit mir gemacht?", spie ich.

„Du musstest dich beruhigen, damit ich dich heilen konnte. Ich hatte keine Zeit, mich mit deiner schlechten Laune auseinanderzusetzen."

„Ich hätte nicht geheilt werden müssen, wenn du nicht versucht hättest, mich bei lebendigem Leib zu verbrennen", schoss ich zurück.

„Und doch stehst du hier, lebendig und gesund, ermüdend unverfroren wie eh und je." Alle Emotionen waren aus seinem Ausdruck gewichen. Seine kühle Gleichgültigkeit fachte meine Wut noch mehr an.

„Glaub mir, ich bin mehr als glücklich, meine Unverfrorenheit woanders hinzubringen und mich vom Acker zu machen." Ich wich zurück und beobachtete ihn genau, um sicherzugehen, dass er nicht wieder näher kam. Als er stehenblieb, ging ich schnell in Richtung Ausgang.

„Das ist deine Entscheidung. Ich schätze, du wirst spätestens morgen tot sein. Hoffentlich passiert es schmerzlos und schnell."

Ich runzelte die Stirn. „Soll das eine Drohung sein?"

Sein dunkles Lachen hallte durch den Raum. „Du hast keine Ahnung, wer ich bin oder wozu ich fähig bin. Ich versichere dir, wenn ich dich tot sehen wollte, wärst du es schon."

Nicht gerade etwas, womit man prahlen sollte. „Wer dann?"

„Luna." Es lag eine musikalische Note in der Art, wie er meinen Namen aussprach. Ein voller, sinnlicher Klang. „Die Seher haben dich mit der Situation in Verbindung gebracht. Die Verzweiflung, die Gefangenen zurück in die Perils zu bringen, wird Leute dazu bringen, sich auf die kleinste Spur zu stürzen. Du bist gerade das Gesicht des Zaubers. Ihre einzige Spur. Sie sind überzeugt, dass sie den Zauber nur brechen können, wenn sie dich loswerden. Das Einzige, was zwischen dir und dem Tod steht, bin ich. Was du oben gesehen hast, ist nichts. Wie willst du das überleben?"

Er kam langsam näher, sah, wie aufmerksam ich seinen Worten lauschte. Wie sollte ich mit Leuten umgehen, die Magie wirken, sich in Tiere verwandeln, teleportieren – oder *zonen* oder wie auch immer sie es nannten – und mühelos Feuer heraufbeschwören konnten?

Ich atmete tief durch, doch es hatte kaum Wirkung auf meine Panik.

„Sag mir, Luna, welche Rolle spielst du?" Diesmal sprach er meinen Namen mit der Verachtung eines Fluchs aus.

„Ich verstehe nichts von all dem. Ich bin kein Teil von alldem, und das weißt du", sagte ich, eine glatte Lüge. Ich war definitiv am Rande involviert; ich hatte nur keine Ahnung, in welchem Ausmaß. Aber da der Mordkult oben bereit war, mich dafür zu töten, hatte ich nicht vor, das zuzugeben. Das war etwas, das ich später klären musste, aber nicht mit Dominic oder den anderen. Ich wollte so weit wie möglich von ihnen weg.

„Oh, das bist du. Ich muss nur rausfinden, wie." Er nahm meine Hand, zog den Ring von meinem Finger und enthüllte die Male.

Ich reckte trotzig mein Kinn vor, um auf meine Unschuld zu beharren, trotz der Beweise. Er runzelte die Stirn, als er meine Finger sanft zurückbog, um mir die Male zu zeigen, als hätte ich sie nicht schon gesehen. Er musste wissen, dass ich sie schon gesehen hatte.

„Ich hab' gesehen, wie du auf das Bild reagiert hast, das Callum allen gezeigt hat. Du hast die Hände geballt, um deine Finger zu verstecken, da hab' ich gesehen, dass der Ring anders ist."

Ich nahm mir ein Beispiel an ihm und schenkte ihm einen kühlen, gleichgültigen Blick.

Das brachte ein dunkles, interessiertes Lächeln auf seine Lippen. „Zuerst dachte ich, du bist eine mächtige Hexe, die irgendwie Zugang zu verbotenen Zaubern bekommen hat. Es ist typisch für Hexen, immer Grenzen zu überschreiten, nach Macht zu gieren und Wege zu finden, ihre Privilegien zu nutzen. Als mein Zauber dich nicht entlarvt hat, wusste ich, dass du mehr sein musst. Stärker. Eine Tenebras Obducit – eine Dunkle Magierin. Wärst du das, müsste der Schatten- konvent nicht eingreifen. Ich wollte dich so handhaben, wie ich die anderen gehandhabt habe."

Als ich die brutale Schärfe in seiner Stimme hörte, konnte ich mir vorstellen, wie er die anderen „gehandhabt" hatte. Ich schluckte. Nach einem langen, prüfenden Blick zeigte sich etwas vage Mitfühlendes auf seinem Gesicht.

„Große Macht, die nicht kontrolliert oder eingedämmt werden kann, führt zu Chaos und dazu, dass der Träger solcher Macht sich allwissend fühlt. Das kann nicht erlaubt werden."

„Du scheinst eine Menge Macht zu haben, und keiner oben schien dich zügeln zu können."

Ein Grinsen zupfte an seinen Lippen, aber er zwang es zurück in eine grausame gerade Linie. „Ich bin nicht zu zügeln." Es war eine simple Antwort, die Bände sprach. Er hatte die Grenze des Selbstbewusstseins überschritten. Der Mann war ein unzurechnungsfähiger Arsch.

„Luna, Luna, Luna."

Mein Name kam von ihm in einem tiefen, melodischen Klang. Ein drakonischer Chor mit einer gefährlichen Harmonie. Er ging wieder um mich herum, beobachtete mich genau. Mein Herz hämmerte, und alles in mir schrie danach, wegzulaufen, aber Anand, der den Ausgang bewachte, machte das unmöglich.

„In was für eine Situation bist du da nur reingeraten?", flüsterte er.

Ich schluckte und schüttelte den Kopf. „Ich weiß nicht." Die Worte waren heraus, bevor ich sie unterdrücken konnte. In was war ich da reingeraten?

Wieder stand er vor mir, studierte mich mit unverhohlener Neugier. Er sprach leise, als würde er mit sich selbst reden. „Du bist weder eine Hexe noch eine Dunkle Magierin, aber du bist diejenige, die, die Gefangenen aus den Perils freigelassen hat. Wie ist das passiert?" Sein Blick glitt wieder zu meinem Finger.

Ich hatte keine Antwort für ihn.

Er seufzte. „Sag mir, was du über die Perils weißt."

Dominic versuchte, eine Verbindung zu finden, wo keine

existierte. Was ich darüber wusste, hatte ich nur aus dem Gespräch oben mitbekommen.

„Ein Gefängnis für Übernatürliche. Wo ihr eure Schlimmsten festhaltet."

Ich konnte mir niemand Schlimmeren als die da oben vorstellen, aber offensichtlich war das eine Fehleinschätzung.

Sein Kopf bewegte sich zur Andeutung eines Nickens. „Die Perils der Unterwelt, deren Wächter ich bin."

Immer wenn ich eine Serie sah, in der jemand nach erschreckenden Informationen oder furchtbaren Neuigkeiten ohnmächtig wurde, habe ich das für Bullshit gehalten. Nein, doppelten Bullshit. Was? Hast du vergessen zu atmen? Vergessen, das zu tun, was so grundlegend für das Überleben deines Körpers ist, dass du den Atem nur so lange anhalten kannst, bis dein Körper sagt: „Nein, Schätzchen, schön weiteratmen. Gib mir Sauerstoff." Und dich zum Atmen zwingt.

Jetzt hatte ich das Bedürfnis, eine offizielle Entschuldigung auszusprechen. Denn mein Körper erstarrte. Alles, was automatisch, essentiell, notwendig schien, fühlte sich fremd an. Mein Mund wurde trocken, mein Atem stockte, wurde flach und war definitiv nicht genug, um zu überleben, und der Kampf-oder-Flucht-Reflex existierte einfach nicht. Ich stand da, eine gefühlte Ewigkeit lang, und versuchte, meinen Körper dazu zu bringen, angemessen zu reagieren. Zu handeln. Und irgendwas zu tun, das auch nur entfernt als Selbsterhaltung durchgehen könnte.

„Was?", krächzte ich.

„Luna, du hast meine Gefangenen aus der Unterwelt freigelassen. Du warst vielleicht nicht die Waffe, aber du warst das Werkzeug."

„Und du bist ein Arsch."

Oops. Das wollte ich jetzt nicht laut sagen.

Mit einem schiefen Lächeln begann er wieder, um mich

herumzugehen, die Hände hinter dem Rücken, während er immer wieder meinen Namen sagte, aber nicht auf die verführerische, sinnliche Art. Es war eine raue, abwertende Kette von Worten. Fast quälend in ihrer Ausführung.

„Sag mir, Luna", begann er hinter mir. Ich wirbelte herum, um ihn anzusehen. „Soll ich das Werkzeug zerstören für eine kurzfristige Lösung, oder die Waffe finden?"

Mit dem Wächter der Unterwelt zu kämpfen würde meine Probleme nicht lösen. Tatsächlich würde es sie wahrscheinlich schlimmer machen. Ich saß hier fest. Trotz meiner Schutzreaktionen, die im Overdrive schrien und mich anflehten, wegzurennen, würde diese Situation nicht einfach so verschwinden. Aber wenn ich eine Rolle spielen sollte, würde ich mich nicht zu einer Entscheidung einschüchtern lassen.

Ich straffte die Schultern, sah ihm direkt in seine feurigen bernsteinfarbenen Augen. Trotz ihrer harten Intensität hielt ich seinem Blick stand. „Wenn du an der kurzfristigen Lösung interessiert wärst, hättest du nicht eingegriffen."

Sein Gesicht blieb ausdruckslos, sein Kopf leicht geneigt, während er weiter zuhörte.

„Ich bin hier in was reingezogen worden, womit ich definitiv nichts zu tun haben will, mit Leuten, die ich hoffentlich nie wieder sehen muss. Ich will, dass es vorbei ist. Ich will nichts mit dieser Situation oder euch schrecklichen Leuten zu tun haben." Ich hob meine Hand und präsentierte die Male. „Wenn mit dir zu arbeiten der einzige Weg ist, dann bin ich dabei. Wenn wir zusammenarbeiten, will ich keine Drohungen mehr hören. Egal, wie dünn verhüllt sie auch sein mögen. Du wirst mich nicht schikanieren. Ist das klar?"

Sein Ausdruck änderte sich, aber er war immer noch undurchschaubar. Verständnis? Ich glaubte nicht, dass es das war. Belustigung? Definitiv. Unheilvoll? Hoffentlich nicht.

Seine Lippen verzogen sich zu einem kleinen, angespannten, freudlosen Lächeln. Er blickte über die Schulter zu

Anand, der grinste. „Mir wurde befohlen, mich zu benehmen", sagte Dominic zu ihm. Das Lachen in seiner Stimme fand seinen Weg in seine Augen.

„Kleine Luna."

„Nur Luna", schoss ich zurück.

„Luna. Du hast recht. Ich will die Person finden, die hinter all dem steckt, besonders wenn es ein Dunkler Magier ist. Ich kenne ihre Geschichte und das Chaos und die Zerstörung, die sie genießen. Dem muss Einhalt geboten werden. Und dafür müssen wir zusammenarbeiten."

Ich war entführt und von einem Vampir angegriffen worden, von einem Löwen beschnuppert, von einer Hexe verhört und fast von einem Wolf verschlungen worden – oder was auch immer seine Absicht war. Ich hatte jedes Recht, übervorsichtig zu sein, und mir gefielen die subtilen Untertöne in seiner Antwort nicht. Eine begrenzte Allianz.

„Ich will helfen." Die größte Lüge, die je erzählt wurde. Ich *musste* helfen, um aus diesem Schlamassel rauszukommen. Mein Gesicht musste das verraten haben, denn er sah jetzt selbstgefällig aus.

„Du bist der kleine Fisch. Ich will den Wal. Du bist der Weg zum Wal. Solange ich dich dafür brauche, werden die anderen dich nicht anrühren." Alles, was er sagte, enthielt ein stilles „aber", und das gefiel mir nicht.

Unsere Interessen deckten sich. Solange er wollte, dass ich lebte, würden die anderen mich in Ruhe lassen. Fürs Erste war das meine beste Hoffnung.

Ein langsames Lächeln umspielte seine Lippen. Er gab mir den Ring zurück, und ich schob ihn auf meinen Finger. „Es sieht so aus, als säßen wir im selben Boot, Klei–" Er unterbrach sich. „Luna."

Mehrere Momente angespannten Schweigens vergingen, dann streckte er mir seine Hand entgegen. „Möchtest du sehen, was du angerichtet hast?"

Nicht wirklich. Musste ich wirklich eine leere Zelle

sehen? Auf gar keinen Fall wollte ich eine in der Unterwelt sehen.

Es gab viele Gründe, Nein zu sagen – einer war Mr. Charisma hier vor mir –, aber ich musste wissen, worauf genau ich mich da einließ.

Ich war mir nicht sicher, ob, wenn ich das später analysieren würde – falls es ein später gab –, diese Entscheidung auf die Liste der Dinge käme, die diese Situation unendlich schlimmer gemacht hatten.

Trotz der hohen Wahrscheinlichkeit nickte ich.

„Du kannst die Unterwelt ohne mich nicht betreten", erklärte Dominic, nachdem ich mehrere Minuten lang nachdenklich auf seine Hand gestarrt hatte. Meine innere Debatte zog sich lange nach seiner Erklärung hin. Es brauchte viel Selbstmotivation und Überredung, bis ich vollends mit meiner Entscheidung an Bord war und seine Hand ergriff.

Ich würde in die Unterwelt gehen.

Seine Lippen verzogen sich zu einem halben Lächeln. Seine warmen Finger verflochten sich mit meinen.

„Was?", fragte ich.

„Ich bin froh, dass du zugestimmt hast. Dieser Weg ist bei Weitem besser. Ich glaube nicht, dass dir die Alternative gefallen hätte."

„Was war die Alternative?"

Ich interpretierte das Flackern von Bedrohung, das über seine Züge huschte, und einen schwachen Geruch von Bernstein, Gold und verbrannter Orange, der aufstieg, als Hinweise darauf, dass die Alternative wahrscheinlich barbarischer war. Etwas in der Art, dass er mich über seine

Schulter geworfen und weggetragen hätte. Ich runzelte die Stirn.

Ich zog leicht an seiner Hand, damit er seinen Griff lockerte. Es war schwer, mich in seiner Nähe zu entspannen. Er hatte mein Leben gerettet, aber mich in Flammen eingeschlossen. Ich schauderte bei der Erinnerung daran. Was wäre mein Schicksal gewesen, wenn ich eine Dunkle Magierin wäre?

Sein Mund bewegte sich kaum, als eine schimmernde, durchsichtige Wand erschien. Es folgte ein Moment des Zögerns, bevor ich zuließ, dass er mich hindurchführte, und dann waren wir in totale Dunkelheit getaucht. Hitze spülte über mich, und nadelartige Stiche huschten über meinen Körper. Es war nicht schmerzhaft, aber ein Unbehagen, das ich nie wieder spüren wollte.

Als die Dunkelheit wich, war es nicht mehr Mittag; der Mond warf ein gedämpftes, melonengelbes Licht über das steinige Anwesen, das einem Schloss ähnelte. Das palastartige Gebäude konnte ich nicht ganz sehen. Sorgfältig gestutzte Büsche umgaben das Gebäude, und ein üppiger Wald lag ganz in der Nähe. Statt sattem Grün waren die Blätter in Variationen von dunklem Grau und tiefem Johannisbeerrot gefärbt. Die Luft war erfüllt von Noten von Pfeffer und Salbei. Das Mondlicht traf auf einen großen See auf der rechten Seite.

Aufwendig verzierte Säulen umgaben das Haus und stützten einen Balkon. Dicke Vorhänge schirmten die Bewohner vor neugierigen Blicken ab. Das war überhaupt nicht, was ich von einem übernatürlichen Gefängnis erwartet hatte.

Bei Dominics Ankunft schwangen die Türen auf, und sechs Wachen begrüßten ihn zu beiden Seiten. Sie trugen schwarze Hemden und Hosen, ein kleines Emblem auf der Brust. Dolche in Scheiden an ihren Hüften und Schwerter auf ihren Rücken, standen sie stramm und entspannten sich, sobald Dominic vorbeigegangen war. Ihre verstohlenen Blicke von Unbehagen und Neugier blieben an mir hängen, und ich spürte sie weiter, als wir über den Marmorboden eines Eingangs gingen, der größer war als meine Wohnung.

Abstrakte Kunst und Skulpturen auf Sockeln. Die Anzahl geflügelter Kreaturen in der Ausstellung war erstaunlich. Engel? War das Ironie? Eine Skulptur einer kupfergeflügelten Person auf Knien, scheinbar flehend – die Flügel hinter dem Rücken gefächert – schien ein Statement-Piece zu sein. Ich ging langsamer, um es genauer zu betrachten.

Es war nicht, dass ich durch die Skulptur abgelenkt war oder dass ich ein paar Schritte hinter ihm war, was eine vorsichtige Frustration auf Dominics Gesicht brachte. „Das reicht", sagte er zu den Wachen. „Diese Förmlichkeit bei meiner Ankunft ist nicht nötig. Steht bequem. Immer."

Er sah mich an, ich nahm an, um mir zu bedeuten, ihm zu folgen. Bevor wir durch den breiten Eingang weitergehen konnten, antwortete eine der Wachen.

„Aber Ihr Vater –"

„Ihr seid meine Wachen. Ihr untersteht mir, nicht meinem Vater." Er versuchte ein Lächeln, aber es schien zu viel Anstrengung zu kosten. „Ich rede mit ihm darüber. Für mich ist das unnötig."

Du bekommst keinen Empfang von zwölf Wachen, wenn du nur eine Art besserer Babysitter für ungezogene Übernatürliche bist. Ich teilte meine Aufmerksamkeit zwischen dem unendlichen Grau der Außenwelt, das ich durch die großen Panoramafenster sah, den Wachen an der Tür, dem palastartigen Haus und den doppelten, gewundenen Treppen, an denen wir vorbeigekommen waren, bis meine Aufmerksamkeit schließlich wieder zu Dominic zurückkehrte. Seine Brauen hoben sich.

„Hast du den Grund für deinen Besuch vergessen, Luna?"

Mit der leichtesten Änderung der Betonung, des Schwungs oder der Modulation schaffte er es, allein durch die Aussprache meines Namens so viel zu sagen. Ich hasste das. Eine scharfe Betonung auf dem L verwandelte es in eine Zurechtweisung. Ich machte ein paar größere Schritte, um zu ihm aufzuschließen. Um mit seinen langen Schritten mitzuhalten, musste ich doppelt so viele Schritte machen, wie er.

„In meiner Welt wohnen Gefängnisaufseher normalerweise nicht in einem Palast, und ich wette, sie kriegen auch nicht so einen Empfang, wenn sie nach Hause kommen. Ich glaube, bei der Arbeit kriegen sie höchstens ein Winken, vielleicht ein unmotiviertes Nicken, bevor sie durch einen Metalldetektor gehen", bemerkte ich und ließ eine Öffnung für ihn, die er nicht nutzte, sondern nur mit einem Achselzucken abtat.

„Du bist mehr als nur der Wächter der Perils, oder?"

Er ignorierte meine Frage.

Dieser Typ!

„Du bist …", drängte ich und ließ das Wort in der Luft hängen.

„Dominic."

„Oh, dann werden also alle Dominics mit militärischen Ehren begrüßt?"

Er blieb abrupt stehen. Seine bodenlosen dunklen Augen, in denen immer das Flackern eines erlöschenden Feuers brannte, musterten mich nachdenklich schweigend, bevor er seine hastigen, langen Schritte fortsetzte.

„Warum bewachst du Gefangene? Es sieht so aus, als wärst du in einer Position, das anderen zu überlassen." Es wäre viel einfacher, mit meinen Fragen fortzufahren, wenn er offener wäre und nicht auf Powerwalking bestehen würde.

„Ich habe Hilfe."

„Machst du das Meiste selbst?"

Ein knappes Nicken als Antwort.

„Ist das so eine Mikromanagement-Sache? Hast du das Gefühl, dass du der Einzige bist, der das hinbekommt?"

Er ging schneller, zwang mich zu joggen und die Reihen geschlossener Türen zu ignorieren, nur, um mit ihm Schritt zu halten. Wir bogen in einen langen Flur ein. Als ich die Bibliothek sah, blieb ich stehen. Sie zu sehen hob meine Stimmung, wenn auch nur für einen Moment.

Regale vom Boden bis zur Decke, eine rollbare Leiter, eine Gewölbedecke mit vergoldeten Zierelementen. In der Ecke standen Paare von großen, bequem aussehenden Sesseln mit kleinen Tischen dazwischen und einer runden Ottomane davor. Auf der anderen Seite des Raumes gab es einen halbprivaten Bereich mit einem cognacfarbenen Ledersofa. Warme, goldgelbe Wände machten den Raum so einladend. Das Einzige, was das Paradies komplett machen würde, wären eine Kaffee-/Teestation und ein Snackstand. Ich konnte mir nicht vorstellen, den Raum jemals verlassen zu wollen, nicht einmal zum Essen.

Ich trat ein, atmete den Duft von Leder, Pergament, altem Papier ein und den schwachen Hauch von Eiche, der in der Luft lag. Es war, als würde mich ein Buch umarmen. Es kostete Mühe, nicht einfach bleiben zu wollen, aber ich drehte mich um und fand Dominic, der mich mit einem Schmunzeln musterte.

„Sorry", sagte ich und ging zu ihm zurück.

Wir setzten unseren Weg durch den scheinbar endlosen Flur fort. Nach einer weiteren Biegung entriegelte er wunderschöne Doppeltüren, doch als ich meine Hände dagegen drückte, waren sie schwerer als erwartet und schwieriger zu bewegen, als Dominic es aussehen ließ.

Die Türen führten uns in einen anderen Teil des Gebäudes, der wirkte, als gehörte er nicht dazu. Matte, beigefarbene Wände, grauer Boden und keine eindrucksvolle Kunst, schönes Dekor oder atemberaubende Bibliotheken. Dieser

Bereich war funktional. Dominic hielt vor einer schweren Tür an, die ich für den Zugang zum Gefängnis hielt. Zu meiner Überraschung gab es kein Schloss oder sonstige Barrieren.

„Bist du sicher, dass Magie sie freigelassen hat und sie nicht einfach rausspaziert sind?", schnaubte ich.

Er drehte sich zu mir, musterte mich, sein Ausdruck undurchdringlich, aber die Intensität seines Blicks entging mir nicht. Als er näher kam, hüllte die Wärme seines Körpers mich ein, sein feuriger Blick hielt meinen fest, und mich zurückzuziehen fühlte sich nicht wie eine Option an. Er betrachtete mich mit Interesse, während ich ihn nur anstarrte wie jemand, der das soziale Gebot, *du sollst nicht starren*", nicht kannte.

„Was bist du doch für ein kurioses Exemplar eines Menschen."

Für mich war „kurios" auf gleichem Niveau wie „exotisch". Definitiv auf der falschen Seite von normal, aber nicht interessant genug, um als schräg zu gelten und nicht einzigartig oder charmant genug, um sonderbar zu sein.

Er flüsterte etwas; die Tür leuchtete auf und öffnete sich. Ich folgte ihm die spiralförmige Treppe hinunter, hielt mich nah an den rauen Steinwänden des Treppenhauses, das schwach von warmen gelben Wandleuchten erhellt wurde.

Ein Kerker. Ein großer Teil der Fläche war dem übernatürlichen Gefängnis gewidmet. Meine Erwartungen waren elende Zustände und minimale Annehmlichkeiten. Ein Vorraum mit Steinwänden mit grellem, unerbittlichem Licht und was wie schlecht gereinigte Blutflecken auf Betonböden aussah, führte zu einem großen Raum, unterteilt in zwei Reihen von zwanzig kleineren Räumen auf jeder Seite, jeder mit einem Einzelbett und einer kleinen Tür, die vermutlich ins Bad führte. Die Vorderseite jedes Raumes hatte mattiertes Glas anstatt Gittern.

Es war weit besser als jedes Gefängnis, das ich im Fernsehen gesehen hatte, aber für Insassen, die ihre Tage damit verbrachten, Chaos zu stiften, zu töten und zu plündern, musste eine so eingeschränkte Existenz in einem kleinen Raum Folter sein.

„Hier haltet ihr die Schlimmsten der Schlimmen gefangen?", fragte ich, immer noch überrascht von den anständigen Bedingungen.

„Das einzige Urteil in den Perils ist lebenslang."

„Wer dazu verurteilt wird, stirbt hier?" Ich runzelte die Stirn. „Sind Vampire nicht unsterblich? Und Wandler und Hexen können fast zweihundert Jahre alt werden. Das ist der Ort, an dem sie, wofür auch immer sie hierher gebracht wurden, bleiben, bis sie an Altersschwäche sterben? Was passiert mit Vampiren?"

Er schien überrascht von meinem Wissen. *„Die Entdeckung der Magie"*, erinnerte ich ihn.

Mit einem Nicken runzelte er die Stirn. „Ich habe mir eine Ausgabe davon besorgt. Das Buch ist extrem ungenau, und ich rate dir, mit den Informationen darin sehr vorsichtig zu sein. Das Einzige, was der Wahrheit entspricht, ist die Existenz von Vampiren, Wandlern und Hexen. Vampire können nur mit einem Pfahl durchs Herz getötet werden. Es wird nicht erwähnt, dass sie selbst dann, wenn sie vor ihrem wahren Tod trinken, weiterleben. Die beste Methode, einen Vampir zu töten, ist, ihn mit einem Pfahl ins Herz kampfunfähig zu machen und ihm dann den Kopf abzutrennen."

Ich holte zittrig Luft. So detailliert und explizit das Buch war, war ich nicht enttäuscht, dass das ausgelassen wurde. Ich bin sicher, wäre es enthalten, wären mehrere Seiten den Methoden, einen Vampir zu ermorden, gewidmet gewesen. „Wandler?"

„In dem Buch wird Magie unterschätzt, und alles, was über Wandler geschrieben ist, ist vollkommen falsch. Sie brauchen den Mond nicht, um sich zu verwandeln – wie du bei deiner Begegnung mit dem Wolf gesehen hast. Sie heilen extrem schnell. Silber schwächt sie, aber um sie zu töten, ohne sie zu enthaupten, muss Silber das Herz durchstechen und dort bleiben, bis es aufhört zu schlagen. Ihre dominante Magie ist ihre Fähigkeit, sich in Tiere zu verwandeln, und schnelle Heilung, was sie besonders gefährlich macht. Sie sind immun gegen andere Arten von Magie, können sie jedoch spüren, sogar durch Tarnzauber hindurch. Ihre Immunität gegen Magie verhindert auch, dass sie sie ausüben. Das dachten wir zumindest. Eine Anomalie gibt es. Vadim – der Wolfswandler, den du freigelassen hast –"

„Ich habe niemanden freigelassen", protestierte ich und weigerte mich, mich für ein Vergehen verantwortlich machen zu lassen, bei dem ich nicht freiwillig mitgewirkt hatte.

Er fuhr fort. „Vadim hat sich als immun gegen Silber erwiesen und besitzt Magie. Wenn jemand solch eine Macht hat, glaubt er, sich nicht an Regeln halten zu müssen, also hat er es nicht getan. Ich habe ihn Jahrzehnte lang verfolgt. Er ist zweimal entkommen, bis wir einen Weg gefunden haben, ihn einzusperren." Sein Blick zuckte zu mir. „Bis er freigelassen wurde." Es lag keine Anklage in seiner Stimme, aber sie war deutlich in seinen Augen zu sehen: Ob es Absicht war oder nicht, er wies mir dieselbe Schuld zu, wie der Person, die wirklich für den Zauber verantwortlich war.

Obwohl ich herausfinden musste, wie viel Fehlinformation in *Die Entdeckung der Magie* steckte, brauchte ich eine Atempause. Ich ging zu einer der Zellen, um die Zeichen an der Wand besser sehen zu können. Aus der Nähe sahen sie genau wie die an meinem Finger aus. Das war unleugbar. Das war der Beweis für meine Verbindung zu der Magie, die die Gefangenen freigesetzt hatte.

„Was ist an dem Tag passiert, als sie freigelassen wurden?", fragte ich.

„Ich hab' die Magie gespürt. Sie war unverkennbar, aber als ich runtergekommen bin, waren sie weg, und an ihrer Stelle waren die Sigillen des Zaubers. Er hat alle sieben

Zauber gebrochen, die wir auf jede Zelle gelegt hatten, um sie festzuhalten.“

„Sieben?“

„Ja. Ein einziger Zauber hat zahllose Zaubersprüche gebrochen, die über Jahrzehnte perfektioniert wurden. Wenn du es mit den mächtigsten und rücksichtslosesten der Übernatürlichen zu tun hast, ist Vorsicht angebracht.“

„Ich besitze keine Magie. Ich habe den Zauber nicht gewirkt.“

„Du wurdest als Leiter benutzt. Diese Magie gleicht der Arbeit eines Dunklen Magiers. Eines, der geschickt darin ist, unentdeckt zu bleiben, weshalb sie dich benutzt haben.“

„Ich bin immer noch verwirrt, wie ich helfen kann.“ Ohne Magie und ohne nochmal als Leiter benutzt zu werden, was konnte ich genau tun?

„Du bist der gemeinsame Nenner.“ Sein Blick fiel auf meinen Finger. „Die Magie muss von dir entfernt werden. Sobald das passiert, kann ich herausfinden, wo der Magier ist, und ihn verfolgen, ohne dass du es verzerrst.“

Ein finsteres Vergnügen huschte über sein Gesicht. Obwohl das für ihn problematisch war, hatte er den Blick eines Mannes, der Erregung in der Jagd und dem Mysterium fand. Oder vielleicht war es das Versprechen von Vergeltung. Ich war ziemlich sicher, die Strafe des Dunklen Magiers würde kein Aufenthalt in den Perils sein. Dominics frühere Kommentare über ihre alten Methoden von Folter und Mord verfolgten mich.

Das ließ mich an Peters ständiges Wiederkäuen des Zitats von Winston Churchill denken: „Geschichte wird von den Siegern geschrieben.“ Waren die Gefangenen so schlimm, wie Dominic und die anderen mich glauben machen wollten, oder bekam ich meine Informationen von den Siegern? Ich war bereit zuzugeben, dass es unter den Übernatürlichen Grade von Schrecklichkeit gab, Anwesende eingeschlossen.

Ich konnte es mir nicht leisten, in dieses philosophische

Minenfeld zu wandern, dachte ich, als ich die Wand mit den Sigillen berührte.

„Rückgängig“, flüsterte ich. Dann sagte ich: „Stopp! Bring sie zurück.“ Es artete darin aus, dass ich einfach alles sagte, was mir einfiel, was den Zauber vielleicht rückgängig machen könnte. Wie könnte das schaden? Der Zauber, den ich ausgelöst hatte, war nur ein wilder Mix sinnlos aneinandergereihter Worte, also war meine Hypothese nicht unbedingt lächerlich. Oder zumindest dachte ich das, bis ich mich umdrehte und Dominic mit einem Ausdruck von amüsierter Fassungslosigkeit fand.

„Du bist schon ein bisschen seltsam, oder?“, fragte er. Er runzelte die Stirn und drehte sich zu den Treppen. „Komm“, befahl er.

Er hatte das mit solch unbezwingbarer Kühle gesagt, dass ich instinktiv gehorchte. Bis ich entschied, dass dies der perfekte Moment war, Grenzen für einen Mann zu setzen, der volle Zustimmung ohne Widerspruch zu erwarten schien. Er brauchte mich genauso sehr wie ich ihn. Wir waren Partner in dieser Angelegenheit. Und selbst wenn wir das nicht wären: Lern verdammt nochmal ein paar Manieren!

Ich rührte mich nicht. Er hatte ein paar Schritte gemacht, bevor er bemerkte, dass ich nicht bei ihm war.

Er sah mich über die Schulter an. „Luna, komm“, forderte er.

Ich bin nicht dein Schoßhündchen.

„Es heißt ‚Luna, folge mir bitte‘ oder ‚Würdest du mir bitte folgen?‘. Unser Umgang wäre viel angenehmer, wenn du die Wörter ‚würdest du‘, ‚bitte‘ und ‚danke‘ lernst.“

Das Lächeln war zurück, mit einem dunklen, gefährlichen Unterton. Er näherte sich mir mit der gemessenen Anmut eines Raubtiers. Glitzernde Bernstein- und Goldtöne leuchteten intensiv in seinen Augen.

Er blickte auf meine vor der Brust verschränkten Arme.

Es dauerte mehrere Momente, bevor er sprach. „Luna." Es lag etwas Raues in meinem Namen. „Danke für den Rat. Würdest du bitte verstehen, dass, wenn ich dich jetzt töte, der Zauber gebrochen wird und die Gefangenen zurückkehren?"

Ich schluckte schwer und kratzte eine hart erarbeitete Entschlossenheit zusammen. Wenn das so einfach wäre, hätte er es schon getan. Mit diesem Wissen blieb ich stur.

„Möglich, aber ich bin fast sicher, dass es wieder passieren wird. Das nächste Mal könnte dein Dunkler Magier schlauer sein, und du findest denjenigen, den er benutzt hat, nicht einmal. Er ist es, den du wirklich willst."

Ein Muskel zuckte in seinem Kiefer. Während seine Augen sich weiter in mich bohrten, war klar, dass er ein Mann war, dem nie getrotzt und der nie herausgefordert wurde.

„Mich zu töten könnte der einfache Ausweg sein, aber wie du gesagt hast, es ist nur eine kurzfristige Lösung. Du willst den verantwortlichen Magier und herausfinden, was sein Motiv ist." Ich zuckte mit den Schultern. „Wie ich das sehe, waren die Leute im Schattenkonvent ziemlich aufgebracht und verängstigt, weil die Gefangenen frei sind, und mit der möglichen Ausnahme von zwei oder drei Leuten in der Gruppe sind sie schrecklich und haben einen bestenfalls fragwürdigen moralischen Kompass. Dich zähle ich da mit rein."

Er schien meine Bemerkung nicht als Beleidigung zu sehen. Tatsächlich schien er darüber erfreut zu sein.

„Es ist sicher anzunehmen, dass die Leute, von denen sie glauben, dass sie eingesperrt sein sollten, schlimmer sind." Ich trat näher, begegnete seinem intensiven Blick. „Du und ich wissen beide, dass der Magier sie alle freigelassen hat, und ich vermute, der Grund war einer oder eine von ihnen. Du musst neugierig sein, wer und warum."

Das war nur meine Theorie – eine fundierte Vermutung.

Vielleicht wollten sie Chaos verbreiten. Oder es war ein riesiges „Fick dich“ an den arroganten, herrischen Wächter der Perils oder den Schattenkonvent, der sie dorthin geschickt hatte. Aber mein Bauchgefühl sagte mir, dass da mehr dahintersteckte. Ich hatte keine Ahnung, was, aber wenn ich die einzige Verbindung war, brauchte Dominic mich mehr, als er zugeben wollte.

Die verkrampften Muskeln in seinem Nacken entspannten sich. Es war der Hauch eines Lächelns, aber er glättete es schnell, bis sein Ausdruck undurchdringlich war.

„Komm bitte mit mir“, sagte er, und ohne ein weiteres Wort führte er mich zurück nach oben in die Bibliothek. Meine Aufregung zu dämpfen wurde schwieriger, je weiter wir hineingingen.

Ich wollte die Arme ausbreiten und mich drehen, obwohl ich wusste, dass das keine gute Idee war. Aber wie konnte ich das nicht in einer Bibliothek, die diejenige aus *Die Schöne und das Biest* in den Schatten stellte?

„Wir gehen hier lang“, dirigierte er und führte mich nach links hinten. Je weiter ich in den kleineren Raum neben der Hauptbibliothek kam, desto intensiver wurde der Geruch nach Leder und Schwefel. Der Raum fühlte sich lebendig an. Die dicke Luft klebte an mir und schlang sich um meine Gliedmaßen, als prüfte sie, ob ich dorthin gehörte. Das tat ich nicht. Und ich wollte es auch nicht.

Trotz des warmen, sanften Lichts der Deckenbeleuchtung, der beruhigenden salbeigrünen Wände, und der taupefarbenen Veloursledersessel, war der Raum kalt und in Dunkelheit gehüllt. Er wimmelte von einer unheimlichen, allgegenwärtigen Giftigkeit. Muffiger Geruch überwältigte meine Sinne und verdichtet die Luft auf eine Art und Weise, die das Atmen schwer machte.

„Zauberbücher?“ Ich zeigte auf die Wand mit verwitterten Lederbüchern in den hohen Regalen, die bis auf wenige Zentimeter unter die Decke reichten.

Er nickte und schien nicht unter dem Einfluss dieses Raumes zu leiden wie ich. Wenn überhaupt, wirkte er beruhigt. Er atmete tief ein, ließ den Raum auf sich wirken, die raumhohen Regale voller Bücher. Auf dem großen Holztisch in der Mitte des Raumes lagen drei große Ordner. Papiere, vergilbt vom Alter, hingen heraus. Ein abgenutzter, bequemer Sessel stand in der Ecke, aber er war nicht so schick wie die in der Hauptbibliothek.

„Was ist passiert, als du den Zauber ausgelöst hast, von dem du die Male hast?", fragte Dominic schließlich.

„Können wir das draußen im anderen Teil der Bibliothek besprechen?" Da war niemand, falls Privatsphäre sein Anliegen war.

Er nickte, und ich eilte an ihm vorbei in die frische Luft des größeren Raums, der nicht nach böser Absicht stank.

Es war offensichtlich, dass Magie oder irgendeine ihrer Varianten mich beunruhigte. Übernatürliche – mit Ausnahme von Reginald, der mich immer noch nicht überzeugt hatte, dass er das wirklich war – waren gewalttätig, skrupellos und möglicherweise soziopathisch. Magie und Zauber waren chaotisch und unheilvoll. Meine kurze Erfahrung damit zeigte, dass sie bedrohlich und zerstörerisch war. Das motivierte mich, alles zu tun, um diesen Zauber rückgängig zu machen und in mein normales, unkompliziertes Leben zurückzukehren. Ich hatte mein Leben nie als einfach betrachtet, aber mit dem rußigen Gefühl des Raumes mit den Zauberbüchern noch auf meiner Haut, war klar, dass es das war.

Dominic wartete geduldig, während ich mich in einen der Sessel setzte. Stehend legte er einen Arm vor seinen Bauch und stützte den Ellbogen des anderen darauf, während er den Daumen träge über seine Lippen gleiten ließ. Ich konnte nicht anders, als ihm dabei zuzusehen.

Ohne das Gespräch mit Reginald zu erwähnen, erzählte ich Dominic von dem damals unspektakulären Moment, als ich den Ring fand, ihn ansteckte und niemand Anspruch darauf erhob. Als ich bei dem Teil mit dem seltsamen Hund ankam, runzelte er die Stirn.

„Ein riesiger Hund?"

„Vielleicht hat der Dunkle Magier ihn auf mich gehetzt. Ich weiß nicht, aber ein Hund, der aussieht, als sollte er die Tore von –" Ich hielt inne, bevor ich „Hölle" sagte, weil ich, unglaublich genug, tatsächlich in der Unterwelt war und mit ihrem übernatürlichen Wärter … Hüter … oder was auch immer er war, sprach. Der „Mann mit dem Empfangskomitee", der in einer Welt ohne Sonne oder Grün lebte. Hier das Wort „Hölle" zu benutzen, schien blasphemisch. Nein, nicht blasphemisch, sondern vielleicht eine nötige Erinnerung daran, wo wir waren. Auf jeden Fall war es passend.

Ein Hauch von Humor lag in seinen Augen. Er sagte: „Zareb", und Augenblicke später klackerten Krallen über den Marmorboden, als der massige Hund erschien. Keuchend sprang ich auf und wich vor dem Tier zurück.

„Ich habe ihn geschickt", informierte mich Dominic.

„Warum?"

„Dein Duft. Sobald er den hat, kann er dich überall aufspüren. Er ist besser zur Aufklärung geeignet."

„Du denkst, ein kalbgroßer Hund ist weniger auffällig und besser zur Aufklärung geeignet als du?"

„Ja", sagte er.

Mit einem kurzen Zittern verschwand die furchterregende Kreatur. Hätte ich den Hund nicht gerade gesehen, wüsste ich nicht, dass er in der Nähe war.

Der einzige Hinweis auf seine Anwesenheit war die federleichte Wärme, die über meine Haut huschte. Dominic bewegte sich auf uns zu und streckte die Hand aus, streichelte die Luft. Der Hund erschien wieder, und ich sah, dass Dominic ihm den Kopf kraulte.

Da nur Dominic ihn sehen konnte, war Zareb tatsächlich ein ausgezeichneter Späher.

Er machte ein klickendes Geräusch mit der Zunge, und der Hund trottete weg.

„Ist er der Einzige?"

Dominic schüttelte den Kopf. „Aber er ist derjenige, der deinen Duft kennt. Er kann dich überall aufspüren."

Der Hauch einer Warnung entging mir nicht. Anstatt darauf einzugehen, fragte ich: „Können die die entflohenen Gefangenen nicht aufspüren? Sicher kannst du ihren Duft aus den Zellen bekommen."

Dominic runzelte die Stirn. „Dieser Zauber ist stark, wie verbrannte Erde. Die Zauber, die wir hatten, die ihre Magie, Stärke und Fähigkeit zu teleportieren neutralisierten, wurden alle zerstört. Der Bindungszauber, der sie an den Raum kettete, ist gebrochen. Und es gibt keinen Duft. Die Magie eines Tenebras Obducit – eines Dunklen Magiers – ist enorm, sein Zauber fast unüberwindlich. Und dieser spezielle Zauber war so sorgfältig konstruiert, dass es schwierig sein wird, sie zu finden."

Trotz dessen, was er gerade zugab, wirkte er nicht hoffnungslos, was ich von mir nicht behaupten konnte. Verzweiflung begann, mich zu verschlingen. Mein Optimismus, aus dieser Situation rauszukommen, schwand schnell.

„Wie willst du sie dann finden?"

„Durch dich. Sobald wir den Zauber entwirren können, wird die Signatur seines Besitzers enthüllt. Ich kann das nutzen, um sie zu verfolgen, sobald der Zauber von dir getrennt ist. Eine Sache, die dein kleines Buch, ich bin sicher versehentlich, richtig hatte, ist, dass wir alle von derselben Quelle kommen. Je nachdem, wie du es betrachtest, tragen wir das Zeichen eines Fluchs oder Geschenks. Jeder Nachkomme trägt dieses Zeichen. Wenn ich einen neuen Vampir finde, erkenne ich in seiner Signatur seinen Schöpfer. Genauso ist es mit Wandlern. Niemand kann sich vor mir verstecken, denn ich kann ihre Signatur finden."

„Nicht die von jedem. Du hast echt Schwierigkeiten,

diesen Tenebras-Typen zu finden. Der ist dir bisher entwischt."

Ich bereute sofort, das angesprochen zu haben. Eine Hitzewelle durchzog den Raum. Der Glanz seiner feurigen Augen traf mich wie ein Schlag.

Sorry. Verstanden. Nicht auf Dominics Schwächen hinweisen.

„Das ist wahr. Sie haben nie Magie in meiner Nähe angewendet, die ich verfolgen könnte. Sobald wir die Magie aus dir gezogen haben, kann ich die Quelle aufspüren." Er atmete langsam ein, der Raum kühlte sich ab und kehrte zur Normalität zurück, und seine Augen nahmen wieder ihren üblichen Farbton erlöschenden Feuers an.

„Sprich weiter", drängte er mit einem kurzen Blick. „Bitte." Er bemühte sich, aber die Anstrengung war ihm ins Gesicht geschrieben, zusammen mit den Resten seines Zorns.

Ich setzte die Geschichte fort. Als ich fertig war, hatte sich sein Lächeln in eine starre Maske verwandelt.

„Ich habe Magie gewirkt." Es war das erste Mal, dass ich es laut aussprach. Es war in meinen Gedanken gewesen, aber ich war zu sehr damit beschäftigt, mich davon zu distanzieren.

„Nein, du wurdest benutzt, damit der Ring Magie wirken kann. Er ist an dich gebunden, und deine Lebensenergie ist es, die den Zauber antreibt. Du verhinderst, dass ich den Besitzer finde."

Ein Ausdruck huschte über sein Gesicht, den ich ignorieren wollte, aber er war zu verräterisch. Ein einziger gewaltsamer Akt würde den Zauber brechen und die Gefangenen zurückbringen. Während ich meine Angst hinunterschluckte, versuchte ich unauffällig, mehr Abstand zwischen uns zu bringen, und sah mich verstohlen nach einer Waffe um. Mein Handy steckte noch in meiner Gesäßtasche, aber ohne das Überraschungsmoment war es nicht viel nütze. Und meine Schläge hatten kaum Wirkung auf ihn.

„Also bin ich sowas wie ein Magie-Störsender?"

„Vereinfacht ausgedrückt, ja. Sobald sie von dir getrennt ist, kann sie verfolgt werden."

„Dominic."

Sein Name kam als tiefes, kehliges Schnurren von der Frau, die in den Raum gefegt kam. Obwohl ihr Teint tiefer gebräunt wirkte als Dominics, war die Familienähnlichkeit offensichtlich. Das gleiche dunkle Haar – ihres zu einem Chignon gesteckt –, bernsteinfarbene Augen mit goldenen und orangefarbenen Sprenkeln, die wie erlöschendes Feuer aussahen, markante, scharfe Gesichtszüge und eine fesselnde Schönheit.

Ein breites Lächeln blieb auf ihrem Gesicht, als sie ihn umarmte. Sie war eindeutig die Sanftere der beiden; seine Umarmung war steif und pflichtbewusst. Sie drückte ihm einen Kuss auf die Wange, bevor sie sich mir zuwandte. Ich musterte ihr fließendes, weinrotes Maxikleid mit V-Ausschnitt. Ein langer Schlitz enthüllte ihre Beine und die Schnürsandalen, während sie sich bewegte. Sie hakte ihren Arm bei ihm ein und den anderen schob sie in ihre Tasche. In dem Moment beneidete ich die elegante Frau. Ihr Kleid hatte Taschen. Ich war überzeugt, ich brauchte es.

Ihre Augen studierten mich und blieben an meinem Finger mit den Malen hängen. „Das ist sie? Sie ist diejenige?"

Dominics Kopf bewegte sich kaum zu einem Nicken.

„Ich spüre keine Magie. Wie kann das sein?" Sie kam näher, inspizierte mich wie ein seltsames Wesen, dem sie einen Namen geben wollte. Sie fuhr mit einem Finger von meiner Stirn bis zur Spitze meiner Nase hinunter. Dann drückte sie darauf, als wäre es ein Knopf mitten in meinem Gesicht, der meine Geheimnisse offenbaren würde.

Grenzen!, dachte ich, als ich einen kleinen Schritt zurücktrat, während Dominic ihr alles erklärte. Den Abstand, den ich zwischen uns brachte, machte sie schnell wieder wett, als sie mich weiter mit Belustigung musterte. Ein freundliches Lächeln legte sich auf ihre Lippen. Ich ließ mich davon beruhigen, entspannte mich etwas und ignorierte ihre offensichtliche Missachtung sozialer Normen und akzeptablen Abstands. Plötzlich legte sie ihre Hand um meinen Hals. Es war eine so sanfte Berührung, dass ich mich nicht bedroht fühlte.

„Willst du, dass ich sie töte?", fragte sie in einem so sanften, melodischen Ton, als wollte sie mich einlullen. Ich riss mich aus ihrem Griff und wich zurück. Das höfliche Lächeln, das sie mir schenkte, war inakzeptabel.

Nein, Psycho, ich bin mit keinem Teil dieser Diskussion einverstanden.

„Helena, nein", sagte Dominic bestimmt.

Ihre Augen fielen auf meinen Finger mit den Sigillen. „Glaubst du, dein Weg ist die klügere Taktik?", forderte sie ihn heraus und blickte über ihre Schulter zu ihm. „Vielleicht sollten Alternativen in Betracht gezogen werden." Sie wandte sich wieder mir zu, ihr Lächeln und Auftreten viel zu freundlich, entspannt und einladend für jemanden, der darüber sprach, mich zu ermorden.

Ich hasste diese Welt. Ich hasste sie so sehr!

Sie zuckte angesichts seines strengen Blicks die Schultern. „Ihr Finger. Sollen wir ihn ab–"

„Helena", blaffte er. „Sie steht unter meinem Schutz. Du wirst weder ihren Finger amputieren noch sie töten. Das geht dich nichts an. Sind wir uns einig?"

Sie runzelte die Stirn, ihre Stimmung gedämpft, aber ich war sehr sicher, dass es nur daran lag, dass er die Stimme erhoben hatte, und nicht an der Zurechtweisung, die damit einherging.

„Also gut, wir machen es auf deine Weise. Ich gehe jetzt zu einem frühen Abendessen." Sie wandte sich wieder mir zu. „Möchtest du mitkommen? Wir haben gebratene Ente mit Rote-Bete-Salat und Kürbispüree. Ich denke, es würde dir gefallen."

Meinte sie das ernst? Vor wenigen Augenblicken hat sie um Erlaubnis gebeten, mich zu töten oder meinen Finger abzuschneiden; jetzt wollte sie, dass ich mit ihr zu Abend aß. Nichts an dieser Welt war akzeptabel.

Vorübergehend sprachlos vor Schock, starrte ich sie nur an. All die Angst, Frustration, Verwirrung und Verärgerung, in diese abscheuliche Situation gezogen worden zu sein, brachen heraus.

„Nein, du soziopathisches Miststück! Ich will nicht mit dir essen. Was bildest du dir eigentlich ein?"

Unbeeindruckt von meinem Ausbruch blieb ihr Gesicht erschreckend freundlich, als sie Dominic ein weiteres Lächeln und einen schnellen Kuss auf die Wange gab. „Falls sie es sich anders überlegt, bringst du sie ins Esszimmer, nicht wahr?"

„Natürlich", sagte er und erwiderte ihr freundliches Lächeln.

Die folgende, lange Stille war von Spannung erfüllt, während ich ihn anstarrte. Er griff in seine Tasche, zog meinen Ring heraus und gab ihn mir. „Meine Schwester ist ziemlich direkt", versuchte er zu erklären.

„Das Wort ‚direkt' ist für Leute reserviert, die unverblümt und unabsichtlich unhöflich sind, nicht für jemanden, der seinen Bruder um Erlaubnis bittet, jemanden töten oder verstümmeln zu dürfen."

„Sie findet Vergnügen in dunkleren Elementen. Mord und Folter machen ihr Freude. Und sie ist ziemlich gut darin", sagte er milde, als hätte er gerade etwas Banales erwähnt, wie dass ihre Lieblingsfarbe Gelb war. Ich fragte mich, wie unterschiedlich diese Geschwister waren. War er mit diesen Verhaltensweisen einverstanden, hatte nur nicht denselben Spaß daran wie sie?

„Was du ‚dunklere Elemente' nennst, gilt unter uns Sterblichen als Schwerverbrechen“, bemerkte ich, bevor ich die Augen schloss, die Luft einatmete und die Ruhe einer Bibliothek über mich kommen ließ. Es war das Einzige, was mich einigermaßen bei Verstand hielt.

Als ich die Augen öffnete, war Dominic viel näher als zuvor und blickte auf mich herab. Er war zu nah.

„Hast du Angst vor mir?“, fragte er.

„Du hast gerade Folter als dunklere Elemente des Vergnügens beschrieben. Wie sollte ich mich dabei fühlen?“

Er musterte meine Lippen, sein Gesicht ausdruckslos. Keiner von uns sprach, wir standen nur in der spannungsgeladenen Stille da. Seine Augen wurden erwartungsvoll, während er auf eine Antwort wartete.

„Nein.“ Das war nicht ganz wahr, aber nah genug. Selbst wenn ich Angst fühlte, sie ihm – mir selbst – einzugestehen, würde das Gleichgewicht verändern. Aus irgendeinem seltsamen Grund brauchte ich das. „Ich habe Angst vor der Frau, die mir Essen angeboten hat, nachdem sie beiläufig vorgeschlagen hat, mich zu töten oder meinen Finger abzuschneiden“, gab ich zu.

Seine Stimme war leise, rau, unnachgiebig. „Sie wird dich nie anrühren, solange ich wünsche, dass du sicher bist“, versicherte er mir, während seine Augen langsam über mein Gesicht wanderten. „Die anderen auch nicht. Die Konsequenzen wären zu schwerwiegend.“

Damit ging er mit entspannten Schritten von mir weg, als hätte er mir ausreichend Trost gespendet.

Er kehrte zur Tür des Zauberbuchraums zurück und drehte sich zu mir um. Ich schätzte, ich würde kein „Bitte“ oder „Wirst du mir folgen?“ bekommen.

8

Wieder im Zauberbuchraum angekommen, versuchte ich erfolglos, mich an die Atmosphäre zu gewöhnen, und wurde immer neugieriger, warum sie Dominic nicht störte. Zog Magie nur Magie an? Konnte dieser Raum spüren, dass ich nicht dorthin gehörte, und seine Unheimlichkeit war abstoßend, versuchte, mich zu vertreiben? Es funktionierte; ich wollte nicht dort sein.

Langsam von Regal zu Regal gehend, untersuchte ich die Bücher, während ich das volle Gewicht von Dominics Aufmerksamkeit spürte.

„Was soll ich hier tun?", fragte ich.

„Diese Bücher enthalten die stärkste und geheimnisvollste bekannte Magie. Irgendwas hier sollte funktionieren."

Ich hörte das Zögern in seiner Stimme und drehte mich zu ihm. „Was noch?", fragte ich.

„Du wirst es besser finden können als ich."

Ich hob meinen Finger. „Deswegen?"

Er nickte.

Natürlich. Alles kehrte immer wieder auf die Male an meinem Finger zurück.

Es war der Anfang und das Ende. „Was mach' ich?", fragte ich nochmal.

„Berühre die Bücher, geh die Zauber durch und sieh, ob du irgendwas spürst. Ich glaube, dass Gegenzauber darauf reagieren werden."

„Zauber, die rückgängig machen wollen, was ist." Er nickte.

Finde die Bücher. Ich fing bei den unteren Regalen an, ließ meine Finger über die Buchrücken gleiten und fühlte mich mit jedem Moment alberner. Dominic drängte mich, weiterzumachen, aber nichts geschah. Dann nahm ich eins aus dem Regal, glitt langsam mit dem Finger über jeden Zauber im Buch. Wenn mich noch ein Buch biss, würde ich verdammt nochmal zurückbeißen.

Nach zehn Minuten gab es kein Leugnen seiner Logik oder den harten Ruck und das üble Gefühl, das ich hatte, als meine Hand über bestimmte Zauber strich. Ich legte ein graues, vom Alter verzogenes Buch auf den Tisch und nahm ein paar Post-its, die jemand in die Mitte des Tisches gelegt hatte, und markierte sie. Es ging schneller, als ich dachte, sobald ich merkte, dass langsame, bewusste Bewegungen nicht nötig waren. Die Zauber *wollten* gefunden werden.

Ich fand sie, und Dominic schrieb sie in ein Notizbuch auf verschiedene Seiten; ich nahm an, nach Kategorien ihres Zwecks.

Obwohl das Display meines Handys meinen Versuch, es als Waffe zu benutzen, überlebt hatte, funktionierte es nicht. Kein Empfang in der Unterwelt. Merkwürdigerweise hatte sich die Uhrzeit auf meinem Handy nicht verändert. Ich hatte keine Ahnung, wie lange ich gesucht hatte. Stunden mussten vergangen sein, denn mein Magen knurrte. Weiter am Ball zu bleiben, wurde immer schwieriger. Aber wenn die einzige Option, etwas in meinen Magen zu bekommen, mit Helena zu essen war, würde ich lieber verhungern.

„Wir sollten eine Pause machen“, schlug Dominic vor. „Lass uns was essen gehen.“

Er musste meinen Magen auch gehört haben. Er verstand offensichtlich mein Zögern, denn er fügte hinzu: „Helena ist längst mit dem Abendessen fertig. Aber wir gehen in die Küche. Da ist sie nie.“

„Ich weiß, dass sie isst, warum glaubst du dann, dass wir ihr in der Küche nicht über den Weg laufen werden?“, sagte ich und folgte ihm aus dem Raum, durch die Bibliothek und den Flur entlang. Sie zu vermeiden war meine Mission, und da ich nicht wusste, wie viel Zeit vergangen war, war es durchaus denkbar, dass ich ihr wieder begegnen würde – vielleicht auf dem Weg zu einem Snack.

„Sie isst, glaubt aber nicht, dass sie es zubereiten sollte. Sie hat eine Küchenzeile in ihrer Suite, damit sie nicht runterkommen muss, um was zu trinken.“ Die Schärfe der Missbilligung war deutlich in seiner Stimme spürbar. Sie war eine selbstverliebte Primadonna, die „dunkles Vergnügen“ mochte. Helena schien auf so vielen Ebenen schrecklich zu sein.

Die Küche war ein Traum für jeden Koch und größer als der gesamte *Books and Brew*-Laden. Schwarzer Edelstahl überall und eine große Marmorinsel nahe dem Doppelofen. Auf einer der Arbeitsflächen stand eine große Auswahl an Gebäck, Kuchen und Keksen bereit, die mir alle das Wasser im Mund zusammenlaufen ließen. Ein großer Weinkühlschrank war links davon, und soweit ich sehen konnte, war er mit einer umfangreichen Auswahl bestückt. Die andere Tür nahe dem Kühlschrank musste in die Speisekammer führen.

Ich setzte mich auf einen Lederdrehhocker am Tresen, nur ein paar Schritte vom Kühlschrank und der Dessertauslage entfernt, und beobachtete Dominic, während er sich mit der Sicherheit von jemandem, der sie regelmäßig nutzte, in der Küche bewegte. Er öffnete den Kühlschrank und die

Speisekammer. Als er fertig war, stellte er eine Auswahl an Käsesorten und Broten, Beeren und Trauben, Prosciutto, Salami und geräuchertem Lachs auf einem Tablett vor mich. Er bewegte sich in anmutiger Stille, als er eine Flasche Pinot Blanc öffnete und zwei Gläser Wein einschenkte.

„Ich möchte Wasser, bitte", sagte ich, als er eines der Weingläser vor mich stellte. Er nickte, nahm eine Wasserflasche aus dem Kühlschrank und goss Wasser in ein Glas. „Das sollte dich vor dem Verhungern bewahren, während ich was für dich koche. Magst du Steak?"

„Du musst nichts kochen. Das ist mehr als genug. Ich schätze das sehr", sagte ich und starrte auf das Tablett, das leicht für vier gereicht hätte.

Mit einem Nicken setzte er das Weinglas an, das er mir gegeben hatte, und leerte es in ein paar Schlucken. Das andere Glas trank er langsamer.

Toll, betrunkenes Recherchieren. Was sollte da schon schiefgehen?

Ich schob das Tablett zu ihm hinüber, um mit ihm zu teilen. Er nahm ein Stück Brot und ein paar Käsewürfel, was ich als reine Höflichkeit interpretierte.

Während ich ein paar Beeren aß, ließ ich die Aussicht aus dem Erkerfenster auf mich wirken. Marokkanische Laternen spendeten sanftes Licht für die bunte Mischung aus Blumen, die gleichzeitig faszinierend und verstörend war.

Dominic beugte sich vor, sein Kopf nah an meinem, und sah, was meine Aufmerksamkeit erregte.

„Rosen." Er wies auf einen Abschnitt des Gartens. Ich konnte die Wärme seiner Haut spüren, seinen betörenden Duft riechen. *Konzentrier dich, Luna, konzentrier dich.*

Er lenkte meine Aufmerksamkeit auf einen anderen Abschnitt. „Schwarze Calla-Lilien, und diese grässlich aussehenden Dinger sind Fledermausblumen, dank der bösen Neigungen meiner Schwester."

Ich bemerkte die bizarre Pflanze fast nicht, als ich mir

seiner Nähe immer bewusster wurde, seines warmen, nach Wein duftenden Atems, der mein Gesicht streifte. Ein Hauch von Birne, Nektarine und Noten von Honig und Apfel hingen daran.

Er schien sich an unserer Nähe nicht zu stören. Er ließ gerade genug Abstand zwischen uns, um das Glas wieder an seine Lippen zu heben, und ich wurde mir schmerzlich bewusst, wie wild schön er war. Nachdem ich ihn angestarrt hatte, rutschte ich ein Stück zurück und schob mir einen Käsewürfel in den Mund, bevor ich mich darauf konzentrierte, ein Stück Baguette abzureißen.

Dominic lehnte sich an die Arbeitsfläche hinter ihm und nippte an seinem Wein, während er aus dem Fenster sah. Aber er wirkte nicht entspannt durch die Aussicht. Als ich meine Aufmerksamkeit von meinem Essen auf ihn richtete, nahm ich nicht nur seine Schönheit, sondern auch sein blutbespritztes Hemd wahr. Es schien ihn nicht zu stören. Vielleicht war er es gewohnt. Blut auf seinem Shirt war kein Grund zur Sorge.

„Du wohnst hier?"

„Ja."

„Werden Wächter des übernatürlichen Gefängnisses immer so begrüßt und dürfen mit ihrer Schwester in einer Villa leben?" Ich trank einen Schluck Wasser.

Er begegnete meinem Blick und nickte.

„Du bist nicht nur ein Wächter, oder, Dominic?", fragte ich und versuchte, seinen Namen zu betonen, wie er meinen.

Ohne auf meine Frage einzugehen, leerte er den Rest seines Weins in einem Schluck. „Ich gehe davon aus, dass du den Weg zurück zur Bibliothek findest?"

Damit war er weg, schritt schnell und anmutig den Flur hinunter.

Ich wollte kein weiteres Zusammentreffen mit Helena riskieren, also verschlang ich den Rest meines Essens und kehrte in den Zauberbuchraum zurück, wo ich Dominic fand, der sich umgezogen hatte. Er trug jetzt ein blaues Hemd und eine mitternachtsblaue Hose. Sein Haar war leicht zerzaust. Ein pfeffriger, erdiger Duft, entweder von Seife oder Parfüm, durchbrach die anderen Gerüche im Raum. Eine eisige Schärfe lag in seinem Auftreten. Eine, die ich sicher nicht auftauen konnte.

Vorsichtig schweigend setzte ich meine Suche fort. Ich durchforstete die Reihen der Bücher, die ich leicht erreichen konnte, und versuchte dann erfolglos, auf Zehenspitzen die Bücher im zweitobersten Regal zu erreichen. Wer hatte so hohe Regale ohne einen Hocker oder eine Leiter?

Dominic trat neben mich, sein Körper warm, sein Duft berauschend und angenehmer als die anderen, die den Raum erfüllten. Mit einem spöttischen Grinsen reichte er mir das Buch.

„Danke. Wenn du mir einen Hocker oder eine Leiter besorgst, komme ich auch an den Rest ran."

„Wir haben keinen Hocker." Seine Stimme klang amüsiert.

Ich schnaubte. „Also sind alle, die diesen Raum benutzen, Riesen?" Meine Größe war ein wunder Punkt für mich. Dem wäre nicht so, wenn andere nicht so eine große Sache daraus machen würden. Ich war nicht *so* klein. Der Durchschnitt für Frauen ist eins zweiundsechzig. Nur fünf Zentimeter darunter, und die Leute neigten dazu, mich in dieselbe Kategorie wie Däumelinchen zu stecken. Und Emoni, die mich dafür aufzog, dass ich diese Information „parat hatte", machte es nur schlimmer. Sie hatte wahrscheinlich recht; dass ich den Durchschnitt von irgendwas wusste, um in einer Debatte zu punkten, verriet nur, dass es ein heikles Thema für mich war.

Er zuckte die Schultern, das Schmunzeln immer noch auf seinen Lippen. „Jeder, der diesen Raum benutzt, kann die Regale erreichen. Bis jetzt." Ausgehend von allen, die ich gesehen hatte, hätte niemand ein Problem. Selbst Helena war nur eine Handbreit kleiner als er.

Ohne Lust, weiteres Futter für sein Amüsement zu bieten, ging ich zum nächsten Regal und arbeitete an den Büchern, die ich erreichen konnte, während er weiter Zauber in das Notizbuch eintrug. Die Sprachen, die ich nicht verstand, übersetzte er auf dem Papier ins Englische. Aus den zwölf Büchern, die wir durchgegangen waren, schloss ich, dass die Male an meinem Finger nicht sehr wählerisch waren. Sie hatten neunundvierzig Zauber ausgewählt.

„Und jetzt?", fragte ich.

Er schob ein Blatt Papier zu mir herüber. „Das sind die Zauber, die verwendet wurden, um das Gefängnis zu sichern. Ich habe einen Umkehrzauber versucht, und es hat nicht funktioniert." Er trat näher und ergriff meine Hand. Dann nahm er mir den Ring ab und studierte die komplizierten Sigillen an meinem Finger. Seine Hand war warm, seine Berührung sanft, während er meine Hand bewegte, um jedes Zeichen zu inspizieren. Um den Verbindungen zwischen den Zeichen zu folgen, strich er mit einem Finger die verschiedenen Linien entlang, wies auf die Unterschiede der Zauber hin. Es waren sieben Zauber, die entwirrt werden mussten.

Meine Hoffnung schwand wieder. Er sprach mehrere Zauber und behielt meinen Finger genau im Auge, um keine mögliche Reaktion zu verpassen. Als ein goldener Schimmer eine der Linien an meinem Finger erleuchtete, atmeten wir beide erleichtert auf. Er markierte den Zauber und fuhr fort. Ein Zauber erledigt. Er sprach dreißig Zauber aus den neunundvierzig, und meine Male reagierten nur auf drei. Das würde eine lange und mühsame Suche werden. Und die Müdigkeit setzte mir zu. Ich musste schlafen.

Ich stand auf, streckte mich. „Ich hab' morgen um drei Feierabend", informierte ich ihn und lächelte ihn an. „Vielleicht kannst du bis dahin einen Hocker für mich finden."

Er runzelte verwirrt die Stirn.

„Einen Hocker oder eine Trittleiter. Die gibt's überall. Du

kannst einen bei Target kaufen. Du musst wissen, wovon ich rede."

Er schüttelte den Kopf. „Ich weiß, was ein Hocker ist. Wo willst du hin?"

„Nach Hause. Ich kann nicht hierbleiben." So, wie er mich ansah, hatte er genau das erwartet. Dass ich mein Leben auf Eis legte und ich mich ganz seiner Sache widmete, bis sie erledigt war. „Dominic, ich habe einen Job. Ich habe Freunde. Wenn ich verschwinde, wird es echt kompliziert. Sie werden Fragen stellen."

„Luna, die Situation ist schon kompliziert. Begreifst du nicht, was hier auf dem Spiel steht?"

„Wenn es jemand versteht, dann ich. Du bist auf diese eine Mission versessen. Den Dunklen Magier zu finden. Doch wenn das hier vorbei ist, kann ich nicht arbeitslos sein, weil ich bei der Arbeit nicht auftauche, und ich muss meinen Freunden und meiner Familie erklären, warum ich verschwunden bin. *Ich habe in der Unterwelt mit dem Wächter der Perils abgehangen* wird nicht reichen."

„Sag ihnen, was du sagen musst, wenn es vorbei ist, aber du gehst nicht."

Mein Herz hämmerte. Konnte er mich am Gehen hindern? Wie sollte ich aus der Unterwelt rauskommen, wenn er mein Ticket nach draußen war?

„Du hast gesagt, solange du es willst, bin ich sicher, also wo ist das Problem?"

„Das hier muss schnell erledigt werden", drängte er.

Ich wedelte mit der Hand zu den Bücherregalen. „Ich bin seit Stunden hier und habe Regale voller Bücher durchgesehen, du hast dreißig Zauber gesprochen, und wir haben drei Treffer erzielt … drei Zauber." Die Frustration überwältigte mich. „Es musste einen Plan B geben. Wie die Gefangenen zu jagen und einen Ort zu finden, wo du sie einsperren kannst, bis wir das geklärt haben", schlug ich vor. Dass ich in der Unterwelt festsitzen sollte, bis das vorbei war, konnte nicht die einzige Option sein. Mit einem mutigen und untypischen Anflug von Tapferkeit ging ich zur Tür.

„Nein." Die Strenge in seiner Stimme ließ mich mitten im Schritt innehalten. Für ein paar Herzschläge überlegte ich, ob ich streiten sollte, dann trieb Empörung meine Reaktion an. Das war keine Nein-Situation. Er hatte keine Autorität über mein Kommen und Gehen.

„Nein ist keine Option. Nimm dir ein paar Minuten, um dich damit abzufinden. Ich treffe dich an der Haustür." Ich marschierte zur Tür der Bibliothek und wartete gespannt auf seine näherkommenden Schritte. Als sie nicht kamen, ging ich zur Haustür. In dem Moment, als ich die Türklinke berührte, hörte ich ein Rauschen hinter mir. Ich drehte mich um und stand fünf Schwertern und einer Armbrust gegenüber, die alle auf meine Brust gerichtet waren. Ich erstarrte und fixierte Dominic, der langsam auf mich zu schlenderte. Er ließ mich keinen Moment aus den Augen. Lässige Selbstsicherheit und ein raubtierhaftes Selbstvertrauen machten seinen Blick hart.

Ich weigerte mich, ihm die Genugtuung zu geben, meine Angst zu sehen, straffte die Schultern und stand aufrechter.

„Bist du bereit zu gehen?", fragte ich, die Waffen ignorierend.

Ein schwaches, zynisches Lächeln zupfte an seinen Lippen. Er blickte nach rechts, wo der stoische Anand stand.

Lässig die Hand in die Tasche geschoben, kam Dominic weiter auf mich zu, sein Gesicht unheimlich ausdruckslos. „Es scheint, wir stecken in einer Sackgasse, kleine Luna."

Sind wir schon wieder bei diesem Mist?

„Luna reicht vollkommen. Ein Kommentar zu meiner Größe ist nicht nötig." Die Frau mit der Armbrust trat einen Schritt zur Seite, um Dominic durchzulassen. Mein Blick durchbohrte den Mann vor mir, der weitaus gefährlicher wirkte als die waffenstarrenden Leute um mich herum.

Seine Augen studierten mein Gesicht interessiert. „Was weißt du über Vampire?", fragte er sanft.

„Wahrscheinlich nicht genug. Nur was in Fantasy-Büchern und *Die Entdeckung der Magie* steht. Du hast schon gesagt, dass das Meiste davon falsch ist."

„Wer sie als Menschen waren, wird durch den Vampirismus intensiviert. Roman, den du freigelassen hast, hat Tausende von Menschen getötet. Ganze Städte zerstört. Und drei weitere Vampire erschaffen, die seine Lust auf Gewalt und Tod teilen. Ich habe seine Kreaturen in ihrer Kindheit erledigt und ihn erst vor zehn Jahren geschnappt. Die Hexen und ich haben seine ganze Existenz damit verbracht, hinter ihm aufzuräumen und dafür zu sorgen, dass das Wissen über die Übernatürlichen verborgen bleibt." Er hielt inne. „Sag mir, was du über Hexen weißt."

Sein Kiefer zuckte, als ich schwieg. Ich wusste sehr wenig über diese Welt, und *Die Entdeckung der Magie* hatte mir eine verwässerte Version und scheinbar einen Haufen Fehlinformationen geliefert. Ich würde nicht aktiv an der Zurechtweisung meines mangelnden Wissens teilnehmen.

„Luna", drängte er mich mit leiser Stimme, aber ich blieb stumm. „Manche Hexen sind stärker als andere. Und dann gibt's noch die, die deutlich schlimmer sind."

Mann, wenn du jetzt denkst, diese Information schockiert mich, hast du nicht aufgepasst.

„Die Schlimmsten ihrer Art sind Mors – Hexen mit der Fähigkeit, mit einer einzigen Berührung zu töten." Sein Finger glitt träge über mein Schlüsselbein, um das Gesagte zu unterstreichen. „Ein Zauber, eine Berührung, und du bist tot. Ich habe sie alle gefunden und aufgehalten, außer einer. Celeste. Als ich sie fand, hatte sie einen Zauber gewirkt, der sie mit ihrer Blutlinie verband. Wenn sie stirbt, stirbt auch jeder in ihrer Blutlinie."

„Und?", sagte ich, so hart und gleichgültig, wie ich konnte. „Hexen sind nicht unsterblich. Sie wird sowieso sterben."

Amüsement spielte über seine scharf geschnittenen Züge. Er fiel nicht auf meine Gleichgültigkeitsnummer herein. „Das gibt ihnen Zeit, den Zauber rückgängig zu machen. Madeline ist ziemlich einfallsreich. Ich glaube, sie wird einen Weg finden." Etwas blieb nach dem letzten Satz in der Luft hängen. Er mochte diese Eigenschaft an Madeline schätzen, aber es lag auch Unbehagen darin.

Dominics Unnahbarkeit machte es schwer, seine Stimmung zu lesen oder seine Gedanken zu entschlüsseln. Anders als seine Schwester Helena, die aus einem der Räume auftauchte. Ihre dunkle, ätherische Präsenz war erfüllt von der Vorfreude auf Gewalt.

Anand war genauso schwer zu lesen wie Dominic. Die Wachen hatten ihre Waffen nicht gesenkt. Mit einem tödlichen Schwertstreich könnte das alles für Dominic erledigt sein. Das war mir sehr bewusst, während er die Situation für meinen Geschmack viel zu lange überdachte.

Alle wirkten beunruhigt von der spannungsgeladenen Stille und standen erwartungsvoll da. Ich rang um Geduld.

„Ich will genauso wie du, dass das vorbei ist, und ich bin entschlossen, alles zu tun, was ich kann. Aber wenn es vorbei ist, habe ich immer noch ein Leben. Ich brauche immer noch meinen Job. Und meine Freunde und Familie werden Antworten wollen, warum ich plötzlich verschwunden bin, wenn ich morgen nicht auftauche. Das ist nicht meine Welt. Ich wurde hier reingezogen. Es scheint, dass deine dringendste Sorge die Anonymität der Übernatürlichen ist. Andere wissen von dem Buch und was mir passiert ist. Wenn ich verschwinde, wird es Fragen geben."

Ich nahm mir Freiheiten mit „andere". Eine Person, vielleicht mehr, falls Reginald seinen Zirkel konsultiert hatte, aber ich musste Dominic klarmachen, wie mein Verschwinden die Anonymität, die sie wollten, gefährden würde.

Sein Ausdruck hatte sich nicht geändert, und ich war

gezwungen, mich auf Helena zu verlassen, die erfreut aussah. Das war nicht gut.

„Wir wollen dasselbe", sprudelte ich heraus, nachdem ich Helenas Ausdruck gesehen hatte. „Worum machst du dir Sorgen?"

„Du bist die einzige Verbindung, um den Tenebras Obducit zu finden, und ihn zu finden ist mir wichtig."

„Gut, du willst sicherstellen, dass mir nichts passiert" – ich wedelte mit der Hand in Helenas Richtung – „lass sie mit mir zur Arbeit kommen und dafür sorgen, dass ich in Sicherheit bin. Sie kann meinen Bodyguard spielen."

Der Vorschlag brachte ein Grinsen hervor. Helena wirkte angewidert und entsetzt.

Mord und Zerstückelung eines Gastes in deinem Haus ist völlig okay, aber wenn sie einen Tag lang Babysitter spielen soll, fühlt sie sich beleidigt?

„Ich arbeite morgen von zehn bis drei und habe den Tag danach frei. Wenn wir morgen nichts finden, bleibe ich übermorgen", bot ich an, in der Hoffnung, dass ihn das zugänglicher machen würde. Er sollte wissen, dass das für mich Priorität hatte.

Er betrachtete mich schweigend, während die Zeit verstrich und meine Hoffnung, dass wir alles einvernehmlich regeln könnten, schwand.

„Du kommst morgen nach der Arbeit zurück und bleibst übermorgen, falls nötig", bestätigte er. Es lag Gewicht in seinen Worten, als wäre das, was ich sagte, bindend. Vielleicht war es das. Mein Wort. Möglicherweise, um zu testen, ob ich mein Wort halte.

Ich nickte zustimmend.

„Nehmt die Waffen runter", sagte Dominic schließlich zu den Wachen. Sobald sie ihre Waffen gesenkt hatten, schickte er sie mit einer Handbewegung weg.

„Versuch, nicht zu sterben", sagte er.

Wer würde das nicht versuchen? „Natürlich."

„Lass uns dich nach Hause bringen", sagte er und streckte mir seine Hand entgegen, damit ich sie ergriff.

Die schimmernde Wand erschien zu seiner Linken, und wir traten hindurch.

Wir betraten meine Welt in der Gasse hinter dem *Books and Brew*, wo ich Zareb zuerst begegnet war. Ich checkte mein Handy. Es war zwei Uhr morgens, und ich musste um zehn bei der Arbeit sein. Ich hatte mehrere Nachrichten. Eine von Jackson, die ich ungelesen löschte, und zwei von Emoni, die ich beantworten würde, sobald ich zu Hause war. Ich erwartete, dass Dominic ging, sobald ich zum Abschied winkte und in Richtung meiner Wohnung losging, war aber überrascht, als er neben mir blieb. Er schien mit Schweigen zufrieden zu sein, während wir gingen, aber ich entschied, dass es eine Gelegenheit war, mehr über ihn zu erfahren.

„Du kannst von überall nach Hause kommen?", fragte ich, als ich in meine Straße einbog. Es war immer noch beunruhigend, so einfach über die Unterwelt zu sprechen. Sie als sein Zuhause zu bezeichnen, ließ es ein bisschen normaler wirken.

Er nickte, aber erläuterte es nicht weiter. Der Versuch, Informationen aus diesem Typen rauszubekommen, war wie Zähne ziehen.

„Warum hast du uns in die Gasse hinter dem *Books and Brew* gebracht und nicht zu meiner Wohnung?"

„Da ist es dunkel, und um die Zeit ist da kaum jemand. Die Chance, gesehen zu werden, ist gering."

„Was, wenn du gesehen wirst?"

Er zuckte mit den Schultern. „Die meisten Leute reden sich ein, nicht gesehen zu haben, dass jemand aus einer glitzernden Wand gekommen ist. Wenn ich denke, dass es ein

Problem ist, manipuliere ich ihre Erinnerungen, damit sie es vergessen."

Toll, noch mehr schockierende Enthüllungen. Aber er hatte recht mit seiner Bemerkung. Ich hatte mir auch gesagt, dass meine Augen mir einen Streich gespielt hatten, dass es die Sonne war hinter Zareb, dem Höllenhund, und nicht die schimmernde, durchsichtige Wand, die ich tatsächlich gesehen hatte.

„Ich mache das nicht gern. Die Manipulation wirkt sich auch auf andere Erinnerungen aus. Es ist selten nötig. Menschen wollen glauben, dass sie die Einzigen sind, die in dieser Welt existieren. Sie sind auf diese Weise sehr imperialistisch und ich-bezogen. Sie wissen nicht, dass sie die unterlegene Spezies sind."

Ich schnaubte. „Ich bewundere deine Bescheidenheit."

„Erfordert die Feststellung von Tatsachen Bescheidenheit?"

Ich zuckte die Schultern. „Nein, aber Bescheidenheit ist höflicher."

„Höflichkeit ist überbewertet."

„Das sagen unhöfliche Leute immer", schnaubte ich leise.

Er antwortete mit einem Kopfschütteln. „Unsere Anonymität ist nicht nur zu unserem Vorteil, sondern auch zu dem der Menschen. Wissen über uns würde die Dynamik der Welt verändern. Etwas, wofür die Menschen nicht bereit sind. Die, die glauben, dass Übernatürliche existieren, haben eine ziemlich kindliche Wertschätzung dafür. Sie verstehen nicht wirklich die Tiefe und die Nuancen."

„Eure Welt ist gewalttätig und dunkel."

Ich konnte seine abschätzenden Augen auf mir spüren. „Das kann sie sein."

„Mir kommt es so vor, als wäre sie ausschließlich so", forderte ich ihn heraus und drehte mich zu ihm um, als wir vor meinem Gebäude stehenblieben. „Hier wohne ich."

Er betrachtete das bescheidene Gebäude. Der gesamte

Komplex war nicht so groß wie sein Zuhause. Es überraschte mich nicht, als er mir die drei Treppenabsätze zu meiner Tür folgte.

Nachdem ich aufgeschlossen hatte, blieb er trotz der offenen Tür an der Schwelle stehen und schien auf eine Einladung zu warten.

Er war ziemlich selektiv, wenn es um gute Manieren ging. Der Versuch, mich lebendig zu verbrennen, direkte Drohungen und Entführungsversuche – kein Problem. Aber meine Wohnung ohne Einladung zu betreten, da zog er die Grenze der Schicklichkeit? Vielleicht konnte er nicht. War es wie bei den Vampiren in Filmen? Konnte er ohne Einladung nicht eintreten? Aber wenn er eingeladen wurde, konnte die Einladung zurückgenommen werden?

„Nein, ich brauche keine Einladung“, sagte er schmunzelnd.

Meine Mutter hatte immer gesagt, mein Gesichtsausdruck spricht Bände. Meistens machte das die Kommunikation einfach, gab mir aber selten einen Vorteil.

„Vampire auch nicht“, fügte er hinzu. „Noch was, das *Die Entdeckung der Magie* falsch darstellt.“ Es schien, als wäre die einzige korrekte Information im Buch die Existenz der übernatürlichen Wesen. Es war definitiv frei erfunden.

„Du kannst reinkommen, wenn du möchtest.“

Er nickte, betrat die Wohnung und sah sich um.

„Ganz du“, sagte er in einem neutralen Ton. Seine Aufmerksamkeit wanderte schnell zu dem Buch. Er nahm es und blätterte durch die leeren Seiten, als könnte es etwas enthüllen. Sogar mein Blut war in das Buch aufgesogen worden. Seine langen Finger glitten über die Sigillen auf dem Buchrücken.

„Weißt du, was das bedeutet?“, fragte ich.

Er nickte. Mehr Momente des Schweigens. Verdammt, er war anstrengend.

„Was?“

„Revelatio", flüsterte er in einem Atemzug. „Eine Geschichte für ein anderes Mal." Und das war alles, was er sagte. Er legte das Buch zurück auf die Theke. „Wie waren nochmal deine Arbeitszeiten?"

„Zehn bis drei." Bevor ich mehr sagen konnte, zupfte er ein paar Haare aus meinem Kopf und war aus der Tür. Wirklich selektiv, wenn es um Anstand ging. Wer reißt einfach jemandes Haare aus, ohne ihn vorzuwarnen?

Er ging in die Hocke, ließ seine Finger knapp über die Schwelle gleiten, dann ließ er die Haare darüber fallen. Sie entzündeten sich in einer kleinen Verpuffung. Auf seinen Befehl hin flammte ein rostrotes Schimmerlicht auf und verschwand.

„Das ist ein temporäres Schutzfeld. Sobald du die Schwelle überschreitest, wird es deaktiviert. Niemand kommt in deine Wohnung." Er zögerte einen Moment. „Der Magier könnte es brechen, aber nur mit großer Anstrengung. Du solltest sicher sein."

Ich ging ins Bett, konnte aber nicht einschlafen. Ich hatte keine Ahnung, was ich mit all den neuen Informationen anfangen sollte. Die dringendste Frage war: Konnte mein Leben wieder normal werden, wenn das hier vorbei war?

9

Am nächsten Morgen versuchte ich, optimistischer zu sein. Dominic würde den Dunklen Magier finden, die Gefangenen würden zurückgebracht werden, und ich würde mein Leben damit verbringen, alles zu vergessen, was ich erfahren hatte, oder zumindest so zu tun, als wären die Leute, denen ich auf der Straße begegnete, nicht mehr als sie zu sein schienen. Genau das tat ich, als ich zur Arbeit ging. Jeder, der an mir vorbeiging, wurde von mir gemustert, und ich fragte mich: Waren sie Wandler, Hexen, Vampire, Seher oder was auch immer Anand, Helena und Dominic waren?

Über die Leute in der letzten Kategorie nachzudenken, weckte meine Neugier, aber zugegebenermaßen fand ich Trost im Nichtwissen. Jeder zurückgezogene Vorhang enthüllte etwas Unheilvolleres, was die neue Welt, in die ich hineingezogen wurde, beängstigend machte.

Ein Mann trat neben mich, als ich meine Übernachtungstasche hochhob, die ich mitgebracht hatte, falls ich zu lange in … verdammt, in der Unterwelt bleiben musste. Ich hänge einfach in der Unterwelt ab, wie bei einem Übernachtungsbesuch bei Nana Reed. Ugh, was ist aus meinem Leben geworden?

„Was, Kane?“

„Solche Feindseligkeit“, sagte er gedehnt.

„Ich werde so, wenn Leute mich entführen und dann versuchen, mich zu beißen. Bei sowas neige ich dazu, meine Erziehung zu vergessen“, gab ich schnippisch zurück.

„Vielleicht hat mein Handeln deine Reaktion verdient.“

„Vielleicht?“ Ich blieb stehen, um ihn anzusehen, in der Hoffnung, Reue, Scham oder irgendwas in der Art zu sehen. Nichts. Er hielt meinen Blick fest, seine dunklen Augen zusammengekniffen. Sie hatten etwas Hypnotisches an sich, etwas, das mich zu ihm zog. Meine Augen blieben gefesselt, unfähig, sich zu lösen.

„Luna.“ Seine Stimme war samtweich und verlangte Gehorsam, eine Forderung, der ich mich ganz hingab. In die Tiefen seiner Augen gezogen, konnte ich nichts tun, als ihn anzusehen und auf seine Befehle zu warten.

„Hörst du mich, Luna?“, fragte er, seine Stimme eine sanfte Liebkosung.

„Ja.“

Erfreut schenkte er mir ein kleines Lächeln. „Ich möchte, dass du etwas für mich tust, Luna.“

„Okay“, stimmte ich zu, ein wärmender Trost hüllte mich ein, ein Kontrast zum vernichtenden Windhauch von gerade eben. Diese Wärme wurde mir zur Notwendigkeit. Ihm zu gefallen wurde zur Priorität.

„Gut“, flüsterte er. „Ich will, dass du –“

Sein Mund blieb offenstehen. Er riss seinen Blick von mir und starrte auf seine Brust, aus der die Spitze eines blutigen Pfahls ragte und dann verschwand.

Er wirbelte herum und fand Anand mit gefletschten Zähnen hinter sich. „Das ist eine schlimme Verletzung. Du wirst trinken müssen, oder …“

Anand beendete den Satz nicht, sondern zog nur eine

Augenbraue hoch. Der Vampir warf einen Blick auf mich und starrte dann wieder auf die Wunde.

„Der Pfahl ist aus *Dracaena cinnabari*, dem Drachenblutbaum“, erklärte Anand mit einem finsteren Grinsen. Kane blickte auf seine Hand; sie trocknete aus und nahm eine graue Färbung an.

Ein Schrei blieb mir im Hals stecken, als ich zurückwich. Anand hatte Kane mitten auf der Straße erstochen. Das war absolut nicht normal. Überhaupt nicht. Mein Instinkt trieb mich dazu, vor der Gewalt zu fliehen.

„Luna, bleib hier!“, befahl Anand, seine Augen immer noch auf den Vampir gerichtet. Ein Hauch von Warnung lag in seiner Stimme. So schnell er angegriffen hatte, könnte der Vampir mich aufspüren und mich überwältigen. Ich hielt meine Tasche vor mich, als könnte sie eine ausreichende Barriere gegen Anand sein.

„Ich hoffe, ich werde derjenige sein, der dich tötet“, knirschte Kane durch zusammengebissene Zähne.

„Ein sehnlicher Wunsch, den viele geäußert haben“, schoss Anand zurück, als Kane seine Hände auf die Brust presste und verschwand. Anand zog ein Fläschchen aus der Tasche seiner Jeans, öffnete es, streute es über den Pfahl und flüsterte etwas. Der Blutfleck schälte sich vom Holz und löste sich auf. Er steckte den Pfahl in die Gesäßtasche, zog sein Shirt herunter, um ihn zu verbergen, und ging los.

Nach nur wenigen Schritten drehte sich Anand wieder zu mir, die Härte in seinem Gesicht, als er mit dem Vampir gesprochen hatte, verschwunden. Ich ließ ihn nicht näherkommen und behielt ihn wachsam im Auge, als wäre er ein unberechenbares Raubtier – und ich war nicht überzeugt, dass er das nicht war.

„Du musst keine Angst vor mir haben, Luna.“

Das schien extrem ungenau, aber sein geduldiges Warten darauf, dass ich auf ihn zukam, beruhigte mich etwas. Ich kam zögerlich näher. Jeder Schritt langsam, sorgfältig abgewogen und vorsichtig.

„Ich habe dein Leben gerettet", erklärte er und warf mir einen abschätzenden Blick zu. Ich versuchte immer noch zu verarbeiten, was passiert war, mein Kopf war ein Wirbelwind an Gedanken. „Je älter der Vampir, desto schwerer ist er zu töten. Ramm' einen Pfahl durch das Herz eines jungen Vampirs, und der Tod kommt ziemlich schnell." Er ging in Richtung *Books and Brew*, nur einen Block entfernt. „Bei älteren Vampiren ist der Prozess langsam, gibt ihnen genug Zeit zu trinken und zu überleben. Für Übernatürliche hat Alter seine Vorteile. Aber einen älteren Vampir mit Dracaena cinnabari zu pfählen, beschleunigt den Todesprozess immer noch."

„Je älter sie sind, desto schwerer sind sie zu töten. Toll." Die spontane Lektion im Vampirtöten bestätigte nur meine Theorie, dass die übernatürliche Welt von Gewalt angetrieben wurde. Es war zweifelhaft, dass ich mich je daran gewöhnen könnte. „Ich finde es nicht schlimm. Ich genieße die Herausforderung." Anand hatte eine melodische tiefe Stimme, die etwas heiser klang, was sicher daher kam, dass er sie selten nutzte. Er wirkte auf mich wie ein Mann weniger Worte.

„Und du bist ein alter …", begann ich und wartete darauf, dass er sagte, welcher Art er angehörte. Ich musste mich in dieser Welt zurechtfinden, und trotz meiner Angst gab mir Wissen einen Vorteil. Ich war neugierig, welche Übernatürlichen die Unterwelt bevölkerten. Ich nahm an, die einzige andere Option waren Dämonen. Oder gefallene Engel. Anands stille Schönheit konnte man leicht als engelhaft betrachten. War er ein gefallener Engel?

Er blieb an der Tür stehen, und ich konzentrierte mich auf die Narbe, die über sein Gesicht verlief, kämpfte gegen den Drang, mich als seltsam zu outen und mit dem Finger darüberzustreichen. Etwas, das von seinem Charme hätte ablenken sollen, fügte etwas Markantes hinzu.

„Sieh einem Vampir nie in die Augen, okay? So zwingen sie dich. Ich vermute, Kane wollte dir gerade befehlen, dir selbst wehzutun, vielleicht in den Verkehr zu laufen oder zu ihm zu gehen und ihn zu bitten, von dir zu trinken, bis er gesättigt wäre. Und ein Vampir ist nie gesättigt." Er runzelte die Stirn. „Wenn dich ein Vampir anstarrt, stich ihm die Augen aus. Wenn du deine Finger nicht benutzen willst, solltest du immer was Langes und Scharfes dabeihaben – wie eine Stricknadel, einen Stift, was auch immer, und benutze das."

„Was?" Ich starrte ihn an. Hatte Helena ihn ausgebildet? „Warum ist das Option Nummer eins? Was ist mit einfach nicht in die Augen schauen? Das funktioniert auch, oder?"

Er nickte und zuckte gleichgültig die Schultern. Dann ging er zur Theke des Cafés und ich in den Buchladen. Dabei war mir akut bewusst, dass er meine Frage, was er war, nicht beantwortet hatte.

Ich würde eine weitere Gelegenheit bekommen, ihn zu fragen. Ich hatte Helena als Babysitter angefordert, aber Anand bekommen. Obwohl er auf mich wie jemand wirkte, der von Adrenalin, Gewalt und Gefahr lebte, war das immer noch ein Upgrade. Er hatte nur vorgeschlagen, einem Vampir, der mir schaden wollte, die Augen auszustechen; sie wollte mich umbringen, hätte sich aber damit zufriedengegeben, mir einen Finger zu nehmen.

Das tiefe Stirnrunzeln, das die Gedanken an Helena ausgelöst hatten, entspannte sich, als ich Camerons Zahnpastalächeln sah. Es war das Lächeln, das sie immer dann aufsetzte, wenn sie mich um einen Gefallen bitten wollte. So breit, wie ihr Lächeln war, würde es eine große Bitte sein. Hoffentlich ging es nicht darum, heute länger oder am nächsten Tag zu arbeiten.

Ich wollte das mit Dominic dringend abschließen und mit der übernatürlichen Welt und den lauernden Augen fertig sein. Wo sie darin glänzten, unmoralisch, gewalttätig und mächtig zu sein, waren sie grottenschlecht, was Diskretion und Heimlichkeit anging. Dieses Versagen wurde gerade jetzt wieder demonstriert; der Wolf, der mich angegriffen hatte, stöberte in der Ecke des Ladens in Büchern und beobachtete mich unverhohlen. Eine andere Person saß an einem Tisch und warf mir nicht gerade verstohlene Blicke zu. Ich hatte keine Ahnung, wer oder was er war. Der Wolfswandler wirkte definitiv frustriert, mich zu sehen. Hatte er von Kanes Versagen erfahren, oder handelte er auf eigene Faust und war enttäuscht, dass Dominic mich nicht getötet hatte? Wer konnte das schon wissen?

Anands Eintreten in den Buchladen ließ alle eilig woanders hin verschwinden.

Cameron begrüßte mich mit einem begeisterten „Hi“. In Momenten wie diesen erinnerte mich Cameron an einen hyperaktiven Welpen – und sie rief dieselbe Reaktion hervor. Das Lächeln, das sich auf meinen Lippen formte, wurde breiter, obwohl ich wusste, dass sie mich um einen Gefallen bitten würde.

Sie kassierte einen Kunden fertig ab.

„Ich muss dich um einen Gefallen bitten“, sagte sie. Überraschung! Sie führte mich in den Gaming-Bereich des Ladens.

„Wirklich? Darauf wäre ich nie gekommen“, zog ich sie auf.

„Reese hatte einen Familiennotfall und musste absagen, und ich hatte gehofft, Emoni könnte einspringen. Ich weiß, Kaffeehaus-Musik ist nicht Emonis Ding, aber du weißt, wie sehr die Leute unsere Wine-Down-Donnerstage lieben.“

Cameron liebte sie auch. Vielleicht war es die Musik oder der günstige Wein oder eine Kombination aus beidem, aber den Verlust durch den Wein machte sie mit Buchverkäufen wett. Betrunkener Bücherkauf war lukrativer, als ich je gedacht hätte.

„Ich bin nicht Emonis Manager. Frag sie einfach. Sie ist nicht schüchtern, Dinge abzulehnen, wenn sie kein Interesse hat."

„Ich weiß, aber ich bin die Besitzerin, und sie könnte sich verpflichtet fühlen, Ja zu sagen, nur um mich nicht zu verärgern. Das will ich nicht."

„Nein."

Ihre Augen weiteten sich.

„Siehst du, ich habe kein Problem, zu dir Nein zu sagen. Denkst du, die Wahrscheinlichkeit ist bei Emoni geringer?", zog ich sie weiter auf. Mit einem sanften Drücken ihres Arms sagte ich ihr, dass ich fragen würde, und ging, um einer Frau zu helfen, die aussah, als würde sie im Laden nach einem Angestellten suchen. Ich blickte über die Schulter zu Cameron. „Sie wird Ja sagen. Du gibst ihr die Gelegenheit, zwei Dinge zu tun, von denen sie nie zugeben würde, dass sie sie liebt: Kaffeehaus-Musik und Covers zu singen."

Als Emoni ein paar Stunden später zur Arbeit kam, war ich beunruhigt über Anands Präsenz an der Theke. Er musterte die Gebäckauslage. Hatte er meinen Zug vorhergesehen, unser Gespräch gehört, unsere Lippen gelesen?

Anand und ich hatten seit seinem verstörenden Rat kein Wort gewechselt. Er war im Laden unauffällig gewesen. Gelegentlich erhaschte ich einen Blick auf ihn, wenn er herumging oder den Laden verließ, aber ich wusste nie, wann er zurückkam oder wie er sich mir näherte. Wenn ich ihn sah, fühlte es sich an, als erlaubte er es mir. Es war, als würde er in die nichtexistierenden Schatten des Ladens verschwinden. Und ich war nicht überzeugt, dass er es nicht tat. Die Angestellten machten normalerweise Bemerkungen über Leute, die im Laden herumhingen, aber niemand schien seine Anwesenheit zu bemerken.

Während ich mich vorsichtig zur Seite der Theke

bewegte, um mit Emoni zu sprechen, starrte ich Anand an, bis sie sich räusperte. „Der ist neu hier“, sagte Emoni. „Er mag seinen Kaffee schwarz“, flüsterte sie. Ihre Augen wanderten langsam über ihn. „Du brauchst echt eine interessantere Vorliebe, denn dieses Ohne-Zucker-ohne-Sahne-Ding ist komisch. Und nicht auf die schrullige Art, die Leute süß finden. Nur komisch.“ Ich ließ mich nicht täuschen, was ihre Aufmerksamkeit auf Anand lenkte. Wenn er die Hälfte seines Kaffees ausgeschüttet und mit Sahne aufgefüllt und löffelweise Zucker hineingeschaufelt hätte, bis er mehr Zucker und Sahne als Kaffee in seiner Tasse hatte, wäre ihr Interesse nicht geringer gewesen. Widerwillig riss sie ihre Augen von ihm los, griff über die Theke und stieß mich spielerisch an.

„Welche Frage von Cameron bringt dich in mein kleines Revier?“

„Wie kommst du darauf, dass ich ihretwegen hier bin?“, fragte ich. Anands Umzug zu einem Tisch in der Ecke lenkte Emonis Aufmerksamkeit ab, bevor sie zur Tür blickte, die das Café vom Buchladen trennte. Cameron war vorbeigegangen, warf uns ein angespanntes, überbreites Lächeln und ein seltsames Fingerwinken zu.

„Ich fühle mich wie Batman, und sie schmiedet einen Plan, mich und Gotham City zu zerstören“, bemerkte Emoni und winkte Cameron zu, die versuchte, sich mit der Auslage zu beschäftigen, jedoch kläglich dabei scheiterte, uns unauffällig zu beobachten.

„Reese hat für Donnerstag abgesagt, und du weißt, wie wichtig die Wine-Down-Donnerstage für sie sind.“

„Und gut fürs Geschäft.“

„Das auch“, gab ich zu. „Sie will wissen, ob du für ihn einspringen kannst.“

„Klar mache ich das. Vielleicht kann Gus mitmachen.“

„Vielleicht? Du müsstest die Einladung nicht einmal ganz aussprechen, bevor er Ja sagt. Und du kannst mit dem

Augenrollen aufhören. Ich irre mich nicht." Ich irrte mich tatsächlich nicht, so sehr sich Emoni auch wünschte, dass es so wäre. Er liebte ihre Auftritte genauso wie Emoni, und die Extra-Zeit mit ihr wäre für ihn ein Bonus.

Um Cameron von ihrer Qual zu erlösen und das angespannte Joker-Lächeln zu lockern, nickte ich. Sie entspannte sich sichtlich. Wir wussten, wie wichtig der Laden für sie war; über die Jahre hatte er seine Schwierigkeiten gehabt, und es hatte eine Phase gegeben, in der er fast dichtgemacht hätte. Mit der Ergänzung des Cafés, Events und der Einführung der Weintheke hatte sie das Geschäft gerettet. Ich plauderte noch ein bisschen mit Emoni, in der Hoffnung, dass Reginald auf die Nachricht, die ich ihm vor einer Weile geschickt hatte, antworten würde, damit ich in sein Büro gehen könnte, bevor ich zurück an die Arbeit ging. Er antwortete nicht.

Ich vermutete, dass er die Nachricht vielleicht übersehen hatte, und stattete seinem Büro einen Besuch ab. Die Tür war geschlossen, und ich hörte Stimmen, was wahrscheinlich erklärte, warum ich nichts von ihm gehört hatte.

Als ich in den Laden zurückkehrte, saß Anand in der Ecke, die Peter normalerweise beanspruchte. Das brachte ihm einen finsteren Blick von Peter ein, als er den Laden betrat. Anand ignorierte den offensichtlichen bösen Blick und die passiv-aggressiven Versuche, ihn zu verdrängen, während sie sich den Tisch teilten. Peter deponierte viel zu viele Bücher auf dem Tisch und lümmelte sich in seinem Stuhl, nahm den Raum unter dem Tisch mit seinen langen Beinen ein. Ich ging mehrmals am Tisch vorbei und hörte, wie Peter versuchte, Anand mit „Geschichte" zu vertreiben. Sie führten lebhafte Debatten, und Anands detailliertes Wissen ließ seine Beiträge wie Augenzeugenberichte klingen. Heute war nicht viel los im Laden, und ich fand Unterhaltung in der Einfachheit von Peters Kleinlichkeit. Es war ziemlich menschlich. Er war territorial, irrational und banal

– wie wir Durchschnittstypen eben waren. Irgendwann gab Peter schließlich auf, warf Anand einen vernichtenden Blick zu, bevor er sich einen anderen Platz hinten im Laden suchte.

„Ich habe das Gefühl, als sollte ich dir einen Keks oder sowas bringen und dir den Titel ‚Entthroner des Königs des Runden Tischs‘ verleihen“, sagte ich.

Anand war freundlich genug, meinen schlechten Witz mit einem halben Lächeln zu belohnen. Nachdem Anand seinen Anspruch auf den Tisch aufgegeben hatte, verbrachte ich den Rest meines Tages damit, meine Version von „Wo ist Walter?“ mit ihm zu spielen.

10

Reginald hatte um halb vier Zeit für mich. Ich hatte aufgegeben, Anands Aufenthaltsort zu verfolgen, und als er sich finden ließ, erzählte ich ihm von dem Treffen und ignorierte seinen missbilligenden Blick.

Obwohl ich pessimistisch war, dass Reginald und sein Zirkel helfen könnten, fand ich Trost darin, einen Begleiter in diesem Abenteuer zu haben, in das wir unfreiwillig gestoßen worden waren. Ich war froh, mit ihm sprechen zu können, auch wenn es nur zum Dampfablassen war. Wie viel konnte ich ihm sagen? Alles? Aufs Ganze gehen? Würde er mir überhaupt glauben? Ich lebte die Geschichte, und dennoch hatte ich mich mehrmals dabei ertappt, wie ich darauf wartete, aus diesem magischen Traum aufzuwachen.

Reginalds leerer, verwirrter Blick überraschte und beunruhigte mich, als ich vorschlug, er solle mit seinem Zirkel über das sprechen, was mit dem Buch passiert war.

„Ich habe dir von meinem Zirkel erzählt?" Er runzelte ungläubig die Stirn. Er lehnte sich in seinen Stuhl zurück und wirkte noch verwirrter, als ich seinen Besuch in meiner Wohnung nach dem Buch-Fiasko schilderte.

Sorge breitete sich angesichts meiner Unruhe auf seinem

Gesicht aus, als ich das Szenario immer wieder wiederholte. Hätte er einen Panik-Knopf gehabt, um mich rauswerfen zu lassen, hätte er ihn sicher gedrückt. Es war keine Unruhe, es war Verzweiflung, als Panik in mir aufstieg. Wie konnte es sein, dass er sich nicht erinnerte?

„Sieh dir dein Handy an. Du hast Fotos, und ich habe dir ein Video geschickt." Ich bemühte mich, meine Stimme ruhig zu halten, aber scheiterte. Rohe Panik übernahm die Führung. Ich stand auf und beugte mich zu ihm hinüber. So, wie er die Augen aufriss und zurückwich, musste ich wild ausgesehen haben. Die Fassade von Ruhe und Kontrolle, die ich beim Hinsetzen mühsam aufgebaut hatte, war hart erarbeitet gewesen.

„Siehst du bitte nach?", fragte ich sanft.

„Okay." Sein Lächeln war nachdenklich und vorsichtig, als er nach seinem Handy auf der Ecke des Schreibtischs griff und mich dabei wachsam im Auge behielt. Sobald es in seiner Hand war, teilte er seine Aufmerksamkeit zwischen mir und dem Display, während er scrollte. Nach mehreren Minuten war klar, dass er zögerte, mir zu sagen, was ich schon wusste. Es gab keine Fotos. Kein Video. Ich wusste, ihm die Male an meinem Finger zu zeigen, würde nichts beweisen, außer dass ich jetzt eine Tätowierung hatte, die zu meinem Ring passte. Aber ich musste es versuchen.

„Erinnerst du dich an den Ring? Sieh ihn dir jetzt an."

Er betrachtete ihn und dann mich mit besorgten Augen. „Ich habe dir schon gesagt, ich liebe diesen Ring. Ich glaube immer noch nicht, dass du ihn in der Gasse gefunden hast. Er ist so aufwendig gestaltet und eklektisch. Definitiv handgemacht."

Die Gasse. Wo Dominic mir gesagt hatte, er könne Erinnerungen manipulieren. War das Dominics Werk oder das des Vampirs? Reginald sah den Ring so, wie er war, und nicht mit der Magie, die daraus entwichen war.

Ich rieb mir die Hände über das Gesicht und zwang mich

zu einem Lächeln, als ich sie wieder sinken ließ. „Nicht genug Schlaf", log ich.

„Ich verstehe. Wenn ich nicht genug schlafe, bin ich in einer Art Trance-Zustand. Realität und Träume verschmelzen. Schlaf ist aus gutem Grund wichtig." Sein Lächeln war grimmig und seine Stimme angespannt und zurückhaltend. „Ich hatte mal einen Streit mit meiner Schwester über was, das in einem Traum passiert ist. Es hat sich so echt angefühlt. Schau, dass du heute Nacht richtig schläfst, okay?"

Ich nickte und kämpfte vergeblich gegen das trostlose Gefühl an. Zehn Minuten lang fuhren wir mit unserem Plausch fort, und ich versuchte, die Situation zu entschärfen, während Reginald nach Spuren der vernünftigen Luna suchte. Nachdem wir uns durch das spannungsgeladene Gespräch gearbeitet hatten, zeigte sich der Hauch eines Lächelns auf seinen Lippen. Erzwungen und unecht, aber unter den Umständen war es alles, was ich erwarten konnte.

Meine Füße fühlten sich schwer an, als ich zur Tür ging, und ich warf einen Blick zurück auf Reginalds besorgten Ausdruck, versuchte herauszufinden, wie ich ihm helfen könnte, sich zu erinnern. Ich verabschiedete mich mit einem kleinen, beruhigenden Winken.

„Ich gehe nach Hause, um zu schlafen. Donnerstag wird's mir besser gehen. Emoni singt beim Wine-Down."

Der Glanz der Begeisterung in seinen Augen war die Rettungsleine, von der ich nicht gewusst hatte, dass er sie gebraucht hatte. Es war ein kurzer Moment der Normalität.

Wer hatte seine Erinnerung gelöscht? Dominic, der Schattenkonvent, jemand anderes? Als Kane mich von der Straße entführt hatte, wie lange hatten sie mich schon beobachtet, und hatte ich irgendwas getan, um Reginald in die Sache reinzuziehen? Ich unterdrückte den Gedanken, Emoni einzuweihen; ich durfte sie nicht hineinziehen.

Ich wusste, dass ich Anand nicht suchen musste. Sobald ich den Laden verließ, fand er mich. Er tauchte wieder aus nichtexistierenden Schatten auf und studierte mich lange. Wenn ich so trostlos aussah, wie ich mich fühlte, musste das besorgniserregend sein. Dies war ein Überlebensspiel, und es schien, als spielte ich allein.

„Bereit?"

Würde es etwas ändern, wenn ich es nicht war? Ein unmotiviertes Nicken war alles, was ich ihm anbieten konnte.

Mit Anand zu reisen war anders als mit Dominic, und obwohl es nur ein paar Sekunden dauerte, verbrachte ich die Zeit damit, mich zu fragen, ob ich zu einem unbekannten Ziel unterwegs war, einem Ort zwischen meiner Welt und der Unterwelt. Anand berührte mich kaum. Sobald wir vor dem verdunkelten Anwesen standen, das die Perils beherbergte, riss er seine Hände von mir, als hätte er eine Flamme berührt. Bei Dominic wusste ich, dass wir am versprochenen Ort landen würden; bei Anand war ich mir nicht so sicher.

Vor dem düsteren Haus, ohne die Lebendigkeit von Grün und Sonnenlicht, fand ich doch Trost darin, genau zu wissen, wo ich war.

Als wir uns näherten, öffneten sich die Türen, aber wir wurden nicht mit einem Aufgebot von Wachen begrüßt. Sobald wir im Gebäude waren, ließ Anand mich allein. Zunächst stand ich da und wartete darauf, dass Dominic mich begrüßte. Nach mehreren Minuten wurde mir klar, dass er nicht kommen würde. Das große Haus war elegant und luxuriös, aber so unpersönlich, dass ich mich noch einsamer fühlte, nachdem Reginald nicht mehr eingeweiht war. Mit jedem Schritt in Richtung Zauberbuchraum fiel es mir schwerer, meine Gereiztheit zu unterdrücken. Ich war entschlossener denn je, den Schaden zu beheben und so schnell wie möglich in mein nettes, normales, magieloses Leben zurückzukehren.

Keine Ermutigung konnte mich auf das Gefühl des Zauberbuchraums vorbereiten. Ich atmete den tröstlichen

Duft von Leder, altem Papier, Sandelholz und einem Hauch von Lavendel ein, der in der Luft der Hauptbibliothek lag, bevor ich in den Zauberbuchraum kam. Das Gefühl und der Geruch erfüllten ihren Zweck als starke Erinnerung an die dunkle und unheilvolle Welt – und meine neue Rolle darin.

Als ich meine Tasche auf einen Stuhl warf, bemerkte ich Veränderungen: niedrigere Bücherregale, eine Wachskerze mit Wacholderduft auf einem Kerzenständer, eine Uhr an der Wand und eine Schale mit Obst, verpackten Nüssen und Chips. Der Wacholderduft konnte den Geruch der mächtigen Magie, der die Luft verdichtete, nicht überdecken. Oder den Vorwurf, als den ich ihn empfand. Ich war ein Eindringling. Definitiv jemand, der nicht dorthin gehörte, und der Raum sorgte dafür, dass ich das nicht vergaß. Die Male an meinem Finger schienen nicht Grund genug für den Zutritt zu sein. Trotzdem nahm ich den Ring ab.

Ich setzte mich, holte das Notizbuch heraus und sah mir an, was ich gestern Nacht aufgeschrieben hatte, bis mir bewusst geworden war, dass die Müdigkeit gesiegt hatte. Sieben Zauber aus den Malen mussten deaktiviert werden. Dominic hatte mir keine Details gegeben, aber ich nahm an, es waren Zauber, die Wandlern das Wandeln vereitelten, Vampiren das Zonen untersagten, magische Fähigkeiten neutralisierten, übernatürliche Stärke hemmten und Gefangene an die Zelle banden. Zwei Zauber fehlten; ich war mir nicht sicher, was ihr Zweck war. Als ich die Sigillen an meinem Finger erneut betrachtete, fragte ich mich, ob die anderen beiden überlappende Zauber waren. Oder ich hatte keine Ahnung, was ich tat, was wahrscheinlich am ehesten zutraf. Ich untersuchte die Male immer noch, als Dominic hereinkam.

„Ich würde es als schönes Kunstwerk betrachten, wenn ich nicht wüsste, wozu es dient", sagte er.

Ich würde nicht so weit gehen. Die Sigillen waren einzigartig und definitiv ein Gesprächsaufhänger, aber kein Kunstwerk. Offensichtlich waren meine Ansichten voreingenommen.

Dominic spähte neugierig auf das Notizbuch auf dem Tisch. Meine Notizen von Wörtern waren in Sprachen, die ich nicht kannte, und ich hatte Bücher auf dem Tisch verteilt.

„Ich hab' schonmal angefangen", sagte ich und hielt die Augen auf meine Arbeit gerichtet. Wenn ich ihn ansah, würde das meine Wut darüber neu entfachen, dass er möglicherweise derjenige war, der Reginalds Erinnerungen manipuliert hatte. Diese Wut würde mich nur ablenken. Konzentrier dich und schweif nicht ab!

„Wie ich es erwartet habe", sagte er mit schneidender Stimme. Da ich das Gewicht seines Blicks auf mir spürte, warf ich ihm einen kurzen Blick zu und konzentrierte mich dann wieder darauf, die Zauber aus dem Buch, an dem ich arbeitete, zu sortieren. Seine unheilvolle Präsenz, die man unmöglich ignorieren konnte, fügte dem Raum eine Schwere hinzu, die meine Fluchtinstinkte triggerte. Lesen und ihm verstohlene Blicke zuzuwerfen machte produktive Arbeit unmöglich. Selbst als er sich auf die andere Seite des Tisches bewegte, konnte ich seine Präsenz nicht ignorieren.

„Luna!" Ein Befehlston lag in seiner Stimme.

Ich ignorierte ihn. Er rief mich nochmal; seine Stimme verlangte eindeutig Gehorsam. Etwas, das ich ihm nicht geben würde. Das steinerne Schweigen hielt an, bis ich schließlich nachgab. Mein Blick begegnete seinem.

„Was zum Teufel hast du mit Reginald gemacht?"

Ich war die Einzige, die von meinem Ausbruch überrascht war. Wir beobachteten einander mit gegenseitigem Misstrauen.

„Was nötig war", sagte er, sein Ton kühl und sein Ausdruck unbeeindruckt.

War es das? Es war nicht um Reginalds Sicherheit willen; es war zu ihrem Schutz. „Hast du ihn gezwungen zu vergessen, wie Vampire es tun, oder hast du seine Erinnerungen manipuliert?“

Er nickte. „Ich kann Leute nicht zwingen, nur Vampire können das. Erinnerungen zu manipulieren ist ähnlich.“

„Kannst du das mit nur einem Blick machen, wie die Vampire?“

Sein Kopf bewegte sich kaum zu einem Nicken, aber seine Augen zeigten Wissen. Ich war sicher, dass Anand ihm von meiner Begegnung mit Kane erzählt hatte.

„Anand sagte, ich soll einem Vampir die Augen ausstechen, wenn er versucht, mich dazu zu bringen, in sie zu sehen. Was soll ich mit dir machen?“

Er befeuchtete seine Lippen und schenkte mir ein verschmitztes Lächeln. „Was würdest du gern mit mir machen, Luna?“ Da war absolut nichts Unschuldiges in seinen anzüglichen Worten oder dem Blick, den er mir zuwarf. Hitze kroch meinen Hals empor und über meine Wangen. Ich senkte den Kopf, um mein Buch anzusehen und hoffentlich meine Röte zu verbergen. Wenn die Wärme, die auf meinem Gesicht strahlte, ein Hinweis war, war ich rot wie eine Tomate und konnte es unmöglich verbergen.

Seine Augen waren schwer und forschend, was es schwierig machte, mich wieder auf die Arbeit vor mir zu konzentrieren. Konzentrier dich. Tu es einfach. Finde heraus, was nötig ist, um in dieser Welt zu überleben. Ich kann das. Ich wiederholte es immer wieder ohne Erfolg, denn ich war am Ertrinken, und es gab niemanden, der mir einen Rettungsring zuwerfen würde.

„Was glaubst du, was vor sich geht?“, durchbrach Dominics ernste Stimme die Stille.

Ich hatte keine Antwort.

„Übernatürliche leben seit Anbeginn der Menschheit unter den Menschen. Aber sie tun das mit dem Übereinkommen, im Verborgenen zu bleiben. Es ist zum Besten aller Beteiligten, aber ich kann dir sagen, dass nicht alle darüber glücklich sind. Es gibt Übernatürliche, die möchten, dass die Welt von allem, was existiert, erfährt. Sie wollen sich outen, um schließlich an die Macht zu kommen. Es sind nicht viele, und sie sind so unbedeutend, dass wir sie als Randgruppe betrachtet haben. Eine abgeschmackte Sekte."

„Die Zeichen auf dem Buch", vermutete ich.

Er nickte. „Das sind ihre Zeichen. Vor fünfzig Jahren haben einige Übernatürliche die Revelatio-Bewegung angestoßen. Alles, was verborgen war, sollte ans Licht gebracht werden. Der Schattenkonvent ist das herrschende Gremium der Übernatürlichen und repräsentiert die übernatürliche Gemeinschaft. Sie entschieden, im Verborgenen zu bleiben. Was ist für alle am besten? Der Konvent und ich arbeiten zusammen, um das zu gewährleisten. Du hast ein paar Vertreter getroffen, aber der Schattenkonvent umfasst hundertzwanzig Mitglieder. Revelatoren sind Dissidenten, die an die Revelatio-Bewegung glauben. In der Vergangenheit waren sie nur lästig und ziemlich leicht in den Griff bekommen. Ab und an erlebt ihre Bewegung einen Aufschwung, wenn neue, ambitionierte Mitglieder beitreten."

Verärgerung breitete sich auf seinem Gesicht aus. „Der Schattenkonvent ist effizient und rücksichtslos, wenn es um ihre Anonymität geht und darum, sich mit den Revelatoren auseinanderzusetzen. Ich versichere dir, die Erinnerungen von Reginald und seinem Zirkel zu manipulieren, war die humanste Lösung. Es war nicht das, was der Konvent für sie … und dich wollte. Sie wollten eine dauerhafte Lösung für alle Beteiligten." Er hatte beim Wort „Zirkel" innegehalten. Gewohnt, mit echten Hexen und Zirkeln zu tun zu haben, musste es blasphemisch erscheinen, Reginald und seine Freunde in dieselbe Kategorie zu stecken.

Ich schluckte und bekam meine Unruhe in den Griff. Warum waren die Optionen, die sie wählten, immer dauerhaft? Musste Tod immer die Antwort sein?

„Ich vermute, der Dunkle Magier ist Teil ihrer Bewegung oder wird es irgendwann werden. Es gibt keinen Zweifel, dass die Übernatürlichen, die du freigelassen hast, sich ihnen auch anschließen werden. Sie waren rücksichtslos aus purem Vergnügen, aber es war auch ihre wenig subtile Art, die eine Entdeckung wahrscheinlich machte. Wenn ihre Existenz bekannt wird, löst das Spekulationen aus, es könnte mehr von ihnen geben. Obwohl die meisten Übernatürlichen dem Weg des Konvents folgen, gibt es in jeder Gruppe Opportunisten oder Mitläufer. Es sind die Opportunisten, die mir Sorgen machen. Sie werden sich der Seite anschließen, die sie für den wahrscheinlicheren Sieger halten. Wenn die Revelatoren eine tragfähige Bewegung sind, dann wird das ein Problem. Ich versuche nicht nur, die Gefangenen zurückzuholen und den Magier zu finden; ich verhindere einen Krieg.“

Hier ging es nicht um Altruismus. Wenn die Übernatürlichen entdeckt würden, dann auch er. Anonymität hatte ihre Vorteile.

„Also gibt's eine Übereinkunft zwischen dir und dem Schattenkonvent. Deshalb hast du sie wegen der Gefangenen gewarnt, nicht wahr?“

Er antwortete nicht. Ich blickte auf und sah, dass er mich misstrauisch musterte.

Es gab Ehre unter Dieben, Mördern oder welche verdammten Schurken auch immer sie waren. Es bedeutete, dass er sich an Vereinbarungen hielt. Welcher Eid ihn auch an den Schattenkonvent band, ich brauchte diese Bindung auch für meine Freunde und Familie. Sie zu schützen, wie er den Konvent schützte, trotz ihrer offensichtlichen gegenseitigen Abneigung.

„Wir haben eine bindende Vereinbarung.“ Misstrauen lag schwer in seinem Ton. „Worauf willst du hinaus, kleine Luna?“ Er presste seine vollen Lippen zu einer kläglichen Linie zusammen. Ein steinerner Ausdruck und eine wilde

Intensität ersetzten sein zuvor freundliches Auftreten. Er lehnte sich im Stuhl zurück, die Finger hinter dem Kopf verschränkt, was sein schlank geschnittenes jagdgrünes Hemd dazu brachte, sich an die Muskeln seiner Brust und seines Bauchs anzuschmiegen. Die hochgekrempelten Ärmel enthüllten die straffen Muskeln seiner tätowierten Unterarme. Die Muskeln wölbten und entspannten sich bei der kleinsten Bewegung.

„Du sollst zustimmen, dass meine Freunde und Familie beschützt werden."

„Nur Reginald und sein Zirkel waren involviert, richtig?"

Ich nickte, froh, dass ich Emoni nicht alles erzählt hatte. Er sah mit einem nachdenklichen Blick an mir vorbei auf die neuen Bücherregale.

„Er wird nicht zustimmen", sagte Helena, als sie den Raum betrat. Sie beugte sich hinunter und umarmte ihn. Während sie ihr Gesicht gegen seines drückte, gab sie mir Einblick in ihr Dekolleté in ihrem freizügigen, tief ausgeschnittenen Maxikleid. Wie zuvor ließ ihr Outfit alle, Dominic eingeschlossen, underdressed erscheinen. Ihre Präsenz störte den Raum. Eine Veränderung, die ich nicht genau deuten konnte. Es war, als würde ihre Präsenz den ganzen Raum zurückschrecken lassen.

Selbst wenn sie es wollte, bezweifelte ich, dass sie unbemerkt bleiben konnte. Ich betrachtete Anands Schönheit als still, während ihre laut und aufdringlich war. Vom auffälligen dunklen Eyeliner, der ihre intensiven bernsteinfarbenen Augen betonte, der Knochenstruktur, die mit präziser Schärfe geschnitzt war, den weichen Lippen, die immer die Form eines Schmollmundes hatten, bis hin zu ihrer Garderobe – alles schrie nach Aufmerksamkeit und verlangte Wertschätzung. Ich war für nichts davon in Stimmung.

„Irgendwann wirst du Kollateralschaden werden", gurrte sie. Mit der Zunge machte sie ein tickendes Geräusch wie eine Uhr, die herunterzählte.

Ich hielt ihrem Blick stand, weigerte mich, mich von ihr einschüchtern zu lassen. Ihre Waffen waren Angst und Drohungen, und ich würde ihr nicht die Befriedigung geben, darauf zu reagieren. Ihr spöttisches Lächeln wurde breiter, als sie sich aufrichtete und eine Hand auf Dominics Schulter legte.

„Vielleicht wird es Dominic sein oder jemand aus dem Konvent. Angst führt zu Verrat. Ich frage mich, wer sein Leben opfern wird, um deins zu nehmen?" Sie wirkte begeistert von der Aussicht.

Die Beiläufigkeit ihrer Worte und ihre Gleichgültigkeit entfachten eine neue Art Angst in mir. Aber anstatt mich zum Rückzug zu bewegen, löste sie einen Abwehrimpuls in mir aus.

„Genau das, was ich heute gebraucht habe, Kommentare von Unterwelt-Barbie in geschmackloser Verführerin-der-Nacht-Garderobe."

Dominic bemühte sich, ein Lachen zu unterdrücken.

Ihr scharfer Blick war auf mich gerichtet, als sie mit Dominic sprach. „Du findest sie unterhaltsam. Das kann doch nicht der Grund sein, warum sie noch lebt, oder, Bruder?"

„Helena", warnte er. „Du hast mit alldem hier nichts zu tun."

„Aber ich werde betroffen sein. Ich hab' genauso viel Mitspracherecht wie du."

„Vielleicht, aber du darfst dich nicht einmischen. Und wirst du auch nicht. Das ist das letzte Mal, dass ich dich daran erinnere."

„Das geht auf dein Konto, dass ich mich nicht einmischen darf", stieß sie durch zusammengebissene Zähne hervor.

„Die Schuld daran kannst du allein dir zuschreiben. Du konntest dich nie an irgendwelche festgelegten Regeln oder grundlegende diplomatische Prinzipien halten", schalt er sie.

„Ich werde dafür bestraft, dass ich diese Menschen ihre

Untaten bereuen lasse." Sie wandte ihre Augen von mir ab und sah ihn an. Mit einer dramatischen Handbewegung wischte sie seine Worte als unbedeutend weg. „Wie bin ich die Böse in dieser Geschichte?" Ihre Lippen verzogen sich zu einem noch breiteren Schmollmund. „Ich habe meine Fähigkeiten verfeinert, während deine durch Nichtgebrauch stumpf geworden sind."

Helena fing mich mit ihrem Blick ein, hart wie Granit und unaussprechliche Gewalt andeutend. „Mangelnder Gebrauch macht dich nicht stark, Bruder. Es macht dich verletzlich."

Mit der Flüssigkeit von Wasser und der Geschwindigkeit eines zuckenden Blitzes war sie hinter mir, ihre Hand um meinen Hals geschlungen. Nicht auf die sanfte Weise wie zuvor, als sie mich in meinen Tod lullen wollte. Diesmal war es ein eisernes Klammern. Ihr Gesicht schob sich nah an meins, ihr Atem warm auf meiner Haut.

„Dominic, ich verstehe dein Verlangen, das lange Spiel zu spielen und den Schuldigen für die Freilassung der Gefangenen zu finden. Aber je länger die Gefangenen auf freiem Fuß sind, desto mehr Chaos werden sie anrichten. Du glaubst, Diplomatie sei die Antwort, aber ich versichere dir, die richtige Wahl ist Gewalt. Zeig ihnen, dass sie uns nicht ohne Konsequenzen ignorieren können. Die Anhänger der Revelatio-Bewegung – wir werden sie finden. Du und ich. Wir eliminieren jeden, der auch nur am Rande involviert ist. Zerstören die Bewegung mit einer gewaltigen Zurschaustellung von Gewalt. Wenn jemand es wagt, sie wiederzubeleben, zerstören wir sie wieder. Jedes. Mal. Wir werden sie das Wort fürchten lassen. Wir werden sie und die Bewegung zum Schweigen bringen." Die Vorfreude auf Gewalt legte einen musikalischen Klang von Aufregung in ihre Stimme.

„Helena", warnte er mit einem tiefen Knurren. Mein Atem stockte, als ich sah, dass sein Ausdruck gelangweilt wurde.

Ich war mir nicht sicher, ob das ein Kampf des Willens oder ein Kampf des Verstandes war. War es ein Nullsummenspiel?

„Nicht nur ein langes Spiel", sagte ich mit fester, gleichmäßiger Stimme, um ihre Wut zu deeskalieren. Ihr Griff um meinen Hals wurde fester, und ich presste meine Worte als leises Flüstern heraus. „Gewalt wird dir nichts bringen. Wenn du den Magier nicht findest, wird es wieder passieren. Gewalt kann nicht jedes Mal die Antwort sein."

„Dominic", lockte sie. „Ein Akt, und die Gefangenen sind zurück. Wir können unsere Zeit besser nutzen, um diesen Magier zu finden. Und dann werden wir sie dafür bezahlen lassen, dass sie dich gezwungen haben, diese Menschenfrau zu verhätscheln." Ihre Stimme wurde hart. „Du zeigst jetzt Schwäche. Schwäche, die dir in der Zukunft nicht helfen wird."

Eine Mischung aus Wut, Frustration und Ekel ersetzte meine Ruhe. Die Kaltblütigkeit und Arroganz dieser Frau, mein Leben als unbedeutend zu bezeichnen, während sie versuchte, ihn davon zu überzeugen, mich zu töten. Die pure Verachtung in ihrer Stimme, wenn sie das Wort „Mensch" sagte. Weniger als Käfer, den sie nach Belieben unter ihren Füßen zerquetschte. Ich hasste dieses unerträgliche Miststück.

Meine Faust traf ihre Nase.

Sie keuchte, ließ mich los, taumelte zurück und hielt sich die Nase. Ich nahm das dicke Zauberbuch vom Tisch und schwang es ihr von links ins Gesicht, dann nochmal von rechts. Bevor sie sich erholen konnte, rammte ich es gegen ihren Hals, drängte sie gegen die Wand und hielt sie fest. Der Druck des Buches an ihrem Hals machte ihr das Atmen schwer.

„Das ist das zweite verdammte Mal, dass du mein Leben bedroht hast", knirschte ich durch zusammengebissene Zähne. „Und es wird das letzte Mal sein."

Feuer blitzte in ihren bernsteinfarbenen Augen auf, als sie

die Lippen zurückzog und die Zähne wie ein Tier fletschte, das bereit war, bis zum Tod zu kämpfen. „Mädchen", sagte sie mit einer leisen, vom Luftmangel rauen Stimme. „Glaubst du, du bist mir gewachsen?" Schmerz schoss in meinen Magen, als sie mich berührte. Die scharfe Vergeltung der Magie schleuderte mich quer durch den Raum und ließ mich gegen das Bücherregal krachen. Ich sackte dagegen, während Bücher herabregneten. Tränen stiegen mir in die Augen angesichts des stechenden Schmerzes. Ich rang sie nieder, weigerte mich, ihr die Befriedigung zu geben, mich weinen zu sehen. Ich richtete mich auf. Sie richtete sich auf. Goldenes Licht tanzte um ihre Finger.

Eine blitzschnelle Bewegung von Dominic positionierte ihn direkt vor Helena und schirmte mich vor ihr ab. Er packte ihre Hand, und seine tiefe Stimme erfüllte den Raum, als er ihre Magie löschte.

„Helena." Die Schärfe seiner Stimme ließ ihre Augen von mir zu ihm schnellen. „Du hast angefangen und hast ihre Vergeltung voll und ganz verdient."

„Ja, ich habe angefangen, und ich beabsichtige, es zu Ende zu bringen, Dominic." Keine zuckersüße Zuneigung mehr in der Art, wie sie mit ihm sprach. Ihre Stimme hatte die Schärfe einer Machete. Wut pulsierte in jeder Silbe. „Lass sie nicht zu einem Problem zwischen uns werden."

„Es ist keins, weil ich das letzte Wort gesprochen habe." Sein Ton war streng, sein Befehl absolut.

Ein langsames, winterliches Lächeln verzog ihre Lippen. „Mir scheint, du glaubst, deine Macht als Wächter der Perils erstreckt sich auf mich. Aber Bruder, da irrst du dich."

Er schüttelte den Kopf. „Das glaube ich nicht, Helena. Ich kenne dich gut. Jeder Versuch, dich zu kontrollieren, ist töricht. Ich bin kein Narr und verschwende meine Zeit nicht mit sinnlosen Angelegenheiten."

Das war ein beunruhigender Gedanke. Nicht einmal er

konnte sie aufhalten? Er hatte mir Sicherheit versprochen, aber wie effektiv war er gegen seine Schwester?

„Ich erwarte, dass sie unversehrt bleibt." Da war dieses unausgesprochene „vorläufig", das wieder in seinen Worten mitschwang. „Meine Ziele gehen dich nichts an. Halt dich raus. Nötige mich nicht, dich zur Kooperation zu zwingen." Die Drohung blieb in der Luft hängen.

Jede Geschwisterlichkeit war weggewischt. Vor mir standen nur zwei mächtige Leute mit Magie, die um Dominanz rangen. Ich wich langsam von ihnen zurück und positionierte mich so, dass ich beide im Auge behalten konnte.

Helenas kaltes Lächeln wurde wieder warm und honigsüß. „Ich hasse es, wenn wir streiten." Sie drückte ihre Hand an Dominics Gesicht, bevor sie sich zur Tür umdrehte. Dolchspitze Klauen schossen aus ihren Fingern, und bevor ich einen Warnschrei ausstoßen konnte, zog sie sie über sein Gesicht. Außer dem schnellen Ruck seines Kopfes gab es keine Reaktion. Wenn es schmerzte, war er verdammt gut darin, es zu verbergen.

„Ich bin sicher, du hasst es auch", sagte sie zärtlich, bevor sie den Raum verließ.

Wenn sie das mit ihrem Bruder machte, hatte ich nicht vor, herauszufinden, was sie mit mir tun würde.

Ich eilte zum Tisch, warf meine Tasche darauf und begann, sie zu packen, stopfte so viele der Bücher, die wir noch nicht durchgesehen hatten, hinein, wie hineinpassten.

„Bring mich nach Hause! Sofort!", verlangte ich. „Ich recherchiere da." Getrieben von blinder Wut, Angst und Frustration, wartete ich nicht auf eine Antwort, bevor ich zur Tür ging. Wenn er mir nicht folgte, scheiß auf ihn. Ich würde Anand finden und ihn bitten – anflehen, wenn nötig –, mich nach Hause zu bringen.

Ich wurde mit einer so starken Kraft getroffen, dass sie mich ein paar Schritte zurückwarf. Ich rannte wieder zur

Tür, drückte mit größerer Kraft dagegen, aber sie schleuderte mich nur wieder zu Boden.

„Diese Bücher können diesen Raum nicht verlassen“, sagte Dominic gleichgültig.

Ich wirbelte herum, um ihn anzusehen. „Finde einen Weg, das zu ändern“, verlangte ich. „Denn ich kann hier nicht bleiben.“

Er seufzte. „Du bist nicht in Gefahr. Sie wird dich nicht verletzen.“

„Ach, wirklich?“ Ich stand auf und zeigte mit dem Finger auf sein zerkratztes Gesicht. Die Kuppen seiner Finger glitten über die Schnitte, schlossen sie und ließen das Blut verschwinden. Als die Heilung abgeschlossen war, war keine Spur dessen zu sehen, was seine Schwester ihm angetan hatte. Wie oft hatte er Verletzungen geheilt, die sie ihm zugefügt hatte?

Ich sackte gegen die Wand. Egal, wie oft ich langsam und bewusst tief durchatmete, ich konnte die Panik nicht in den Griff bekommen. Als Nailah den Raum betrat und etwas von der Spannung löste, kam ich dem Gefühl von Ruhe so nah, wie ich ihm hier kommen würde. Als sie mich sah, nahmen ihre violetten Augen einen sanften erdbraunen Ton an, der gut zu ihr passte. Zu sehen, wie sich jemandes Augen in Sekunden veränderten, verblasste im Vergleich zu den beunruhigenden Dingen, die ich schon erlebt hatte.

Sie quittierte meine Anwesenheit mit einem freundlichen Lächeln und ging sofort zu Dominic, um ihm etwas zuzuflüstern. Er stieß ein genervtes Schnauben aus und verließ schnell den Raum. Ihre Präsenz war genug, um mich dazu zu bringen, die Dinge in den Griff zu bekommen, die ich kontrollieren konnte. Recherche. Das war das Eine, was ich definitiv tun konnte.

11

Finde die Zauber, verschwinde aus dieser Welt. Dieser Satz lief wie eine Endlosschleife in meinem Kopf, als ich zum Tisch zurückkehrte und die Bücher aus meiner Tasche nahm. Ohne Dominic, der übersetzen konnte, machte ich einfach Notizen für ihn und blätterte weiter durch die Bücher, um die Zauber zu finden. Die Reaktion meiner Male auf die Zauber war immer noch dieselbe und immer noch alarmierend.

„Helenas angeknackstes Ego erfordert oft viel Management", bemerkte Nailah und setzte sich an das gegenüberliegende Ende des Tischs nahe der Tür. Angesichts der Schwere ihrer Stimme war sie nicht nachsichtig gestimmt.

„Und ihre Launen, wie werden die gemanagt?"

Nailah seufzte. „Oh ja, das erfordert eine Menge Geduld und Feingefühl. Ihre Neigung zu gewalttätigen Überreaktionen hat schon eine Menge Probleme verursacht. Die Letzte hat fast zu einem Krieg geführt. Hätten die Hexen einen Weg gefunden, hier in der Unterwelt an sie ranzukommen, wäre es eine Schlacht gewesen, von der ich nicht sicher bin, ob Dominic sie hätte gewinnen können. Trotz ihrer Macht können Dominic und Helena gegen einen Zirkel von

Strata-Drei-Hexen nicht an. Sie hat sich mit so vielen Zirkeln angelegt. Sie schützen normalerweise nur die ihren, aber sie hätten eine Allianz gebildet, um Helena zu bestrafen. Sie inspiriert die unwahrscheinlichsten Bündnisse."

Ihre Finger zeichneten müßig Muster auf den Tisch, während sie sprach. Es fühlte sich an, als würde sie Dampf ablassen, und ich schwieg, in der Hoffnung, mehr Informationen zu bekommen. „Das ist Helena. Sie geht jedem, der sie verärgert, an die Kehle – im wortwörtlichen Sinne."

„Was ist Strata Drei?"

„Das sind die Stärksten. Sie können Zauber erschaffen und starke Magie wirken: Zeit manipulieren, Telekinese, fortgeschrittene Zauberei, magische Mimese durch Stehlen der Magie eines anderen Praktizierenden, was illegal ist. Nekromantie – Kontrolle der Toten – und besitzen beschränkte Wandlerfähigkeiten.

Strata-Drei-Hexen sind nicht auf einfache Magie beschränkt, was sie gefährlich und unvorhersehbar macht. Strata-Zwei-Hexen-Magie ist begrenzter: Elementarhexen fallen meist in diese Kategorie, obwohl sie Schutzzauber erreichen, einfache Zauberei und Illusionen wirken können. Ihr Talent liegt im Kontrollieren von Elementen. Dasselbe gilt für Techno-Hexen. Auch wenn ihre Fähigkeiten hochgeschätzt sind, gelten sie immer noch als Strata Zwei. Abgesehen von Celeste; Mors haben die begrenzte magische Fähigkeit, mit einer einzigen Anrufung und Berührung ein Leben zu nehmen, aber sie werden als Strata Drei klassifiziert. Sie halten sich für unantastbar und glauben, über allen Regeln zu stehen", fügte sie hinzu.

Das könnte erklären, warum Mors zum Tode anstatt Gefängnis verurteilt wurden.

„Hexen werden genau beobachtet, weil sie so mächtig sind und immer das Risiko eines Missbrauchs besteht", fuhr Nailah fort. „Madeline ist eine Strata Drei, genauso wie die meisten ihrer Familie. Ihre Linie ist die stärkste und talentierteste. Helena hat das am eigenen Leib erfahren, aber trotz der Konsequenzen hat sie immer noch keine Zurückhaltung gelernt."

Ich hielt den Atem an, hoffte, dass sie weitererzählen würde. Sie gab mir großartige Informationen.

Aber vielleicht ging es ihr nicht darum, sich das von der Seele zu reden. Vielleicht war ihre Redseligkeit von Mitgefühl angetrieben. Es gab unbestreitbare Wärme und Empathie in ihren Augen. Ich fand Trost bei ihr, da sie die Einzige war, bei der ich ihn finden konnte.

Ich beugte mich erwartungsvoll vor und erkannte, wie verzweifelt ich mich nach dem Frieden sehnte, den Wissen brachte. Sie gab mir Informationen, die einige der Komplexitäten einer Welt, zu der ich nicht gehörte, aufdröseln würden. Überlebenswerkzeuge, die ich dringend brauchte. Und wie grundlegende Menschlichkeit wirkte, an einem Ort, an dem sie fehlte? Ich konnte es nicht wirklich wissen. Vielleicht konnte Nailah genauso kalt und rachsüchtig wie die anderen sein. Es könnte eine Täuschung sein, aber ich war bereit, sie zu akzeptieren, weil ich mich danach sehnte.

Anstatt weiterzureden, beugte sie sich vor, nahm eines der Bücher und begann, es durchzusehen.

Verdammt. Nein. Ich brauchte mehr.

„Konsequenzen?", drängte ich.

Sie runzelte die Stirn. Ich war nicht sicher, ob es an der Rückkehr zu unserem Gespräch über Helena oder den Konsequenzen lag, die sie erlitten hatte.

„Die meisten Übernatürlichen können ziemlich kleinlich sein, wenn es um ihren Status als Elite-Magieausübende geht. Alpha-Wandler haben ein nerviges Anspruchsdenken. Ältere Vampire halten sich einer übermäßigen Bewunderung würdig – ich schätze, einfach, weil sie lange existieren." Sie zuckte die Schultern. „Und Strata-Drei-Hexen sind überzeugt, sie haben Hochachtung verdient. Von anderen Hexen bekommen sie die. Aber da

Wandler immun gegen ihre Magie sind, bekommen die Hexen von ihnen wenig Achtung, es sei denn, sie brauchen sie für irgendwas. Strata Eins und Zwei können ihre grundlegenden Bedürfnisse nach Schutzbarrieren, Schutzzaubern und Illusionen erfüllen. Vampire sind stark und schnell. Bevor Hexen irgendeine magische Handlung gegen sie ausführen könnten, würden die Vampire sie töten. Allen gemein ist jedoch, dass sie sich für größer halten, als sie tatsächlich sind." Sie unterstrich ihre Rede mit einem tiefen Seufzer.

„Das Navigieren der Regeln und stillschweigenden Vereinbarungen erfordert Feingefühl, Diplomatie und, falls nötig, durchsetzungsstarke Zwangsmittel." Ihre Stimme hatte etwas von ihrer Frustration verloren. Sie lieferte die Information auf eine so leidenschaftslose Weise, als erzählte sie eine Geschichte, die sie so oft wiederholt hatte, dass sie das Bedürfnis verloren hatte, den Zuhörer zu interessieren.

Durchsetzungsstarke Zwangsmittel schien ein Euphemismus für Einschüchterung oder Fügsamkeit durch Androhung oder Einsatz von Brutalität zu sein. Diese Theorie behielt ich allerdings für mich.

Nailah atmete ein, als würde es sie trösten. Es war nichts Tröstliches an der erdrückenden Luft hier. Aber sie strahlte eine Ruhe aus, die alles weniger überwältigend erscheinen ließ. War das Teil ihrer Magie? Mich zu beruhigen? Ihre warmen, erdbraunen Augen waren ein Kontrast zu Dominics, die scharf, mit Intensität und von grenzenloser Tiefe waren.

„Es gibt niemanden, der keine Schwäche hat. Etwas, das Helena oft vergisst." Sie zuckte die Schultern und runzelte wieder die Stirn. „Wenn dein Vater der Herr der Unterwelt ist, verlierst du leicht die Perspektive. Helena war jenseits davon. Sie glaubte, sie könnte tun, was sie wollte, und das ungestraft. Die Geschichte hat diesen falschen Eindruck bei ihr erweckt." Der Ausdruck, der über Nailahs Gesicht huschte, erinnerte mich an die Missbilligung, die Dominic an den Tag legte, wenn er von Helenas Ausschweifungen sprach.

Das hätte mich nicht schockieren sollen, aber das tat es. Die Anzeichen waren da: Ich saß im Zauberbuchraum der Unterwelt. Als ich das erste Mal hergekommen war, wurde Dominic von Wachen begrüßt, und er demonstrierte, was ich als Hochmut und pure Arroganz betrachtet hatte, die den Stolz eines Prinzen verriet.

Mein Leben hatte sich deutlich verändert. Selbst mit Anstrengung konnte man es nicht mehr als langweilig betrachten. Ich hatte nicht nur den Prinzen und die Prinzessin der Unterwelt geschlagen, ich hatte einen Deal mit dem Prinzen geschlossen.

„Es gab einen Machtkampf darüber, wer für die Überwachung der übernatürlichen Welt verantwortlich sein sollte. Die Hexen haben am meisten darauf gepocht, Regelbrecher zu bestrafen." Nailah machte eine wegwerfende Geste. „Vielleicht hatten sie recht. Aber wegen ihrer Vorurteile sind sie oft nachsichtiger, als sie sein sollten. Mächtige Leute brauchen mächtige Strafen."

„Die bekommen sie hier."

„Ich hab' schlimmere Haftbedingungen gesehen, wo du lebst. Die beste Art, Mächtige zu bestrafen, ist, sie für den Rest ihres Lebens machtlos zu machen. Das ist ihre persönliche Hölle."

Ich fragte mich, ob sie absichtlich das Thema von Helena wegsteuerte.

„Was hat das mit Helena zu tun?" Das war eine Information, die ich dringend brauchte. Vielleicht konnte sie mir helfen, mit ihr zurechtzukommen. Sie irgendwie zu schlagen.

„Ah, ja. Anfangs haben sowohl Helena als auch Dominic die Perils bewacht. Wie ich schon sagte, hat Helena die kleinsten Vergehen mit extremen Strafen geahndet, sogar dort, wo sie nicht zuständig war. Sie mischte sich in Angelegenheiten ein, bei denen ihre Intervention oder ihr Urteil nicht nötig waren. Verbrechen gegen andere Übernatürliche wurden von der betroffenen Art selbst geregelt. Helena und Dominic waren für Übernatürliche zuständig, die Verbrechen gegen die Menschheit begingen. Darum geht's hier. Sie hatten ein gemeinsames Ziel: die Schlimmsten der übernatürlichen Welt aufzuhalten und sicherzustellen, dass sie vor den Menschen verborgen bleiben."

„Ihr Vater ist der Herr der Unterwelt, und sie sind der Prinz und die Prinzessin – sind sie nicht die Schlimmsten eurer Art?"

Nailah verzog ihre Lippen missbilligend. Wie konnte ich mit dieser Schlussfolgerung falschliegen? Ich war sicher, dass die Voraussetzung, die Unterwelt zu regieren, nicht darin bestand, ein süßer Kuschelbär zu sein. Helena und Dominic waren dafür geboren, aber keiner von beiden schien ein Opfer der Umstände zu sein. Ich konnte nicht vergessen, wie die Mitglieder des Schattenkonvents Dominic angesehen hatten. Mit Verachtung, Angst und Abscheu. Nicht Wertschätzung oder Verehrung. Was auch immer zwischen ihnen existierte, war ein widerwilliges Bündnis.

„Grausamkeit muss mit Grausamkeit begegnet werden. Dominic ist fähig, Angst als Mittel zur Einhaltung der Regeln zu nutzen." Nailah schenkte mir ein bitteres Lächeln. „Das ist nötig. Diplomatie und Geduld auch. Dominic hat das gemeistert, Helena nicht. Es ist zweifelhaft, ob sie das kann. Da Helenas Launen so lange geduldet wurden, war es schwer, sie zu zügeln. Sie hat Madelines Großmutter getötet, weil sie sich geweigert hat, ihr den Nekroklavis zu geben – ein Amulett, das den Zugang zur Unterwelt ermöglichte. Dominic hatte alle bis auf dieses eine erworben und zerstört. Wäre er an ihrer Stelle gewesen, hätte er es zweifellos durch Verhandlungen geregelt, nicht durch brutale Gewalt. Von den dreien ist Dominic der Diplomatische."

Sie nannte Dominic den Diplomatischen, wie jemand, der

versucht, zu bestimmen, wer weniger gefährlich ist: eine Schwarze Mamba, ein Löwe oder ein Grizzlybär.

„Helena ..." Sie seufzte und schenkte mir ein schiefes Lächeln. „Nun, Helena glaubt nicht an Verhandlungen und hat auf Zurückweisungen immer schlecht reagiert. Als Kennerin von Zwietracht, Gewalt und Chaos findet sie neue und einfallsreiche Wege, die Geduld ihres Bruders zu testen, die sowieso schon zum Zerreißen gespannt ist. Ich vermute, sie wird nicht mehr lange halten."

Eine Welle der Angst brandete durch mich. Ihre Vergeltung hätte tödlich enden können, wenn Dominic nicht eingegriffen hätte. Was hätte sie mir angetan?

Nailah entspannte sich, als sie tief ausatmete. „Die Vergeltung des Zirkels war schnell und hart." Ein harter Ausdruck legte sich über ihr Gesicht. „Ich glaube, es passierte zu schnell, als hätten sie auf einen Moment gewartet, der solch eine Vergeltung rechtfertigt. Sie haben einen Fluch ausgeführt, der ihre Magie eingeschränkt hat, und haben sich geweigert, Dominic oder sogar ihrem Vater zu zeigen, wie man ihn aufhebt.

Selbst mit Hilfe anderer Hexen hat es zehn Jahre gedauert, bis Dominic einen Weg gefunden hat, ihr ihre Magie zurückzugeben. Aber der Fluch wurde nie ganz aufgehoben. Sie haben eine Umgehung gefunden. Und diese Hilfe ging mit einem Kompromiss einher. Die Bestrafung der Übernatürlichen war nicht mehr allein die Domäne der Unterwelt. Die Perils würden nur die Schlimmsten ihrer Art beherbergen. Die Verfolgung von Regelbrechern muss seitdem vom Konvent genehmigt werden. Obwohl Dominic und Helena allein für Regulierung und Urteilsfindung verantwortlich waren, liegt diese Gewalt jetzt beim Schattenkonvent. Das Problem ist, das ist immer noch eine Geste des guten Willens, die Dominic ihnen erweist."

„Wie kommt das?"

„Weil er einen anderen Weg gefunden hat, den Fluch

aufzuheben, der die Magie seiner Schwester einschränkt. Und einen Gegenzauber, der verhindert, dass die Magie der Hexen je eine Wirkung auf ihn hat. Er kann nicht verflucht werden, noch können sie irgendeine Magie gegen ihn verwenden."

„Wissen sie davon?"

Sie schüttelte den Kopf, lächelte und legte einen Finger an ihre Lippen. Ich tat so, als benutzte ich einen Schlüssel, um meine Lippen zu verschließen. Es war schwer, irgendjemandem in dieser Welt blind zu vertrauen, obwohl etwas an Nailah aufrichtig und freundlich wirkte. Nicht, dass die Messlatte hoch gelegen hätte. Sie hatte mich nicht entführt, nicht versucht, mich zu töten, und mich auch nicht gezwungen, mich selbst zu verletzen. Die Situation war dermaßen traurig, dass man mit grundlegender Anständigkeit mein Vertrauen gewinnen konnte.

„Du kannst sowohl Dinge sehen, die passiert sind, als auch die Zukunft, richtig?", fragte ich zögernd nach mehreren Momenten innerer Debatte.

Sie lachte. „Nein. Wie jede Magie hat auch meine Grenzen. Ich habe dich gesehen, deine Male. Aber ich hatte keine Ahnung, wer du warst. Wir mussten dich finden. Manchmal wird mir die Zukunft gezeigt, aber wie alles ist auch die Version, die ich sehe, dem Schmetterlingseffekt unterworfen."

„Werde ich das hier überleben?", sprudelte ich heraus, bevor ich den Mut verlor, es zu fragen.

Sie antwortete mit einem schwachen Lächeln.

„Bitte sag es mir."

„Es hat seinen Wert und Trost, die Zukunft ein Geheimnis bleiben zu lassen."

„Es muss doch auch einen Wert und Trost im Wissen geben."

Sie nickte und schloss die Augen, öffnete sie wieder, um ihre eigenartigen, leuchtend violetten Augen zu zeigen, die sich mit solcher Strenge in mich bohrten, dass es sich anfühlte, als würde sie die Details meines Lebens aus mir saugen und einen Teil von mir mitnehmen. Ihr Körper zitterte, dann sackte sie gegen den Stuhl. Minuten vergingen, ohne dass sie sprach.

„Erzählst du mir, wie du da reingezogen wurdest?", fragte sie.

Es war nicht so, dass ich die Geschichte nicht nochmal erzählen wollte, aber ich war sicher, dass Dominic schon mit ihr darüber gesprochen hatte. Das war eine Ablenkungstaktik. Ich gab ihr die ungekürzte Version, da Reginalds Beteiligung schon bekannt war.

Sie presste ihre Lippen zu einer dünnen, geraden Linie zusammen. „Das habe ich nicht gesehen", gab sie zu und verlagerte ihren Blick auf meinen Finger. „Du wurdest unwissentlich da hineingezogen – ein Opfer der Umstände."

„Und meiner Neugier", ergänzte ich mit einem schiefen Lächeln. Wie anders wäre alles gewesen, wenn ich den Ring oder das Buch gelassen hätte, wo ich sie gefunden hatte. Oder beides?

Das Mitgefühl auf ihrem Gesicht ließ mich zweifeln, ob ich mich auf etwas verlassen konnte, das sie mir über ihre Prophezeiung erzählte. „Das ist die Bürde meiner Magie. Wir können nicht über unsere Visionen lügen. Selbst, wenn ich wollte, kann ich es nicht."

Ich musste wirklich daran arbeiten, meine Gedanken nicht auf meinem Gesicht zu zeigen.

Ihre Verpflichtung zur Wahrheit war der Grund, warum sie die Antwort hinauszögerte.

Verdammt! Ich werde sterben.

12

Nein, der Tod würde nicht das Ende dieser Reise sein. Ich weigerte mich, dieses Schicksal zu akzeptieren. Aber Nailah würde mir keine definitive Antwort geben und schien zufrieden damit, dass wir schweigend beisammen saßen. Ich würde ändern, was nötig war, um mir ein neues Schicksal zu erlauben. Ich kehrte mit neuer Entschlossenheit zu meiner Aufgabe zurück, die Bücher durchzugehen, und hatte bis auf drei alle durch, als Dominic leise zurückkehrte.

Er ließ sich auf dem Stuhl neben mir nieder, seine Miene hart. Die düsteren Schatten in seinen Augen machten es schwer, seinem Blick standzuhalten, und ich wollte gerade zu den Büchern zurückkehren, als ich Nailahs Augen spürte, die sich in mich bohrten. Selbst ohne es zu sehen, hätte ich es gewusst. Das Gewicht ihres Blicks strömte über mich wie ein Wasserfall. Es ließ sich nicht ignorieren. Ihre Lippen umspielte ein beruhigendes Lächeln, lösten die Spannung in meiner Brust über ihre Ausweichmanöver angesichts meiner Frage.

„Ich sehe deinen Tod nicht", sagte sie und stand auf. Sie und Dominic tauschten bedeutungsvolle Blicke aus.

Selbst erleichtert, wie ich war, konzentrierte ich mich auf die möglichen Bedeutungen ihrer Worte. Sah sie meinen Tod heute nicht? Morgen? In sieben Tagen? Was war der Zeitrahmen dieser Vision?

Sie drückte Dominics Arm und ging, bevor ich sie weiter befragen konnte. Wie hatte Dominic meine Zukunft verändert?

„Wie weit bist du?", fragte er.

„Nur noch drei Bücher."

Mit ruhiger Entschlossenheit ging er die Zauber durch, die ich markiert hatte, und übertrug sie in das Notizbuch, das er gestern benutzt hatte. Nachdem er fertig war, notierte er hastig Zauber auf einer separaten Seite.

Er schenkte mir keine Beachtung und arbeitete weiter in angespannter Stille. Er war konzentriert, hatte eine Mission. Eine Stunde später ging er in die Ecke des Raumes, holte einen zylindrischen Behälter und öffnete ihn, dann breitete er ein vergilbtes Pergament auf dem Tisch aus.

„Das wird den Zauber hier eindämmen und mich hoffentlich zu demjenigen führen, der ihn gewirkt hat", sagte er zu mir.

Nach dem zweiten fehlgeschlagenen Zauber hatte er Nailah gerufen. Ihre Präsenz linderte weder seine Spannung noch trug sie zu unserem Erfolg bei. Beim fünfzehnten Zauber stieß Dominic die Anrufungen durch zusammengebissene Zähne hervor.

„Ich werde gleich diesen Zauber wirken", erklärte er ihr und zeigte auf einen neuen Zauber.

„Ich sehe genauso wenig wie bei den anderen." Sie versuchte noch einmal, den künftigen Erfolg des Zaubers zu sehen, dann schüttelte sie den Kopf.

Er nickte.

„Ich glaube, da ist ein Schutzzauber in die Male eingeflochten", schlug sie vor.

„Das denke ich auch."

Der nächste Zauber, den er sprach, ließ Linien in einem Zyklus blasser Farben erleuchten, die schließlich in ein helles Orange übergingen. Mein Finger fühlte sich an, als wäre er in einem Schraubstock. Ich holte scharf Luft, überzeugt, dass das der richtige Zauber war.

„Mach weiter", sagte ich mit angespannter Stimme, als er zögerte.

Er tat es. Ich hatte noch nie Säure auf meiner Haut gespürt, aber ich war sicher, dass es sich ähnlich anfühlen musste. Vornübergebeugt ballte ich die andere Hand zur Faust und wartete, dass der Schmerz nachließ.

Der Schmerz ließ nicht nach, doch der Zauber verpuffte wie die anderen, und die Sigillen blieben.

Mein Atem ging schnell, und mein Finger brannte. Ich drückte meine Hand an die Brust, denn die kleinste Bewegung jagte einen stechenden Schmerz durch meinen Arm, als wäre ein Gelenk überdehnt oder ein Knochen gebrochen.

Dominics Augen verloren etwas von ihrer Intensität, als er mein Gesicht musterte. Seine Berührung war federleicht, als er meine Hand in seine nahm. Kühle hüllte meine Hand ein, und der Schmerz verging. Ruhe überkam mich, entspannte mich so sehr, dass ich leicht hätte einschlafen können. Der Raum fühlte sich nicht mehr wie ein lebendes Wesen an. Er war tröstlich, luftig und wie Wolken. Ich liebte diese Leichtigkeit. Die Spannung, die mich geplagt hatte, löste sich.

„Bist du okay?", fragte er mit leiser Stimme. Er war näher gekommen, und ich widerstand dem Drang, meine Stirn gegen seine zu lehnen.

Ich nickte.

„Willst du weitermachen?"

Warum nicht? Der Schmerz zuvor war nicht so schlimm gewesen. Bevor ich zustimmen konnte, mischte sich Nailah ein.

„Nein, das reicht für heute."

Ich hörte sie, ließ aber meine Augen auf Dominic gerichtet. „Luna, sieh mich an", bat Nailah.

Ich riss meinen Blick von Dominic los. Der Schmerz war weg. Ich fühlte mich immer noch entspannt, obwohl ein Hauch Spannung zurückkehrte, als der Raum wieder trotzig reagierte.

„Gut. Ich denke, du solltest eine Pause machen." Ihr Blick wanderte zu Dominic, und sie kniff die Augen zusammen.

„Sie ist einverstanden, weiterzumachen", argumentierte Dominic.

„Macht eine Pause." Die Bestimmtheit in ihrem Ton ließ den Prinzen aufrechter sitzen. Definitiv nicht gewohnt, Befehle zu befolgen. Er zeigte sein Missfallen deutlich im Gesicht und den Trotz in seiner Haltung.

„Das wird für euch beide das Beste sein", fuhr sie fort, Wärme schlich sich in ihren Ton.

„Ihr geht's gut." Er zog das Notizbuch zu sich und strich einen weiteren Zauber ab.

„Dominic." Sie sah ihn mit der Schärfe einer Mutter an, die ein Kind tadelt. Das ließ mich über die Dynamik zwischen ihnen rätseln. Nailah sah jünger aus, Ende zwanzig, Anfang dreißig. Dominic wirkte wie Mitte bis Ende dreißig. Trotz ihrer anfänglichen Schärfe lag ein Hauch von Ehrerbietung in der Art, wie sie ihn ansah, eine Bitte um Verständnis und Gehorsam in ihrem Ausdruck. Die Missbilligung blieb in ihrem Stirnrunzeln.

Es gab so viele unausgesprochene Worte und Gefühlsäußerungen, dass ich zunächst dachte, es wäre eine Art Mentorenbeziehung, oder dass sie eine Botschafterin war, oder vielleicht war sie sein moralischer Kompass, und er lehnte ihn ab. Aber etwas anderes ging zwischen ihnen vor. Mitgefühl? Sorge? Waren sie in einer Beziehung? So viele Dinge gingen zwischen ihnen hin und her, dass es zu einer Achterbahnfahrt wurde, aus der ich aussteigen wollte.

Das Sprichwort lässt uns glauben, dass es eine dünne

Linie zwischen Liebe und Hass gibt. Aber das stimmt nicht. Beide sind intensive Emotionen. Gleichgültigkeit ist ein Stachel im Fleisch. Der Mörder aller Dinge. Das Erlöschen des Feuers in jeder Beziehung. Gleichgültigkeit war in ihrem Austausch nirgends zu finden. Wenn die dolchartigen Blicke, die sie einander zuwarfen, ein Indikator waren, schien Hass zu flackern, nur darauf wartend, sich zu entzünden. Oder zumindest Verachtung.

„Du hast sie dazu überredet", bemerkte Nailah. Überredet von dem Mann, der Gedanken durch einen Blick manipulieren konnte. Und vor wenigen Augenblicken war ich noch in seinen Augen ertrunken.

Scheinbare Entspannung und ein Gefühl von Frieden. Der Rückzug des Raumes, der mich nicht mehr zur Tür drängte, war ein eingepflanzter Gedanke, eine Manipulation.

Wütend stand ich auf. „Wir sind für heute fertig und vielleicht … vielleicht für immer, weil du eine giftige Schlange bist." Ich schnappte mir meine Tasche und rannte zur Tür. Sie schleuderte mich jedoch zurück in den Raum. Du fahr auch zur Hölle, dachte ich, und wühlte in meinem Beutel nach dem, was den Raum dazu brachte, mich nicht gehen zu lassen. Nachdem ich ein Buch gefunden hatte, warf ich es, zielte auf den Tisch und wünschte mir insgeheim, ich hätte zu viel Kraft hineingelegt und es würde Dominic treffen.

Ziel- und planlos stand ich im Flur, ohne Strategie für den nächsten Schritt. Mein freier Tag sollte in der Unterwelt sein, mit dem ehrgeizigen Ziel, den Zauber zu entwirren und nie dorthin zurückzukehren. Doch angesichts meiner Wut und Dominics Täuschungen, die auf mich herabregneten, wollte ich einfach nur weg. Dominic würde mich nicht hier rausbringen, und ich wollte auch nicht fragen.

Sollte ich nach Anand suchen? Verzweiflung ließ mich seinen Namen rufen, meine Stimme hallte durch die riesigen Flure.

Minuten vergingen ohne Antwort von ihm. Ich erwartete

nicht wirklich, dass er antworten würde. Ich war mir nicht sicher, ob er überhaupt im Haus war. War die Unterwelt sein Zuhause? Wenn dem so war, würde ich ihn in diesem riesigen Gebäude finden, wenn er sich schon in unserem kleinen Laden so leicht verstecken konnte?

„Ja?" Anands sanfte Stimme kam von hinter mir. Ich drehte mich um und fand ihn mit einer Schulter an der Wand lehnend, die Hände in den Taschen. Zerzaustes Haar, lockeres Hemd und eine Jeans, die tief auf seiner Hüfte hing. Er sah verwirrt aus.

„Wohnst du hier?", fragte ich.

Er nickte knapp. Eine kleine Bestätigung, aber die Verwirrung blieb.

„Du hast mich rufen hören?" Wenn er in der Nähe gewesen war, wollte ich wissen, wo. War eines der Zimmer auf diesem Flur sein Schlafzimmer? Ich musste wissen, wie ich ihn erreichen konnte.

„Ich bin hier, oder?", sagte er.

„Ja." Röte kroch in meine Wangen.

„Ich war in meinem Zimmer", sagte er, um die Situation weniger peinlich zu machen.

„Ist dein Zimmer in der Nähe?" Ich wedelte mit der Hand in Richtung der geschlossenen Türen, an denen ich gestern vorbeigekommen war.

„Nein, es ist im Westflügel. Es hat eine bisschen gedauert, hierherzukommen, als ich dich rufen hörte." Dieses Haus war groß genug, um Flügel zu haben, und er hatte mich rufen hören. Er war auf der anderen Seite des Hauses und. Er. Hat. Mich. Rufen. Gehört. Nein, überhaupt nicht beängstigend.

Seine Neugier war Verärgerung gewichen. „Luna, was willst du?"

„Bring mich nach Hause", platzte ich heraus.

Er stieß sich von der Wand ab, wirkte zögerlich, als er an mir vorbeiblickte.

„Nein", antwortete Dominic. „Du wirst dich an die

Vereinbarung halten, bis morgen zu bleiben." Sein Ton war streng und unnachgiebig, als wäre es ein monumentales Zugeständnis, mich überhaupt gehen und mein Leben wieder aufnehmen zu lassen.

Mein Geduldsfaden war kurz vor dem Zerreißen, und meine Toleranz abgenutzt. Nailah glitt hinter Dominic hervor und blickte zwischen uns beiden hin und her. Sie nahm die Spannung wahr. Egal, wie sehr ich versuchte, meine Atmung ruhig und gemessen zu halten, kam sie in kurzen, scharfen Stößen.

Ich hielt Dominics hartem Blick stand, während ich auf ihn zumarschierte. „Tu das nie wieder! Verstehst du?"

Dunkle Belustigung ersetzte seine Arroganz. Sein Schmunzeln erreichte seine Augen, als er sich entspannte. „Verstanden. Wenn du dich vor Schmerzen windest, lasse ich dich einfach leiden. Offenbar magst du das." Er überwand die wenigen Zentimeter Abstand, die ich zwischen uns gelassen hatte, und beugte sich vor. „Das ist eine sehr interessante Information über dich." Er befeuchtete seine Lippen. „Vielleicht steckt mehr in dir als nur dein Trotz."

Die anzügliche Anspielung war nicht zu überhören. Das war nicht der Reiz; es war die Art, wie seine Augen über mich wanderten, mich musterten. Unverhohlener Hunger. Ich hatte sein Interesse geweckt und die Dunkelheit, die im Prinzen wohnte.

„Wenn du dich nicht mindestens einen Schritt zurückziehst, ramme ich dir mein Knie in deine Prinzenerbsen", sagte ich mit zusammengebissenen Zähnen. Die Herausforderung in seinem Grinsen trieb mich zum Handeln, aber da ich wusste, dass Wachen nur einen Schrei entfernt waren und Anand das wahrscheinlich nicht tolerieren würde, unterdrückte ich den Impuls.

„Du weißt verdammt genau, wovon ich rede. Wenn du jemals wieder meinen Geist manipulierst – aus welchem Grund auch immer, bin ich fertig mit dir und mit dem

Helfen." Ich stieß gegen seine Brust, um mir mehr Raum zu verschaffen. Er bewegte sich nicht. Es war, als versuchte man, eine Betonwand zu verschieben.

Nailah beobachtete unseren Austausch mit Tadel im Blick, Anand mit Neugier.

„Natürlich. Deine Regeln. Mögen sie deinem Leben gut dienen", stimmte er zu. Der Teufel steckte im Detail, und ich hatte etwas übersehen; das war Dominics Gesicht anzusehen. Eine stillschweigende Vereinbarung war getroffen worden, und mir waren einige wichtige Details entgangen.

Auf Nailahs leises Rufen seines Namens hin wandte er sich ab und ging mit der aalglatten, selbstsicheren Zuversicht auf sie zu, die seiner Position in der Unterwelt und seiner Rolle unter den Übernatürlichen würdig war. Die selbstverständliche Arroganz war wahrscheinlich der Grund für ihren Groll und ihr angespanntes Bündnis mit ihm.

Mehrere Minuten vergingen in ruheloser Stille. So vieles blieb zwischen ihnen ungesagt, was mich wieder über ihre Beziehung nachdenken ließ. Sie war angespannt, und das war offensichtlich.

Seine Hand glitt zu ihrer Taille, und er drückte einen sanften Kuss auf ihre Wange. War das eine Entschuldigung? Ein Appell um Verständnis? Das Ende einer Pattsituation oder die Akzeptanz davon?

Anands ausdrucksloses Gesicht verriet nichts.

Dominic flüsterte etwas in Nailahs Ohr. Er war so nah bei ihr, und selbst wenn er mir nicht den Rücken zugewandt hätte, hätte ich seine Lippen nicht lesen können. Wissend, dass Anand es wahrscheinlich hören konnte, beobachtete ich ihn, um zu sehen, ob es eine Reaktion auslöste. Nichts.

Nailahs Blick war ausdrucksstärker als Worte. Enttäuschung und Frustration, aber über wen oder was blieb ein Rätsel.

„Anand, bring mich nach Hause, bitte", bat Nailah, trat von Dominic weg und warf mir einen weiteren abschätzenden Blick zu, bevor sie sich ohne ein weiteres Wort abwandte. Hatte Dominic gerade sein Gewissen weggeschickt, oder war es ihre Entscheidung zu gehen? Ich brauchte ihre ruhige Präsenz und wollte nicht, dass sie ging.

Sobald sie weg war, wandte sich Dominic mir zu. „Lass mich dir das Zimmer zeigen, in dem du wohnen wirst."

Es folgte ein Moment innerer Debatte, ob ich versuchen sollte, mit Gewalt zurück in meine Welt zu gelangen. Dann seufzte ich und folgte ihm.

13

Meine Unterkunft als Zimmer zu bezeichnen, war eine Untertreibung. Mit einer Küche hätte es leicht eine Wohnung sein können. Auffällig in Rosa und Weiß gehalten, hatte das Zimmer wunderschönen, aufwendigen Deckenstuck und ein großes Doppelbett mit einem hübschen, getufteten Kopfteil und einem Rahmen aus gealtertem Holz. Alles wirkte viel zu schick für mich, um mein weites Schlafshirt zu tragen, das eine Hommage an *Das Bildnis des Dorian Gray* war – was ich beim Packen für skurril und frech gehalten hatte –, und Shorts.

Die mit gemusterter Seide bezogene Chaiselongue und ein schickes Sofa mit ausgestellten Armlehnen taten nichts, um die Größe des Raumes zu mindern. Eine Seite des Zimmers war verglast und tauchte den Raum in warmes Licht aus dem Garten, während es einen spektakulären Blick auf karmesinrote und schwarze Blumen und eine Pergola mit zugezogenen Vorhängen und zarter, warmer Beleuchtung bot, die eine tröstliche Atmosphäre schuf.

Das Badezimmer war eine entspannende Oase, das Licht ein blasses Schimmern, das es wie von Kerzen erleuchtet wirken ließ. In einer Welt des ewigen Zwielichts schienen diese Leute Licht zu schätzen.

Wissend, dass Dominic mich beobachtete, sah ich mich nur flüchtig um und betrachtete die Duschkabine mit den Steinwänden und der Überkopf-Dusche, die den Eindruck vermittelte, unter einem Wasserfall zu stehen. Ich konnte mir vorstellen, aus der freistehenden Steinwanne zu steigen und meinen Körper in Handtücher aus dem Wärmer zu hüllen, während das Drama des Tages von mir abfiel. Das war der Punkt. Dies war nicht nur ein Zimmer, in dem ich heute schlafen sollte, sondern eine subtilere Manipulation, um mich in Wohlbehagen zu wiegen.

Ich drehte mich um und sah ihn misstrauisch an. Er schien sich daran zu erfreuen, dass ich von meinem Zimmer begeistert war. Es hatte seine beabsichtigte Wirkung. Alles an diesem Raum stand in diametralem Gegensatz zu ihm und der Situation. Beruhigendes, warmes Licht, luxuriöse und einladende Möbel, die Aussicht auf eine warme Dusche und sogar der malerische Blick auf den sanft beleuchteten Garten und die Pergola. Selbst der zarte Duft von Lavendel und Kamille machte es schwer, wütend zu bleiben, und ich wollte verzweifelt an meiner Wut festhalten wie ein Kleinkind an seinem Lieblingskuscheltier. Es wäre gut für mich, den Prinzen der Unterwelt nicht zu unterschätzen und mich in seiner Gegenwart nicht zu wohlzufühlen.

Aber seine Worte von vorhin nagten an mir. Hatte ich die Situation schlimmer gemacht, dafür gesorgt, dass ich nicht überleben würde? Ich wollte, dass Nailah mir sagte, dass sich mein Schicksal nicht geändert hatte.

Als Leute aus den Schatten traten und Essen auf den Tisch unter der Pergola stellten, umklammerte ich meine Tasche fester, als wäre es eine Option, mit ihr in der Hand aus der Unterwelt zu fliehen.

„Ich dachte, es wäre schön, im Garten zu Abend zu essen."

Wirklich, Abendessen umgeben von Blumen, die mich

vehement daran erinnerten, wo ich war und mit wem ich aß? Na gut. Wenigstens versuchte er nicht, mich zu umwerben.

„Das wäre schön.“

Meine schnelle Antwort zog seine Aufmerksamkeit auf sich. Seine Brauen hoben sich, und seine bodenlosen Augen bohrten sich noch intensiver in mich. Ich stellte meine Tasche auf die Kommode und schenkte ihm ein freundliches Lächeln. Vertrag dich mit dem Prinzen.

„Unsere Beziehung muss kein dauernder Streit sein“, sagte ich.

„Und doch machst du sie dazu.“

Du machst es mir echt schwer, nett zu sein. Langsam und tief atmen. Ramm dem Prinzen nicht dein Knie zwischen die Beine.

„Ich bin hier, um zu helfen.“

Er schnaubte. „Du bist hier, weil das deine Sicherheit garantiert. Lass uns nicht so tun, als wäre es anders. Das erniedrigt uns beide.“ In seinen bernsteinfarbenen Augen tanzte Feuer, und es schien unmöglich, meinen Blick davon abzuwenden. Bildete ich mir das nur ein, oder war es heiß geworden? Die Luft fühlte sich schwül an.

„Ich will meine Gefangenen zurück, ich will einen Krieg verhindern, und ich will einen Aufstand unterbinden. Du spielst eine wichtige Rolle dabei. Täusch dich nicht, du bist ein Werkzeug. Es liegt an dir, ob du eines von Nutzen sein wirst.“

Das war also seine weniger subtile Art, auf meine Rolle bei seiner Entscheidung über Leben oder Tod hinzuweisen. Ich wollte das gerade ansprechen, als er mit ein paar Schritten bei mir war und seine Finger auf meine Lippen presste. „Antworte jetzt nicht. Denk darüber nach, Luna, denn deine Handlungen werden dein Schicksal bestimmen. Alles liegt in deinen Händen.“

Das Einzige, woran ich denken konnte, war, nach seinem Finger zu schnappen wie ein tollwütiges Tier. Er brachte mich zum Schweigen. Wer machte so was? Mein Gesicht verriet mich jedes Mal, und auch diesmal war es nicht anders. Der Prinz zog seinen Finger zurück, wandte sich ab und ging zur Tür.

„Das Abendessen sollte in einer Stunde fertig sein. Ich nehme an, dass du den Weg findest.“

Er hatte recht. Ich hatte auf dem Weg hierher sorgfältig auf alles geachtet, das Haus in meinem Kopf kartiert, mir die Räume gemerkt, die geschlossen blieben, und die, deren Türen angelehnt waren, und alles, was ich auf dem Weg erhaschen konnte. Wenn es Dominic gestört hatte, dass ich ihm langsam gefolgt und stehen geblieben war, um mich zu orientieren, hatte er es sich nicht anmerken lassen.

Eine Stunde bis zum Abendessen. Ich nutzte die Zeit und brachte das Venn-Diagramm zu Papier, das sich über die magischen Fähigkeiten von Dominic und seiner Schwester in meinem Kopf gebildet hatte, nachdem ich beobachtet hatte, wie ihr Krallen gewachsen waren. Jede Information, die ich hatte, um diese Welt zu verstehen und besser darin zu navigieren, war wichtig. Zu diesem Zeitpunkt war keine Information zu unwichtig, besonders die Entdeckung der Magie des Prinzen und der Prinzessin der Unterwelt und wie sie sich mit anderen Übernatürlichen überschnitt oder übereinstimmte.

Amoralische und möglicherweise soziopathische Tendenzen schienen sie alle zu haben. Helena und Dominic besaßen offenbar die Magie aller Gruppen, weshalb sie noch mehr zu diesen Verhaltensweisen neigten. Es war mir egal, ob mein Bachelor in Bibliothekswissenschaft mich nicht qualifizierte, eine klinische Diagnose zu stellen; hier ging es um Selbsterhaltung. Und was mich anging, hatte ich es mit Leuten zu tun, die noch gefährlicher waren, weil sie Eigenschaften mit Hexen, Wandlern und Vampiren teilten. Abseits davon stand Nailah, offensichtlich eine Ausnahme von der Regel. Oder doch nicht?

Es gab Lücken in meinen Informationen über Dominic und Helena, weil ich nicht wusste, wie weit ihre magischen Fähigkeiten im Vergleich zu anderen Übernatürlichen reichten. Wie weit gingen ihre Wandlerfähigkeiten? Konnten sie sich in jedes Tier verwandeln, oder waren sie auf ein Tier oder eine Spezies beschränkt? Hatten sie magische Fähigkeiten wie die Mors? Was waren ihre Einschränkungen beim Zonen oder wie auch immer sie ihre Form des Teleportierens nannten? Hoffentlich würde ich beim Abendessen ein paar Fragen beantwortet bekommen. Die zwei dringendsten Dinge, die ich von Dominic brauchte, waren ein Versprechen, dass meine Familie und Freunde sicher waren, und die Fähigkeit, ohne Begleitung zwischen dieser und meiner Welt zu navigieren, wenn möglich. Ich hatte das starke Gefühl, dass es möglich war und er die Leute nur glauben ließ, er hätte alle bekannten Nekroklaves zerstört.

Dominic wartete in der Küche. Überraschung blitzte kurz in seinem Gesicht auf. Er lächelte – ein echtes Lächeln. Das war genauso gefährlich wie seine Magie. Ich wandte meine Aufmerksamkeit schnell ab und blickte an ihm vorbei in den Garten, ließ etwas von der Wirkung verblassen.

„Ich bin froh, dass du dich entschieden hast, mir Gesellschaft zu leisten", sagte er. Das entwaffnende Lächeln hatte sich schön auf seinem Gesicht niedergelassen und blieb, während er zwei Gläser Wein aus der Flasche auf der Theke füllte.

Hättest du mich in Ruhe gelassen, wenn ich nicht gekommen wäre? Nein. Sei nett. Ich lächelte nur, nahm das angebotene Glas und ging aus dem Haus in Richtung Garten. Dominic folgte einem Pfad, der vom Essen auf dem Terrassentisch wegführte. Mein Magen war darüber nicht begeistert. Das Abendessen war nicht nur ein Versuch, Informationen zu sammeln, sondern auch, meine holprige Beziehung zu

Dominic zu kitten, die Sicherheit meiner Familie und Freunde auszuhandeln und das Fundament dafür zu legen, die Unterwelt unbegleitet betreten zu können. Und zu essen.

Dass er mich durch den Garten führte, stachelte meinen Trotz an, aber ich wusste, dass es nur mein Kampf um ein Stück Kontrolle war.

Er wurde langsamer. Er ließ den Garten auf sich wirken, als würde er ihn zum ersten Mal schätzen. Ein zarter Blumenduft lag in der Luft. Die sanfte Brise, die mich an das Meer erinnerte, ließ mich nach einem Gewässer suchen. Es gab keines. Ich warf dem Mann, der Feuer erschaffen konnte, einen Seitenblick zu. Hatte er dieselbe Fähigkeit mit Wind und Wasser?

„Gibt's hier jemals Tageslicht?", fragte ich und bewegte mich schneller, um neben ihm zu gehen.

Er schüttelte den Kopf, sah sich in der künstlich beleuchteten Gegend um und richtete seine Aufmerksamkeit wieder auf mich, neigte den Kopf und musterte mich abschätzend. „Aber das ist nicht, was du wirklich wissen willst, oder, Luna? Stell die Fragen, die dich wirklich beschäftigen." Er blieb stehen, um mich weiter anzusehen. Ich musste daran arbeiten, mir meine Gedanken nicht ansehen zu lassen. Das ist genau der Grund, warum ich mich weigere, Poker zu spielen. Habe ich schlechte Karten, weiß mein Gegenüber es definitiv. Habe ich gute Karten, ist mein Grinsen wie ein Sonnenstrahl.

Das warme Licht der Laternen ließ seine Augen funkeln.

Ich trank einen kleinen Schluck aus meinem Glas und sortierte die vielen Fragen, die ich hatte.

„Der schwerste Teil ist, dass ich nicht weiß, wie überfordert ich bin. Du hast eine Fraktion, die sich den Menschen offenbaren will, eine andere, die alles tun würde, um das zu verhindern, und du lässt ein paar schreckliche Leute am Leben, weil sie im Falle eines Krieges gebraucht werden könnten. Es scheint einfacher zu sein, sie zu outen und eine

Beziehung zu den Menschen aufzubauen. Das würde dieses Problem aus dem Weg räumen. Übernatürliche müssten sich fügen oder sich mit Menschen und unserem Militär auseinandersetzen", sagte ich.

Offenheit hatte ihre Vorteile und ließ keinen Raum für Mehrdeutigkeiten. Ich hoffte, er würde sie erwidern und mir klare Antworten geben.

Er pflückte eine Rose und reichte sie mir. Ich nahm sie und atmete ihren Duft ein, nutzte die Zeit, um mich daran zu erinnern, dass er versucht hatte, mich zu manipulieren. Ich würde mich nicht dazu verleiten lassen, unvorsichtig zu sein.

„Ein Vampir kann in einer Woche eine Familie von Hunderten erschaffen. Im Alter von zehn Tagen, gut genährt, bewegt sich ein Vampir schneller als eure Kugeln, kann jeden zwingen, für ihn zu kämpfen, und kann töten, bevor das Opfer überhaupt begreift, dass es sterben wird."

Dominic studierte mein Gesicht. Ich wünschte, ich wüsste, was er sah, denn es schien ziemlich amüsant zu sein. Ich atmete seinen unverkennbaren Duft ein, der in seiner Nähe den Duft der Blumen um uns herum überdeckte.

Er nahm meine Hand, in der ich die Rose hielt, führte sie an seine Nase und atmete ein. Dann kam er näher und verschlang jeglichen Raum zwischen uns. Ich stand in einem schwarz-karmesinroten Garten, mit einer Meeresbrise, die wer weiß woher kam, und Dominic erzählte mir noch schrecklichere Dinge über Übernatürliche, während sein Gesicht nur Zentimeter von meinem entfernt war.

Konzentrier dich. Ich trat zurück und trank noch einen kleinen Schluck, schwankend zwischen dem Wunsch, nüchtern die Informationen aufnehmen zu wollen, und dem Bedürfnis, betäubt genug zu sein, um sie verarbeiten zu können. Als er sich wieder in Bewegung setzte, ging ich neben ihm her.

„Wandler lieben Regeln und Ordnung, weshalb sie Rudel bilden und am besten in einem hierarchischen System zurechtkommen." Er studierte weiter mein Gesicht, sein Lächeln immer noch auf seinen Lippen. „Glaub nicht einen Moment, dass sie nicht euer Militär, eure Polizei, und eure Regierungen infiltriert haben. Obwohl Wandler geboren und nicht erschaffen werden, gibt es mehr von ihnen, als du dir vorstellen kannst." Mit einem Seitenblick fügte er hinzu: „Wenn es zwischen Wandlern und Menschen zu Zwietracht kommt, wird die Loyalität der Wandler immer den Wandlern gelten. Du weißt schon, wie schwer es ist, einen Wandler zu töten. Jetzt kalkuliere ihre Geschwindigkeit und Stärke mit ein, und Menschen haben keine Chance gegen sie."

Wir änderten die Richtung, gingen auf die Terrasse zu. Das Essen lockte mich, aber ich konzentrierte mich weiter auf ihn. Ich brauchte diese Informationen.

„Und Hexen, was glaubst du, welche Chance Menschen gegen sie haben?", fragte er und blieb stehen, in Erwartung einer Antwort, die ich nicht geben konnte.

„Sie müssen eine Schwäche haben. Vampire können gepfählt werden, und Silber hat eine Wirkung auf Wandler. Willst du mir sagen, dass Hexen keinen wunden Punkt haben?"

„Ah, doch, den haben sie. Iridium hindert sie am Ausüben von Magie. Es muss eine mindestens siebeneinhalb Zentimeter breite Manschette sein. Alles, was kleiner ist, schwächt sie, aber es hemmt ihre Magie nicht. Es gibt einige alte Zauber, die ihre Magie behindern und schwächen können. Aber viel Glück, die Zauberbücher zu finden, in denen diese Zauber stehen. Hexen verbringen viel Zeit ihres Lebens und ihrer Ressourcen darauf, sie zu vernichten."

„Aber du hast welche."

Ich interpretierte sein verschlagenes Grinsen als Bestätigung. „Hexen haben keinen Grund, sich mit Menschen zu verbünden, um sich zu schützen. Von den Übernatürlichen sind sie die anpassungsfähigsten. Vor der Technologie gab es keine Techno-Magie. Jetzt gibt es Hexen, die Experten darin sind. Was steuert eure Flugzeuge, Raketen, Bomben und Kommunikation? Technologie. Hexen haben die Fähigkeit, das Wetter zu kontrollieren, Zeitreisen zu unternehmen und starke Verteidigungsmagie zu wirken. Seher sind lose mit Hexen verbunden, was ihnen einen prophetischen Vorteil gibt. Du bist der naiven Illusion verfallen, dass Menschen ein Gegner für uns wären. Ein Kampf würde nicht einmal knapp ausgehen. Es wären nicht Menschen gegen ein paar Übernatürliche, es wären Menschen gegen alle. Allianzen würden sich gegen den gemeinsamen Feind bilden. Und das sind die Menschen."

Seine Hand drückte sanft gegen meinen Rücken, und er führte mich einen weiteren Pfad entlang zur Terrasse. Die Vorhänge der Pergola waren zurückgebunden und enthüllten einen großen runden Steintisch mit Marmorplatte und einem Tafelaufsatz aus Rosenblättern, die in einer flachen Glasschale schwammen, beleuchtet von Kerzen. Eine Mahlzeit aus gegrilltem Hühnchen, Salat, gerösteten Karotten und einer Auswahl an Broten stand auf dem Tisch, zusammen mit zwei Flaschen Wein. Ich hatte nicht vor, mehr zu trinken, aber ich würde wahrscheinlich einen Schokoladenrausch bekommen, wenn ich mich bei dem Tablett mit dekadent aussehenden Pralinen nicht zurückhielt. Ich ignorierte den Teller, den Dominic vor mich stellte, aß zwei Pralinen und wusste, dass dieses Tablett mit in mein Zimmer kommen würde. Ich nippte zwischen den Bissen an einem Glas Wasser. Dominic trank mehr Wein, als dass er aß.

„Musst du nicht essen?", fragte ich schließlich.

„Ich esse."

Die Vagheit seiner Antwort ließ mich überlegen, ob das eine weitere Gemeinsamkeit mit Vampiren war.

„Ich esse dasselbe wie du", bemerkte er, und ein Hauch von Belustigung huschte über sein Gesicht. Er konnte mich zu gut lesen, und das würde ein Problem werden. Obwohl Dominic mit dem folgenden Schweigen zufrieden schien, war ich es nicht. Ich hoffte, die zwei Gläser Wein, die er getrunken hatte, bedeuteten, dass er noch freigiebiger mit Informationen umging, obwohl ich vermutete, dass Alkohol auf ihn nicht dieselbe Wirkung hatte, wie auf Menschen. Vielleicht mochte er den Geschmack einfach.

Mit jedem Schluck ließ er den Wein noch verlockender erscheinen. Ich trank einen kleinen Schluck aus dem Glas, das er mir eingegossen hatte.

Das freute ihn.

„Ich bin froh, dass du ihn probiert hast. Kein Grund, so zurückhaltend zu sein, Luna. Wie du gesagt hast, müssen wir einander nicht feindlich gegenüberstehen. Unsere Interessen decken sich, auch wenn unsere Motive anders sind.“

„Genau.“ Ich hob mein Glas, prostete ihm zu, trank noch einen kleinen Schluck und stellte es auf den Tisch. „Aber du musst verstehen, dass mein Mangel an Wissen mich zu einer Schwäche macht, nicht zu einer Stärke.“

„Natürlich, Luna“, sagte er mit kühler, rauer Stimme. Trotz meiner Bemühungen, alle Emotionen aus meinem Gesicht zu verbannen, lag ein wissendes Lächeln auf seinem Gesicht. Er schien nicht überzeugt, dass mein Interesse allein darin lag, hilfreich zu sein. Misstrauen stand zwischen uns und verkomplizierte unser zerbrechliches Bündnis.

„Wie kann ich das für dich besser machen?“, fragte Dominic.

Der Bullshit zwischen uns war hoch aufgetürmt und stank. Aber wir ignorierten ihn und fuhren mit unseren falschen Nettigkeiten fort, wissend, dass das Einzige, was uns verband, gegenseitiges Misstrauen und strategisches Manövrieren um den Vorteil war.

„Was bedrückt dich, Luna?“

Seine Frage zerriss den Faden, der die Dinge für mich zusammenhielt.

„Alles, Dominic! Vor vier Tagen war ich die Seltsame wegen meiner eklektischen Lektüreauswahl. Ich hätte in einer Million Jahren nicht gedacht, dass irgendwas in *Die Entdeckung der Magie* auch nur annähernd wahr sein könnte."

„Das Meiste in *Die Entdeckung der Magie* ist nicht einmal annähernd wahr", korrigierte er trocken.

„Ich weiß, aber die tatsächlichen Fakten über Übernatürliche sind noch schwieriger zu verarbeiten. Das Komplexeste an all den neuen Informationen bist du."

Amüsement blitzte in seinen Augen auf. „Ich?"

„Ja. Ich muss wissen, wie deine Magie im Verhältnis zu anderen Übernatürlichen ist. Wie ähnlich ist sie? Du kannst zwischen hier und meiner Welt hin und her reisen, und es scheint sowas zu sein, wie das, was Vampire können. Du kannst Zauber wirken, Elemente kontrollieren, und ..." Helena konnte Krallen wachsen lassen und Leute wie eine sexy gekleidete Wolverine aufschlitzen. Was sie tat, war nicht direkt wandlerartig, aber es war ein Aspekt davon. Dominic reiste mühelos zwischen den Welten, und er besaß starke magische Fähigkeiten. „Helena hat Krallen. Du auch? Kannst du dich verwandeln wie die Wandler? Werde ich im einen Moment vor dir stehen, ich meine, vor einem Mann – oder was auch immer du bist – und im nächsten muss ich dir ein rohes Steak oder einen Hundekuchen geben, um zu verhindern, dass du mich auffrisst?"

Seine Lippen zuckten, aber er gab dem Lächeln nicht nach. Er stellte sein Glas ab. Seine Augen blieben auf mich gerichtet, als er aufstand und auf mich zukam. Seine Augen fixierten meine, während sein Zeigefinger länger wurde und der Nagel sich zu einer gruseligen und furchterregenden Kralle ausdehnte.

Ein scharfer Atemzug blieb mir im Hals stecken, als er sie über meine Kehle gleiten ließ, mit so viel Kontrolle, dass es sich wie eine federleichte Berührung anfühlte. Ein Schauer durchlief mich, als er sich zu mir vorbeugte.

„Ich kann mich nicht in ein Tier verwandeln, also sind keine Hundekuchen nötig", flüsterte er, sein warmer Atem neckte meine Unterlippe. Die einzelne Kralle verschwand so schnell, wie sie erschienen war. Sobald er sich zurückzog, nahm ich eine weitere Praline vom Tablett, wickelte sie aus dem Goldpapier und steckte sie mir in den Mund. Ich würde ihm nicht die Befriedigung geben, meine Angst oder meine Faszination zu sehen.

„Weiter", sagte ich zu ihm. „Ich brauche nicht die abgeschwächte Version."

Er sprach nicht sofort. Vielleicht überlegte er, wie viel er mit mir teilen sollte. Ich zwang mich, ein ausdrucksloses Gesicht aufzusetzen, und wartete geduldig.

„Im Gegensatz zu Wandlern macht mir Silber nichts aus. Meine Magie ist stark, vergleichbar mit einer Strata-Drei-Hexe, aber ich kann das Wetter nicht kontrollieren, und ich besitze keine techno-magischen Fähigkeiten. Ich bin auch kein Seher, weshalb wir Nailah beschäftigen … die anscheinend eine Schwäche für dich hat." Seine Augen fokussierten sich auf mich, seine Lippen verzogen sich zu einer schmalen, angespannten Linie. Dass Nailah mir einiges erklärt hatte, war offensichtlich nicht unbemerkt geblieben. „Ich bin geschickt im Zauberwirken, aber sehr zur Enttäuschung der Hexen teile ich nicht ihre Schwäche für Iridium."

„Aber du hast Schwächen?"

Er lachte. „Natürlich, aber keine, über die ich reden möchte."

„Kannst du zonen?"

Er schüttelte den Kopf. „Anders als Vampire zone ich nicht. Ich kann nur zwischen der Unterwelt und einem anderen Ort hin und her reisen. Zum Beispiel, wenn ich in deine Wohnung gehe, muss ich erst nach Hause zurück, bevor ich zu einem anderen Ziel reisen kann."

„Warum?"

Er zuckte die Schultern. Über seine Einschränkungen zu reden und generell Informationen preiszugeben, war offensichtlich ein Kampf für ihn. Er trank einen langsamen

Schluck Wein. Wir beide befanden uns in einem Zustand vorsichtiger Sorge. Sie lastete so schwer auf mir, dass ich fürchtete, er könnte sie mir ansehen.

„Sprich, Luna", drängte er. Ich ließ meinen Blick über den Garten schweifen und überlegte, wie ich meine Bitte überzeugend formulieren konnte. Das war ein heikler Tanz.

„Wir beide wollen, dass das vorbei ist, und ich kann mein Leben nicht komplett aussetzen, um ständig zu deiner Verfügung zu stehen, und ich bin sicher, du hast auch andere Verpflichtungen. Ich glaube, es wäre für uns beide gut, wenn ich nicht auf dich oder Anand angewiesen wäre, um hierherzukommen."

„Du möchtest in die Unterwelt kommen können, ohne Begleitung?", fragte er überrascht.

„Nicht auf unbestimmte Zeit. Nur, bis die Zauber aufgehoben sind. Dann kehren wir zu unserem normalen Leben zurück. Du sperrst die schrecklichsten Übernatürlichen ein, während du offensichtlich den anderen auf den Schlips trittst, und ich gehe zurück zu meiner Familie, meinen Freunden, meinem Job und meinem normalen Leben ohne all das hier." Ich wedelte mit der Hand und schloss ihn und den Garten mit ein. Es war ein Ort einzigartiger Schönheit, den ich unter anderen Umständen bezaubernd gefunden hätte.

„Ist das wirklich, was du willst?", fragte er. Das bestätigte mir, dass er nicht alle Nekroklaves zerstört hatte; er wollte nur nicht, dass jemand anderes einen hatte.

Mein Verstand wirbelte um alles, was Nailah mir erzählt hatte. Trotz meines Verdachts, dass er über alles Bescheid wusste, was sie mir offenbart hatte, war ich entschlossen, ihr Vertrauen nicht zu missbrauchen. Ich musste vorsichtig navigieren.

Ich nickte. Ohne dass Dominic und Anand so stark in mein tägliches Leben verwickelt waren, könnte ich entkommen, wenn sich die Situation zu meinen Ungunsten entwickelte. Ich hatte viertausend Dollar auf meinem Sparkonto. Das würde mich nicht weit bringen, aber ich könnte mich gut genug verstecken, um eine Lösung zu finden.

„Und?", fragte er. „Da scheint es noch mehr zu geben, Luna." Er lehnte sich im Stuhl zurück und starrte mich an, kühle Vorsicht huschte über sein Gesicht. Das schwelende Feuer in seinen Augen jagte mir Schauer über den Rücken.

„Ich habe jede Absicht, dir zu helfen, die Zauber aufzuheben, aber ich muss wissen, dass meine Freunde und Familie sicher sind. Du darfst keine Erinnerungen mehr löschen –"

„Ich hab' seine Erinnerungen nicht gelöscht, ich hab' nur Aspekte davon manipuliert, damit er den Ring und das, was du ihm erzählt hast, vergisst."

„Das meine ich. Ich will die Menschen, die mir wichtig sind, davor schützen. Lass sie da raus. Ich brauche dein Versprechen, dass, egal was passiert, ich am anderen Ende lebend und unversehrt herauskomme."

Das war eine große Forderung. Ich gehe aufs Ganze oder nach Hause. Obwohl nach Hause gehen keine echte Option war.

Dominics Kiefer spannte sich an, als würde er etwas zurückhalten. Würde er meine Forderung ablehnen oder wollte er sich davon abhalten, zuzustimmen?

„Das wird er dir nicht versprechen", zischte Helena, eine Weinflasche in der einen Hand und ein halb gefülltes, zu großes Weinglas in der anderen. Sie trug jetzt ein schimmerndes, wallendes, mintgrünes Kleid mit langen Ärmeln. Der strenge Dutt, zu dem sie ihr Haar gesteckt hatte, ließ ihre Züge schärfer erscheinen.

Kaum zurückgehaltene Wut loderte in ihren Augen, und die war allein auf Dominic gerichtet. „Mein Bruder ist immer berechnend und strategisch. Im Moment bist du ihm nützlich. Auch wenn er dich unterhaltsam findet, fügt das deinem Leben nur wenig Wert hinzu. Wenn er entscheidet, dass dein Tod ihm mehr Vorteile bringt, wird er nicht zweimal darüber nachdenken. Aber dessen bist du dir nicht bewusst, oder, Luna?" Sie war genauso begabt wie ihr Bruder darin, genau die richtige Betonung, Modulation und Dosis Gift hinzuzufügen, um meinen Namen wie einen Fluch klingen zu lassen. Wie etwas Widerliches, das ausgespuckt werden musste.

Sie löste ihren Blick von Dominic und sah mich endlich an, starrte mich über das Glas hinweg an, bevor sie den Rest des Weins hinunterstürzte. „Im Moment bist du die Königin in seinem Schachspiel. Er wird die Königin schützen und jeden als Bauer opfern, um das zu tun, einschließlich mich." Sie stellte die Flasche und das Glas auf den Tisch, zog ihre Ärmel hoch und enthüllte rostrote, ineinandergreifende Glyphen, die beide Handgelenke wie Fesseln umschlossen.

Dominic bewahrte eine eisige Gleichgültigkeit, während er sie ansah.

„Du wurdest nicht geopfert. Du hast dich selbst durch deine Handlungen geopfert", sagte er, trank dann einen gemächlichen Schluck, glühendes Feuer in seinem Blick.

Ich sprang auf, wich zurück, als Helena die Weinflasche vom Tisch riss, sie gegen die Kante schlug und die gezackten Enden der Flasche auf ihn richtete.

Scheiß auf diese psychotische Familie. Dieses Level von Gestörtheit war nur in schlecht geschriebenen Fernsehsendungen akzeptabel. Ich wusste nicht, was ich tun sollte. Sollte ich versuchen, die Situation zu entschärfen? War das überhaupt möglich? Oder war das vielleicht der Moment, ihren Vater zu rufen? Hey, Herr der Unterwelt, kommen Sie und holen Sie Ihre schrecklichen Kinder ab. Das eine ist kurz davor, das andere anzugreifen. Der Angegriffene scheint sich darüber nicht allzu sehr zu sorgen.

Dominic blieb unbeeindruckt, entschied sich, einen weiteren langsamen, genießerischen Schluck aus seinem Glas zu trinken.

Helenas Wut war stürmisch und durchdringend. „Gib mir

meine verdammte Magie zurück!“, kreischte Helena und schwang das gezackte Glas an seinen Hals, den Dominic ihr so freundlich darbot. Eine Provokation und eine Herausforderung.

Vor Unentschlossenheit erstarrt, schien Helena auf Gewalt eingestellt. Ihr Atem kam in unregelmäßigen Stößen. Es war vielleicht das erste Mal, dass sie nicht ihrem ersten Impuls nachgab. Diese Zurückhaltung zeigte sich in ihrer Miene.

Mit hilfloser Wut ließ sie die Flasche zu seinen Füßen fallen. Während sie sich gegenseitig eisig schweigend anstarrten, wurde ich zum Voyeur, und begaffte einen Familienstreit, anstatt den Anstand zu haben, den Blick abzuwenden.

Ich riss mich aus meiner Starre und begann, mich langsam von ihnen zurückzuziehen, aus Angst, dass eine plötzliche Bewegung ihren Zorn auf mich lenken könnte. Ihr Bedürfnis nach Gewalt war so greifbar, dass es nur nach einem Ziel zu suchen schien.

„Wie du bemerkt hast, schütze ich die Königin. Und viel zu oft eine Prinzessin, die diesen Schutz nicht verdient“, flüsterte Dominic.

Der Moment war von Feindseligkeit geprägt. Sie starrte mich an, ihr Hass verstärkt durch den Glauben, dass ich sie entthront hatte. Ich wollte nicht, dass sie das glaubte oder dachte, sie müsse die Position mit allen Mitteln zurückerobern.

„Ich hasse dich!“, kreischte Helena. Ich dachte, es war an mich gerichtet – schließlich gab sie mir wahrscheinlich die Schuld dafür, dass ihre Magie eingeschränkt worden war, und nicht dem Krallen im Gesicht ihres Bruders. Aber eine Erklärung mit solch leidenschaftlicher Heftigkeit entsprang in der Regel einer jahrelangen emotionalen Verbindung. Sie konnte unmöglich an irgendeine Fremde gerichtet sein – wie auch immer sie meine Rolle bei der Einschränkung ihrer Magie sah. Und genau das war ich. Eine zufällige Fremde, die katastrophale Probleme verursacht hatte, weil sie, ohne es zu wissen, in diese Welt hineingezogen worden war.

„Das sagst du jedes Mal, wenn du gezwungen bist, eine winzige Konsequenz deiner Handlungen zu tragen. Du hasst mich. Wie du meinst, aber dieser Dolch ist durch Übergebrauch stumpf geworden. Finde einen anderen Weg, mir wehzutun, dieser ist zu ausgetreten.“

Sie wirbelte herum und stapfte an mir vorbei, während Dominic aufstand und begann, die größeren Glasscherben aufzusammeln. Es schien ihm einen Moment der Katharsis zu bieten.

„Luna, du kannst dich wieder setzen. Wir haben noch mehr zu besprechen.“

Das hatten wir, aber wir würden das jetzt nicht tun. Ich wollte – nein, musste – von ihm weg.

„Wir können später reden. Vielleicht brauchst du ein bisschen Zeit, um die Situation mit Helena zu klären.“

„Schon die Tatsache, dass du das vorschlägst, zeigt, dass du meine Schwester nicht kennst“, sagte er mit einem schiefen Lächeln. Er sammelte weiter die Glasscherben auf, als ob es etwas Symbolisches in der Geste gäbe – das Aufräumen eines Chaos, das Helena verursacht hatte.

„Gute Nacht, Dominic“, sagte ich.

Er blickte kurz auf und lächelte, als er sah, wie ich eine Handvoll Pralinen griff.

„Wir reden später.“

„Morgen, wir reden morgen.“

Bevor er widersprechen konnte, eilte ich schnell zum Haus zurück und machte am Kühlschrank Halt, um Wasser zu holen, bevor ich in mein Zimmer ging. Dort angekommen, schloss ich die Tür ab und schob einen der Stühle davor. Es war zweifelhaft, dass das irgendjemanden in diesem Haus vom Eintreten abhalten würde, aber es gab mir wenigstens ein kleines Gefühl von Sicherheit. Wenigstens würde ich hören, wenn er sich bewegte.

Ich lief im Zimmer auf und ab, und vermutete, dass trotz Helenas übertriebener Theatralik Wahrheit in dem lag, was sie über Dominic sagte. Dass er berechnend war, überraschte mich nicht, aber ich fragte mich, an welchem Punkt er mein Leben eher als Belastung denn als Vorteil ansehen würde. Unausgegorene Pläne und Taktiken schossen durch meinen Kopf, aber keine hatte eine hohe Erfolgsquote, weil Magie, die Welt der Übernatürlichen und ihre Regeln unzuverlässige Variablen waren.

Mir stockte der Atem, als es an der Tür klopfte.

„Darf ich reinkommen?“, fragte Dominic mit leiser, bittender Stimme.

„Nein.“

Der Stuhl vor der Tür glitt von seiner Position, schwebte und wurde so leise abgesetzt, dass es demonstrierte, wie wenig effektiv meine Idee gewesen war. Ein silbernes Leuchten flackerte an der Innenseite der Tür, und Dominic schlenderte herein, die Hände in den Taschen, das Gesicht ausdruckslos, und seine abgrundtiefen Augen fixierten mich.

„Warum fragst du, wenn ich keine Wahl hatte?“

Er zuckte die Schultern. „Die Illusion von Wahl kann tröstlich sein.“

„Nichts, was mit dieser Situation zu tun hat, ist tröstlich.“ *Einschließlich dir.*

Er kam weiter in den Raum, seine Augen lösten sich von meinen. „Wir haben unser Gespräch nicht beendet.“

„Ich habe es für nötig gehalten, dass du das Problem zwischen dir und Helena löst, damit bei eurer nächsten Begegnung kein Mord passiert.“

„Helena hat nur Dampf abgelassen“, erklärte er in einem Ton, der zu unbeteiligt war für jemanden, der seine Schwester so wütend gemacht hatte, dass sie ihm eine zerbrochene Flasche an die Kehle gehalten hatte.

„Nun, es war nett von dir, ihr besseren Zugang zu den lebenswichtigen Arterien zu geben, auf die sie gezielt hat.“

Seine Lippen verzogen sich leicht, und er blickte amüsiert auf, um mir in die Augen zu sehen.

Wir verfielen in ein unbehagliches Schweigen.

„Seid ihr zwei immer so …“ Ich suchte nach einem passenden Wort. Dysfunktional? Masochistisch? Lächerlich? Durchgeknallt? „Intensiv?“

„Manchmal mag Helena mich nicht besonders.“

Ich war mir nicht sicher, ob sie ihn überhaupt mochte. Ich hatte den ungezügelten Hass in ihren Augen gesehen und das Verlangen nach Vergeltung.

„Und du?“

„Manchmal mag ich sie auch nicht.“

Das war fair. Ich war drei Jahre älter als mein dreiundzwanzigjähriger Bruder, und geriet mit ihm in Streitereien, die zu kindischen Albernheiten ausarteten. Aber ich konnte stolz berichten, dass keiner von uns dem anderen das Gesicht zerkratzt oder eine zerbrochene Flasche an den Hals gehalten hatte. Trotz unserer Streitereien liebten wir einander immer noch. Ich war mir nicht sicher, ob das bei ihm und Helena zutraf.

„Unser Gespräch, wir haben es nicht beendet“, erinnerte er mich. Ich fragte mich, ob er es nicht mochte, diesen Teil von sich zu offenbaren oder an die Dysfunktionalität ihrer Beziehung erinnert zu werden.

„Gibt's noch mehr zu besprechen? Helena hat gesagt, du würdest nie das Versprechen abgeben, mein Leben zu schützen.“

Sein Kiefer spannte sich an, und mit einiger Mühe entspannte er sich. „Du möchtest einen Weg, um allein hierherzukommen, richtig?“

Das war seine Konzession und das Einzige, was ich von ihm bekommen würde.

„Das würde alles erleichtern.“ Mein Herz pochte vor

Erwartung auf ein bisschen Freiheit. Nachsicht bei meiner Beaufsichtigung würde mir Fluchtmöglichkeiten erlauben, wenn nötig.

Er nickte. „Ich denke, das ist eine gute Idee. Ich werde die nötigen Vorkehrungen treffen."

Als er in meine Richtung kam, wich ich ein paar Schritte zurück, denn ich wurde mir seiner alles verzehrenden Präsenz immer bewusster. Da war ein Gefühl von etwas Unheilvollem und Bedrohlichem, das knapp unter der Oberfläche lauerte.

Ich hielt den Atem an und bemerkte, dass ich schnell und ungleichmäßig geatmet hatte, als er sich näherte. Er berührte mein Haar, fuhr sanft mit der Hand über die losen Strähnen, die aus meinem Pferdeschwanz gerutscht waren, wickelte sie um seine Finger und hielt die ganze Zeit meine Augen mit seinen fest. Mit einem schnellen Ruck zog er ein paar Haare heraus und war an der Tür, bevor ich reagieren konnte.

„Was stimmt nicht mit dir! Warum bist du so versessen darauf, mich kahl zu machen?"

Er lachte, kniete an der Schwelle nieder und legte die Strähnen darauf. Dann flüsterte er ein paar Worte, und wie bei mir zu Hause blitzte ein Licht auf, bevor es eine durchsichtige Wand enthüllte, die schnell verblasste.

„Niemand kann dein Zimmer betreten, nicht einmal ich." Dann war er weg.

Ich war mir nicht sicher, ob es Ärger war, das Kribbeln davon, dass mein Haar herausgerissen worden war, oder Enttäuschung über mich selbst, weil ich für einen flüchtigen Moment mehr gewollt hatte. Ein Teil von mir war neugierig, wie es sich anfühlen würde, seine weichen Lippen auf meinen zu spüren. Hatte er dieselbe leidenschaftliche Intensität beim Sex? Mein Interesse hörte da nicht auf. Meine Gedanken und Augen hatten sich an dem Hemd festgehalten, das sich an eine offensichtlich gut geformte Brust und einen ebenso gut geformten Bauch schmiegte.

Luna!, schalt ich mich selbst, zwang meine Gedanken zu den Mitgliedern des Schattenkonvents und wie sie ihn angesehen hatten, und die kühle Gleichgültigkeit in seinen Augen, als er seiner Schwester den Hals dargeboten hatte. Wie konnte ich die bösartige Absicht in seinem Gesicht vergessen, als er mich in den Feuerkreis eingesperrt hatte? Und ich musste mich an das erinnern, was Helena über die Unbeständigkeit seines Schutzes meines Lebens gesagt hatte. Hormone hin oder her. Er war nicht der Typ, für den ich schwärmen sollte.

14

Auf dem Weg zur Bibliothek war das Einzige, was mich davon abhielt, zurück zur Arbeit zu eilen und die Croissants zu ignorieren, die ich im Vorbeigehen an der Küche auf der Theke gesehen hatte, Anand, der am Tresen saß und winkte, mich zu ihm zu setzen.

Ich nahm es als gutes Zeichen. Im Hochgefühl meines Optimismus nahm ich meine Siege, wo ich sie finden konnte. Bald würde ich frei zwischen dieser Welt und meiner reisen können. Ich hoffte, Dominic hatte zugestimmt, weil er zuversichtlich war, dass wir die Zauber heute brechen würden. Ich hatte große Hoffnung darauf.

Zwanzig Minuten, nachdem ich im Zauberbuchraum zu arbeiten begonnen hatte, während Anand auf dem Sessel nahe der Tür saß und in ein Buch aus der Hauptbibliothek vertieft war, wurde es schwieriger, diese Flamme der Hoffnung am Brennen zu halten. Misstrauen wuchs.

„Bist du als Gesellschaft hier, damit ich nicht allein arbeiten muss, oder zu meiner Sicherheit?", fragte ich und blickte von dem Buch auf, das ich durchgesehen hatte.

Seine Lippen hoben sich zu einem angenehmen Lächeln. „Gesellschaft." Trotz der offensichtlichen Lüge hätte sein sanftes Auftreten jemanden, der weniger zynisch war als ich, überzeugt.

Das machte mich nur neugieriger auf ihn und die Leute, die in der Unterwelt lebten.

„Du bist nicht mit Dominic und Helena verwandt, oder?"

Er schüttelte den Kopf. Aus seinem unbekümmerten Blick, der sich über sein Gesicht legte und in seinen Augen glänzte, schloss ich, dass er wusste, dass ich nach Informationen fischte, und er würde sie nicht freiwillig preisgeben. Ich vermisste Nailah.

„Lebt Nailah hier nicht?"

„Das weißt du schon. Ich habe sie nach Hause gebracht." Jetzt war es an mir zu nicken.

„Ich wurde hier geboren", erklärte er, um es weniger peinlich für mich zu machen. Er legte das Buch auf den Tisch. „Meine Mutter war einmal eine Gefangene, bevor sich alles geändert hat. Mein Vater hatte die Möglichkeit, mich großzuziehen. Er lehnte ab. Ich bin hier mit Dominic und Helena aufgewachsen." Das erklärte seine scheinbar brüderliche Beziehung zu Dominic.

„Du hast dich entschieden, als Erwachsener weiter hier zu leben?"

Er war ein Mann weniger Worte, nickte nur kaum merklich, oder zumindest nahm ich es als Nicken wahr. Es war eine so winzige Bewegung, dass ich mir nicht sicher war. Aber das war alles, was ich von ihm bekam, bevor er sich wieder seinem Buch zuwandte. Ich wollte mehr über seine Magie wissen. Bevor ich fragen konnte, schlug er mir vor, mich wieder meiner Arbeit zuzuwenden. Nicht besonders subtil. Seine Augen flackerten von seinem Buch zu meinem.

„Du solltest daran arbeiten." Sein Ton war geradezu streng, ließ keinen Raum für Debatten oder weitere Fragen.

Dominic versuchte, unbemerkt hereinzukommen, aber er war nicht jemand, der leicht jemandes Aufmerksamkeit entgehen konnte. Anand nahm seine Ankunft als Gelegenheit, sich zu verabschieden. Gesellschaft, von Wegen! Er war nicht einmal verstohlen, als er Dominic einen „Ich habe meinen Job gemacht“-Blick zuwarf, bevor er ging.

Schweigend schrieb Dominic die Zauber, die ich gefunden hatte, in das Notizbuch. Er betrachtete die Funde, und ordnete mehrere Zauber um.

„Webst du einen Zauber?“

Er schüttelte den Kopf. „Ich kann keine Zauber weben“, sagte er mit angespannter Stimme. Er mochte es wirklich nicht, über seine Einschränkungen zu reden. Vielleicht, weil er so wenige zu haben schien, war es eine Erinnerung daran, dass er nicht allmächtig war. „Ich entferne jeden Zauber einzeln. Ein Weber kann einen einzigen Zauber erschaffen, der sie alle entfernen könnte. Das ist eine Macht, die nur Hexen besitzen.“

Er wartete geduldig, während ich das letzte Buch durchging, und schrieb dann, was ich gefunden hatte, in das Notizbuch. Nach mehreren Minuten des Analysierens der verschiedenen Zauber stellte er die Zauber um und nahm meine Hand in seine. Seine Sanftheit und die Wärme seiner Finger auf meinen standen in direktem Kontrast zu der klinischen Distanziertheit, mit der er die Sigillen studierte. Etwas ging von ihm aus, das ich nicht genau einordnen konnte, wie ein Summen. Magie? Wut? Frustration? Es hatte definitiv Anklänge zorniger Entschlossenheit. Es war ziemlich offensichtlich, dass ihm dieser Teil seines Jobs keinen Spaß machte. Wahrscheinlich erfreute er sich an den Höllenstürmen, der Gewalt und den Vergeltungsteilen.

Dominic erklärte, er wolle die Reaktion der Zeichen auf die Zauber beobachten, also gingen wir zum Kerker.

Es gab keine Reaktion auf die ersten drei Zauber, nicht einmal den Hauch eines Leuchtens an meinem Finger und nichts von den Sigillen an der Wand. Der Vierte erzeugte einen Lichtkranz über meinem Finger, der dem an der Wand glich. Das Leuchten pulsierte in einem trotzigen Takt, und

die Zeichen an meinem Finger und an der Wand wurden
sichtlich blasser. Rauchige, körperlose Figuren formten sich
für Sekunden in den Gefängnissen, bevor sie wieder
verschwanden. Dann rauschte eine Flut von Magie durch
den Raum; kleine Risse bildeten sich im Glas, bevor es in
einem Regen von Scherben explodierte. Während ich mein
Gesicht schützte, wusste ich, dass mein Arm das meiste
abbekommen würde, aber ich fühlte nichts außer der Hitze
von Dominics Körper vor meinem, das Geräusch von
zerschellendem Glas auf dem Boden und etwas, das sicher
auf Dominics Rücken schlug.

Mein Finger schmerzte, aber ich fühlte keine Schnitte.
Nichts. Dominic hatte keinerlei Verletzungen von den Glas-
splittern davongetragen, die auf ihn niederprasselten.

„Ich habe einen Schutzwall errichtet", erklärte er, als er
meinen überraschten Ausdruck sah. „Ich war mir nicht
sicher, ob ich es rechtzeitig geschafft habe. Das war definitiv
unerwartet." Er legte seinen Finger unter mein Kinn, ließ
seine Augen über mein Gesicht und meinen Hals wandern,
musterte mich genau. Er nahm meine Hand in seine, seine
Finger eine sanfte, federleichte Berührung, während sie über
meine Haut glitten, als er mich auf Verletzungen untersuchte. Ein warmes, unerwartetes Gefühl erwachte bei seiner
Berührung in mir.

„Mir geht's gut", versicherte ich ihm, überrascht von der
Zärtlichkeit seiner Berührung. Als er mich losließ, konnte
ich die Emotionen, die über sein Gesicht zogen, nicht
einordnen, aber es gab Anklänge von Verwirrung und – vielleicht Enttäuschung. War er überrascht von seiner Sorge um
mich? Ich war es definitiv. Seine Lippen pressten sich zu
einer schmalen Linie zusammen. Er ließ meine Hand schnell
los, trat zurück und studierte den Raum, wo wir für einen
flüchtigen Moment einen Schatten der Insassen gesehen
hatten.

Beschäftigt, wie er war, schien Dominic sich meiner nur

vage bewusst zu sein, als er den Weg zurück zum Zauberbuchraum antrat und mich hinter sich ließ. Er blieb stehen, als er Helena in der Bibliothek sah, die auf der Chaiselongue lag, ein Buch auf ihrem Schoß. Ihr dunkles Haar war in einem lockeren Chignon geschlungen, und sie trug ein zart aussehendes weißes Maxikleid, das ihre Arme und die magischen Fesseln nicht bedeckte. Ich war mir nicht sicher, ob es ein Akt der Akzeptanz oder eine Erinnerung an ihren Bruder, an seine vermeintliche Grausamkeit war.

Sie hatte eine Weichheit an sich, die jegliche Grausamkeit, die sie zuvor an den Tag gelegt hatte, Lügen strafte. Sie wirkte zahm und harmlos. Wenn das mein erstes Treffen mit ihr gewesen wäre, hätte ich nicht geglaubt, dass sie zu Grausamkeit fähig war. Doch in ihren Augen gab es immer noch Spuren von etwas Unheilvollem und Wildem, die trotz ihrer Bemühungen nicht verschwanden. Sie präsentierte ein Schaf, während der Wolf in ihr zum Angriff bereit war und auf seine Gelegenheit lauerte.

Das war der Punkt. Nachdem Wut, Beteuerungen von Hass und Gewalt nicht funktioniert hatten, versuchte sie eine andere Taktik. Dominic warf ihr einen flüchtigen Blick zu, bevor er zum Zauberbuchraum ging, und hielt mit einem genervten Seufzer inne, als sie seinen Namen rief.

Ich wollte an ihm vorbeischlüpfen und in den Zauberbuchraum gehen, da ich für heute genug Drama erlebt hatte.

„Luna, bitte bleib", bat sie in einem zuckersüßen Ton. Ihre krasse Veränderung im Vergleich zu zuvor machte mir mehr Angst, als wenn sie versucht hätte, mich wieder zu würgen. Ich behielt sie wachsam im Auge, als sie sich mir näherte.

„Ihr habt keinen Erfolg damit, die Zauber aufzuheben, oder?", fragte sie und sah Dominic an. Sein Kiefer spannte sich bei ihren Worten an. „Das werdet ihr auch nicht. Der Schutzzauber reagiert auf deine Magie. Ein Deflexio-Schutz. Egal, welchen Zauber du wirkst, er wird abgelenkt." Sie wandte sich mir zu. „Welcher Zauber auch verwendet wird, er verschlüsselt ihn, verändert die Reaktion", erklärte sie.

„Er reagiert auf externe Magie", sagte er.

„Genau."

Er biss nachdenklich auf seine Lippe, dann ließ er sie langsam los und blickte von mir zu seiner Schwester. Mehr Schweigen erfüllte den Raum, und während Blicke zwischen den Geschwistern ausgetauscht wurden, fühlte ich mich immer mehr wie ein ungebetener Gast.

„Ich werde weiter die Zauber durchgehen", schlug ich vor, und als niemand widersprach, ging ich in den Zauberbuchraum. Es gab keine Bücher mehr zu durchforsten, aber ich nutzte jede Ausrede, um von ihnen wegzukommen.

Ich war ein unerwünschter Eindringling, und der Raum ließ es mich wissen. Der Stoß der Luft war beharrlicher, aggressiver. Der Raum war bestimmter in seinen Gefühlen, wenn ich allein war.

„Ich will hier nicht mehr sein, als du mich hier haben willst", sagte ich ihm. Toll, ich rede jetzt mit Räumen. Es wird immer besser.

Trotz der Enthüllung über den Deflexio-Zauber beschäftigte ich mich damit, die Zauber nochmals durchzugehen, versuchte, irgendeinen Sinn darin zu finden, und half so viel ich konnte mit meinem begrenzten Wissen über Zauberwirken und Magie. Proaktiv und unermüdlich zu sein, waren die einzigen Dinge, an die ich mich klammern konnte.

Ich blickte zur Tür, die sich öffnete, und ein großes rohes Steak schwebte in den Raum, mit Druckstellen, die von Zähnen stammen mussten, da ich sie nicht sehen konnte.

Hallo, Zareb. Ich ließ mich kurz vom Fleisch ablenken, das fallen gelassen wurde, und den aggressiven Geräuschen eines Hundes, der gleich darauf das rohe Fleisch zerriss und fraß. Innerhalb weniger Minuten war nur noch ein Knochen übrig. Stille. Ich fragte mich, ob er ein Nickerchen machte.

Ich stieß einen entsetzten Schrei aus, als plötzlich etwas mein Bein streifte.

Zareb wurde neben mir sichtbar und lehnte sich an mich. Offensichtlich wollte er gestreichelt werden.

„Hey, Cujo", begrüßte ich ihn. Er sträubte sich und hob den Kopf, bis der Blick seiner intelligenten dunklen Augen meine trafen. Ich brachte ein angespanntes Lächeln zustande. Ich hatte den riesigen Höllenhund beleidigt.

„Sorry", sagte ich und streichelte sein weiches Fell. Sein ruhiges Atmen und das einfache Genießen waren seltsam tröstlich. Seine Reaktion war eine der wenigen Dinge, die mit meiner Welt konsistent schienen. Ein Hund aus der Unterwelt, der zum Spähen ausgesandt wurde, genoss das grundlegende Vergnügen, wie ein normaler Hund gestreichelt zu werden. Normal hielt nicht lange an, als er wieder unsichtbar wurde, sein Kopf immer noch auf meinem Bein.

Ein unsichtbarer Hund, gar nicht seltsam. Nur ein weiterer Tag in der Unterwelt. Nichts zu sehen hier. Immer schön weitergehen.

Dominic betrat den Zauberbuchraum, seine Augen fanden Zareb schnell. Als er einen tickenden Laut von sich gab, hob Zareb den Kopf von meinem Bein und ging weg. Ich sah, wie sich Dominics Hand hob und im Vorbeigehen den Kopf des unsichtbaren Tiers streichelte. Dominic verfolgte die Bewegung des Hundes zur Tür, die sich weiter öffnete. Ich blieb auf Dominic konzentriert, suchte nach Veränderungen in seinen Augen, die mir verraten würden, ob Zareb noch in der Nähe war. Es gab keine. Ein weiterer Ticklaut von Dominic, und der Steak-Knochen wurde aufgehoben.

„Sie ist sicher in ihrer Gegenwart", sagte Dominic zu dem Tier. Da der Hund unsichtbar war, konnte ich seine Reaktion nicht sehen, und Dominic war ein unbeschriebenes Blatt, das nichts preisgab. Ich wusste, von wem er sprach. Zareb traute Helena offensichtlich nicht in meiner Nähe.

„Willst du immer noch eine Möglichkeit, ohne Begleitung

hierherzukommen?", fragte Dominic, nachdem er die Tür hinter Zareb geschlossen hatte.

„Ja."

Er atmete tief ein und verschränkte die Arme mit dieser dunklen, autoritären Ausstrahlung, die so typisch für ihn war. Helenas Auftreten war genauso unverwechselbar: dieser ewig vorwurfsvolle Blick, lässige Selbstsicherheit und raubtierhafte Geschmeidigkeit. Die war selbst spürbar, wenn sie sie mit ihrer stylishen Kleidung und dem makellosen Make-up tarnte.

Dominic bewegte sich mit fließender Anmut, ließ sich auf dem Stuhl neben mir nieder und lehnte sich zurück, die Hände auf seinem Bauch gefaltet. Ich konnte nicht anders, als zu bemerken, wie das enganliegende Mitternachtsblau seines Hemds seine Figur betonte, und die hochgekrempelten Ärmel, teilweise seine hübsch muskulösen Arme entblößten. Es war eine kalkulierte Präsentation, und ich fiel natürlich darauf herein.

„Warum?" In seiner Frage war keine Neugier. Es schien, als wollte er die Bestätigung von etwas, das er bereits wusste. Was sonst hatten er und Helena besprochen?

Ich kann dein Spiel mitspielen.

„Wie schon gesagt, würde es meine Arbeit erleichtern. Ich bin genauso entschlossen, das zu Ende zu bringen, wie du. Weder du noch Anand müsst mir folgen. Ich bin sicher, ihr zwei habt dringlichere Dinge zu erledigen, als mich zu babysitten."

„Glaubst du, du bist bei der Arbeit sicher?" Eine weitere Nichtfrage.

Was diese Antwort anging, war ich mir nicht ganz sicher. „Ich weiß nicht", gab ich zu.

Er nickte kaum merklich.

„Glaubst du nicht, dass ich es sein werde?"

„Du bist vor dem Schattenkonvent und denen unter ihrer Führung sicher."

Trotz meiner besten Bemühungen, Zweifel zu verbergen, wanderten meine Gedanken zum Vampirangriff. „Wird Kane das respektieren?"

„Kane hat eine Grenze überschritten. Der Schattenkonvent behauptet, er habe nicht in ihrem Auftrag gehandelt. Er habe keine Gewalt gegen dich ausgeübt, aber dass er versucht hat, unsere Vereinbarung zu umgehen, war inakzeptabel. Das wurde geregelt." Ein harter Unterton lag in seiner Stimme.

Geregelt.

„Lebt er noch?" Es dauerte einen Moment, bis ich die Frage herausbrachte, aus Angst vor der Antwort. Er war in die Brust gepfählt worden. Das schien Strafe genug zu sein.

„Er atmet nicht und hat auch kein funktionierendes Kreislaufsystem", bemerkte Dominic.

„Ist er noch da?"

„Nein, aber Bael ist es", sagte er. „Der Wandler, der dich angegriffen hat", fügte er auf meinen fragenden Blick hinzu.

„Dann sollte ich okay sein. Die Revelatio-Bewegung wird mir nichts tun. Ich sterbe, und die Gefangenen landen wieder hier. Das würde nicht ihrem Zweck dienen, wenn sie ein Bündnis mit ihnen anstreben."

Er nickte, sah aber immer noch nicht überzeugt aus. „Du musst dir bewusst sein, dass meine Schwester hier sein wird, wann immer du unbegleitet ankommst", erinnerte er mich.

Ja, dessen war ich mir vollkommen bewusst. „Ihr zwei scheint euch zu vertragen", sagte ich.

„Sie benimmt sich, weil sie ihre Magie nur durch mich zurückbekommen kann. Ich kenne meine Schwester gut. Für sie bist du einfach ein Spielzeug, und sie wartet auf eine Gelegenheit, dieses Spielzeug kaputtzumachen, um sich an mir zu rächen."

Ich runzelte die Stirn. „Spielzeug?"

„Keine Sorge. Ich habe nicht vor, mit dir zu spielen." Sein Blick war humorvoll, sein Schmunzeln eine sinnliche Provokation. „Es sei denn, du willst, dass ich es tue", fügte er mit rauer Stimme hinzu.

„N-nein", stammelte ich. Es klang nicht nach Wahrheit und hatte nicht die Überzeugungskraft, um sein Grinsen wegzuwischen.

„Luna, warum willst du das wirklich?"

Seine Braue hob sich, während er mich musterte. Ich gab ihm nichts.

„Wir wollen dasselbe. Wie du gesagt hast, decken sich unsere Interessen."

Er nickte langsam und dachte über meine Antwort nach, aber es war offensichtlich, dass er nicht überzeugt war.

„Wenn es einen Schutzzauber um die Male gibt, wie kommen wir darum herum?", fragte ich. Ich war wirklich neugierig darauf, aber die Frage diente auch dazu, seinen prüfenden Blick abzulenken.

„Magie. Wir müssen dir deine eigene verschaffen. Das sollte eine praktikable Umgehung sein."

So einfach? Lass uns dir einfach Magie besorgen, und wenn wir schon dabei sind, auch gleich den Welthunger beenden, globalen Frieden aushandeln und ein Rezept für leckere kalorienfreie Schokolade entwickeln.

„Ist es so einfach, wie es sich anhört?" Vielleicht war es das. Er war magisch, hatte verschiedene Arten von Magie – und jede Menge davon.

Er schüttelte den Kopf. „Ganz und gar nicht. Wenn ich dir einfach meine Magie leihen könnte, vielleicht."

„Warum es schwieriger machen, als es sein muss? Oder ist der Gedanke, einen Tag ohne Magie zu sein, zu viel für dich?"

„Meine Magie würde dich töten", sagte er mit einem Schulterzucken. „Hexen sehnen sich nach Magie, und obwohl es gegen ihre Gesetze ist – Verstöße werden mit schnellen und erbarmungslosen Strafen geahndet – gibt es immer eine Strata-Drei-Hexe, die noch mehr will und versucht, die nächste Stufe zu erreichen."

„Du bist diese nächste Stufe."

Oh, Prinz, Bescheidenheit passt nicht zu dir, dachte ich, als er den Blick senkte, und wenig erfolgreich versuchte, bescheiden zu wirken.

„Das wurde zweimal versucht – und beide sind gestorben. Ich hab' sie nicht getötet", fügte er hinzu, bevor ich fragen oder den neugierigen Ausdruck aus meinem Gesicht bekommen konnte. „Es muss Hexenmagie sein."

„Ich bin ein Mensch. Wird das bei mir funktionieren? Ist es nicht normalerweise Hexe zu Hexe? Eine stärkere Hexe nimmt Magie von einer schwächeren?"

Er versicherte mit einem wenig begeisterten Nicken, dass es funktionieren würde, aber ich brauchte weit mehr als das.

„Woher weißt du das?"

Seine Augen fielen auf den Ring. „Weil das dich getötet hätte."

„Was?" Ich stotterte heraus.

Er runzelte die Stirn. „Magie wurde immer nur mit anderen geteilt, die ebenfalls Magie besaßen. Soweit ich weiß, wurde es nie mit einer Nichtmagischen versucht. Es gab keinen Präzedenzfall, der gezeigt hat, dass es funktionieren würde, wenn du einen Zauber wirkst. Sie haben dich als Versuchskaninchen benutzt. Wenn du in der Lage bist, diese Magie zu speisen, wirst du die der Hexen überleben. Sie scheint der Magie der dunklen Magier ähnlicher zu sein als meiner."

Meine Frustration richtete sich ausschließlich auf den Dunklen Magier. Hatte er geheimes Wissen gehabt, dass es funktionieren würde? War ich wirklich nur ein Versuchskaninchen für ihn, und hatte er mein Leben ohne Beweise riskiert, dass es funktionieren würde? Es hätte ganz anders laufen können. Ich hätte an diesem Tag sterben können. Die

Panik zu unterdrücken fiel mir so schwer, dass ich mich auf das konzentrierte, was ich kontrollieren konnte.

„Wie schnell können wir mir Magie besorgen?" Das hier musste enden und der Dunkle Magier gefunden werden. Wenn der Wunsch nach Anonymität ihn dazu brachte, sich an einige Regeln zu halten, dann bitte schön, soll er das haben, und bring mich aus dieser Welt raus.

„Ich muss nur die Vorkehrungen treffen. Später heute Abend oder morgen früh. Hexen mögen es nicht, ohne ihre Magie zu sein. Wenn man sie sein ganzes Leben lang hatte, ist es, als würde ein Teil von einem fehlen, wenn man sie verliert. Wir müssen effizient sein und präzise zuschlagen. Ich werde alle Zauber dafür bereit haben."

Präzise zuschlagen? Mit so vielen möglichen Zauber-Kombinationen, konnten wir das schaffen? Die Stille war so dicht, dass man sie fast schneiden konnte, und seine Miene war undurchdringlich. Ich fragte mich, ob wir dieselbe Sorge hatten.

„Ich möchte, dass du einen weiteren Tag bleibst", bat er.

Diesmal wollte ich wirklich dasselbe. Aber es war Wine-Down-Abend, und ich wollte für Emoni und Cameron da sein. Es würde Dominic auch mehr Zeit geben, die Zauber durchzuarbeiten.

„Ich muss morgen arbeiten – und das wird mir die Möglichkeit geben, allein nach Hause und hierher zurückzureisen."

Ein verschlagenes Lächeln breitete sich auf seinem Gesicht aus. Hatte ich seine Ablenkung vermasselt? „Natürlich wollen wir, dass du das kannst", sagte er.

Versuch's nochmal, dann glaubst du es selbst vielleicht auch.

Dominic eskortierte mich in einen anderen Raum. An der Tür flüsterte er einen Zauber, und die Tätowierung an seinem Unterarm leuchtete auf, die Zeichen erwachten auf seinen Befehl, wanden sich um seinen Arm und richteten sich neu aus, wodurch sich die Tür für uns öffnete. Der mitternachtsblaue Raum vermittelte dasselbe unheimliche Gefühl wie der Zauberbuchraum. Starke Magie schien darin zu leben und zu atmen. Das bedrückende Gefühl von Energie, die nicht ganz richtig war und definitiv nicht schätzte, dass ich hier war. Es gab nur ein paar Bücher auf den Regalen, und sie stießen mich ab, wenn ich mich ihnen näherte. Das verstärkte nur die umfassende magische Abschreckungswirkung des Raumes.

Die einfache Holzschatulle, die den Nekroklavis enthielt, hatte einen ähnlichen Mechanismus. Dominic konnte es überall hinlegen oder mitten in einem Raum unbeaufsichtigt lassen; nur er kam heran.

Ein Objekt, das eine Person in die Unterwelt transportieren konnte, sollte viel unheilvoller aussehen als ein handtellergroßes dreieckiges Prisma, das silbern, rosa und azurblau schimmerte. Ich untersuchte das Objekt, drehte es um, erkundete die kaum erkennbaren Sigillen, die hineingraviert waren. Darin pulsierte ein schwaches Licht.

„Das ist es?“ Ich schaffte es nicht, meine Enttäuschung zu verbergen. Ein Teil von mir hatte gewollt, dass es irgendwas Großartiges war, wie der Stab aus *Der Herr der Ringe*. Ich wäre Gandalf, der seinen mächtigen Stab ausstreckte und Zugang zur Unterwelt verlangte. Stattdessen gab er mir ein Prisma und ein Taschenmesser.

„Was soll ich mit dem Messer?“

Lächelnd nahm Dominic es mir ab, klappte es auf und drückte es auf meine Hand, genug, um die Schärfe der Klinge zu spüren, aber nicht zu bluten. Er war sehr geschickt darin, bis an die Grenzen der Verletzung zu gehen, ohne mir tatsächlich etwas anzutun. Es war dieselbe Präzision der Bewegung, die er demonstriert hatte, als er mir seine Kralle gezeigt hatte.

„Du brauchst Blut, dann schließt du die Hand um den Nekroklavis. Das Transportieren ist einfach. Dich auf das gewünschte Ziel zu konzentrieren, das ist der schwierige Teil."

„Wenn ich an einen anderen Ort denke, lande ich da?"

Er nickte.

„Ein kurzer Gedanke an London, und Puff, da bin ich?"

Er bestätigte mit einem weiteren Nicken, und ein freundliches Lächeln breitete sich um seine Lippen aus. „Keine Sorge, ich würde dich finden, wo immer du hingehst." Ein Ausdruck von Selbstzufriedenheit setzte sich in seinem Gesicht fest. Er legte seine Hand über den Nekroklavis in meiner Handfläche. Seine wilden bernsteinfarbenen Augen hielten meine fest und drückten aus, was seine Worte nur andeuteten. *Ich werde dich finden.* Ich wich einen Schritt zurück und schluckte.

„Das weiß ich."

„Bist du dir sicher?"

Ich nickte, dann seufzte ich. „Also sind wir wieder da angelangt? Drohungen funktionieren nicht bei mir."

Er schnaubte nur. „Wann kommst du zurück?"

„Ich arbeite bis neun, aber es könnte länger dauern. Wir haben Wine-Down-Donnerstag, und da ist es meistens voll. Wir bleiben länger offen", erklärte ich.

„Gut, ich sollte bis dahin alles arrangiert haben." Er trat zurück und sah mich erwartungsvoll an. Er schien sehr uninteressiert an meiner Solo-Reise aus der Unterwelt. Ich hatte mehr erwartet: dass er den Prozess nochmal durchging, ermutigende Worte, eine Ermahnung, mich zu konzentrieren. Irgendwas. Aber das war's. Er ging kurz, um die Tasche mit meinen Klamotten zu holen, und reichte sie mir. Eine Mini-Lektion, und ich reiste allein, ohne einen Abschiedsgruß oder ein „versuch, nicht in Istanbul zu landen".

Ich hängte meine Tasche über die Schulter. Er wartete einige Schritte entfernt, regungslos und still, auf diese unheimliche Weise, die typisch für ihn war.

Meine Wohnung als Austrittspunkt aus der Unterwelt zu

nutzen, war ein zu beunruhigender Gedanke, also wählte ich einen Ort, den wir schon zuvor benutzt hatten – die Gasse von *Books and Brew*.

Mit geschlossenen Augen konzentrierte ich mich auf den Ort, bevor ich mich erinnerte, dass ich meine Hand mit dem Messer anritzen und sie um den Nekroklavis schließen musste. Als ich die Augen öffnete, hatte Dominic die Arme vor der Brust verschränkt, beobachtete mich mit einem amüsierten Blick und zeigte mir die neue Anordnung der Tätowierung auf seinen Armen.

Ich kann das. Ich stach in meinen Finger, steckte das kleine Messer in meine Hosentasche und schloss meine Hand um das Prisma. Der elektrische Schub der Magie, die darin erwachte, pulsierte durch mich, mein Herz hämmerte, und mein Atem stockte, bevor ich in Dunkelheit gestürzt wurde. *Books and Brew* Gasse. *Books and Brew* Gasse. *Books and Brew* Gasse. Ich konzentrierte mich angestrengt darauf, weil ich nicht im Laden selbst landen wollte.

Anstatt in der Gasse von *Books and Brew* landete ich in meiner Küche. Ich war mir nicht sicher, wann mir dieser Gedanke durch den Kopf gegangen war. Offensichtlich hatten meine Gedanken meinem Hunger nachgegeben.

Dominics beharrliches Klopfen folgte nur Sekunden später. Ich wusste, dass er es war, ohne durch den Spion spähen zu müssen. Ein entschlossenes und festes Klopfen, das zu ihm passte.

„Ich wusste, dass du nicht in der Gasse landen würdest", tadelte er mit einem Grinsen. „Auch, wenn du es ständig wiederholt hast."

Oh, das hast du gehört? Aber es ging hier nicht nur darum, den Erfolg meiner Reise zu kontrollieren; er demonstrierte mir, dass er mich finden konnte.

„Danke, dass du nach mir gesehen hast", sagte ich und ließ meine Vermutung durchklingen.

„Natürlich. Ich musste sicherstellen, dass du dort ankommst, wo du sein solltest."

Wir fanden uns mit der Dissonanz zwischen uns ab. Seine Aura der Selbstgefälligkeit machte es schwer, ihm nicht die Tür vor der Nase zuzuschlagen.

„Bis morgen, Luna." Er drehte sich auf dem Absatz um und ging.

Selbst seine Arroganz konnte meine Freude nicht dämpfen. Das könnte morgen vorbei sein. Es würde nicht alle Probleme in der übernatürlichen Welt lösen, aber zumindest hätte ich nichts mehr damit zu tun. Die gegensätzlichen Interessen würden irgendwann zu einem Bürgerkrieg führen – da war ich mir fast sicher. Ich hatte keine Ahnung, ob Menschen davon betroffen sein würden. Ich wollte mich nicht auf die Was-wäre-wenns versteifen, aber ich konnte das derzeitige Problem angehen.

15

Anand ließ sich immer nur kurz blicken, schemenhaft am Rand meines Sichtfelds. Ich war naiv gewesen – verdammt naiv –, zu glauben, er würde nicht in der Nähe herumschleichen. Dominic hatte gesagt, die Illusion von Wahl sei tröstlich. Da lag er falsch; sie war herablassend, wie ein gönnerhaftes Tätscheln, während jemand anderes die Leine hielt. Zwischen dem Bedienen von Kunden, dem Einräumen von Büchern und dem Aufbau für den Wine-Down spielte ich „Wo ist Anand?“ und grübelte über Fragen, die wie lose Fäden in meinem Kopf hingen: Wer war dieser Vater, der ihn im Stich gelassen hatte? Die Mutter, eingekerkert in den Perils? Und warum zur Hölle hatte sich Anand entschieden, als Erwachsener in der Unterwelt zu bleiben?

Ich hatte ein paarmal versucht, mich mit einem „Kuckuck, ich seh' dich“ an ihn ranzuschleichen – ein Scherz, den er nicht witzig fand, wie sein finsterer Blick mir klarmachte. Danach wurde es praktisch unmöglich, ihn aufzuspüren. Er glitt davon, lauerte irgendwo, unsichtbar und still. Kurz gesagt, wir waren wieder beim Versteckspiel gelandet

Mich über seine Fähigkeit zu amüsieren, war leichter, als zuzugeben, wie unheimlich sie war. Aber es war mehr, als dass er nur unauffällig war – dieses Herein- und Hinausschlüpfen aus dem Blickfeld war pure Magie. Es kostete mich viel Anstrengung, mich wieder auf die Arbeit zu konzentrieren, auf die banalen Aufgaben heute Abend. Mein Optimismus war ein gefräßiges Biest, das Strafen wie Leckerbissen verschlang.

Das Books and Brew hatte keine Bühne, nur eine kleine Ecke im Café, wo Gus mit seiner Gitarre sitzen und Emoni singen konnte. Der Laden war nicht so winzig, dass man sie ohne Mikrofon hörte, aber eines zu haben fühlte sich irgendwie überflüssig an. Die Apotheke nebenan blieb wie üblich donnerstags geöffnet. Die Musik war entspannt genug, um ihre Kundschaft anzulocken, und normalerweise profitierten sie vom Trubel bei uns.

Cameron stand neben mir, direkt vor der Tür, die Café und Buchladen trennte. Emonis erster Song war ein Original, von ihr und Gus geschrieben; seine tiefe, raue Countertenorstimme ein perfektes Gegenstück zu ihren Höhen. Sorge trübte Camerons strahlendes Lächeln, während sie die Reaktion der Menge beobachtete. Bei jedem anderen Publikum wäre es gut angekommen, aber unsere Gäste waren hier, um Coverversionen von Liedern zu hören, die sie mochten. Das bestätigte sich, als sie beim nächsten Stück – einer Version von „Brown-Eyed Girl" – die Ohren spitzten.

Es überraschte mich, Peter hinten im Café sitzen zu sehen. Er schenkte mir sein schiefes, kleines Lächeln und hob die Kaffeetasse in seiner Hand, als wollte er mich einladen, mich zu ihm zu setzen. Ich nahm an, er wollte den Raincheck einlösen, den ich ihm irgendwann gegeben hatte. Ich formte mit den Lippen „Ich arbeite", was schwer zu glauben war, da ich wie die anderen Angestellten herumstand, um der Musik zu lauschen. Hätte er genau hingesehen, hätte er bemerkt, dass ich zwischendurch auch ein paar Schlucke Wein trank.

Peters Einladung schien eher Höflichkeit zu sein, denn er

wandte seine Aufmerksamkeit schnell wieder Emoni und Gus zu. Vielleicht mochte er es nicht, allein zu sitzen. Seltsam, dass er es überhaupt tat. Das Café war nicht überfüllt, und im Buchladen gab es freie Plätze. Dort schien er ein Magnet für Besucher zu sein, hier im Café weniger. Vielleicht wollten die Leute die Musik ohne Ablenkung genießen.

Emonis Freude strahlte förmlich aus ihr heraus, ein Echo der Aufregung, die sie bei den Proben an den Tag gelegt hatte. Diese Menge war nicht ihre übliche Fanbase, und sie konnte mit Klassikern spielen, mit den Vocals experimentieren. Cameron zu beobachten, war der unterhaltsamste Teil des Abends. Sie studierte das Publikum, als wäre es eine Gleichung, die sie knacken wollte. Ihre Augen glitten über jeden Einzelnen, registrierten die Reaktionen auf die Songs, entschieden, welche Bücher sie nahe der Kasse des Cafés platzieren würde – auf dem Regal mit den Kaffeebohnen, Tassen und Books-and-Brew-Merch – und welche auf die runde Holzfläche, die Kunden beim Reinkommen als Erstes sahen.

Plötzlich fragte ich mich, ob Cameron einfach unglaublich gut auf menschliche Nuancen eingestimmt war. Oder war es Magie? Wenn es Seher gab, was war mit Empathen? Gab es die? Ich schüttelte den Gedanken ab. Magie hatte sich schon zu sehr in mein Leben geschlichen; ich durfte nicht zulassen, dass sie auch noch das hier verdarb.

Als Emoni und Gus zu ihrem letzten Lied übergingen – „Shallow" von Lady Gaga –, strahlte Cameron. Emoni liebte dieses Cover, nicht wegen der emotionalen Wucht, sondern wegen der Herausforderung. Sie hatte mal gemutmaßt, dass die Leute zu Sängern strömten, die es coverten, wie sie zu einem Turner kämen, der einen dreifachen Doppelsalto oder einen tollen Sprung vom Schwebebalken hinlegte – gespannt auf epischen Erfolg oder spektakuläres Scheitern. Konnte die Sängerin die Vocals im C5-Bereich liefern, wo sie meist lag und nur ab und zu tiefer wurde, um die Rauheit und Emotion des Liedes zu halten?

Ich hatte nicht gecheckt, wie viel Ausdauer das erforderte, und auch nicht mit Emonis gespielter Empörung gerechnet, als ich sagte, ihre Beobachtung bei anderen bedeute wohl, dass sie dasselbe tat. Schäm dich, hatte sie gesagt. Sie liebte die Herausforderung, und so, wie sich die Menge vorbeugte, gebannt von ihrer und Gus' aufgeladenen Darbietung, taten sie es auch.

Emoni und Gus waren ganz nah beieinander, ihre Gesichter bei den emotionalen Stellen noch näher, was die Zuschauer zu willigen Spannern ihres Austauschs machte. Sie wusste, wie man mit einer Menge spielte. Ich war mir nicht sicher, ob Gus mitbekam, dass sie das tat, oder ob er wie von einer Sirene angezogen wurde, das Lied ein Sonett zwischen ihnen. Ein kleiner, romantischer Teil in mir – diese Pollyanna, die in uns allen schlummerte – dachte, es könnte mehr sein als nur Show. Sie und Gus hatten eine Intimität, auch wenn sie nur in der Musik lebte.

Cameron grinste verschmitzt. „Wir werden gleich eine Menge Bücher verkaufen", sagte sie und tauchte mit mir im Schlepptau in den Laden ab. Sie griff nach ein paar Rockstar-Romanzen und grinste noch breiter. Es schadete nicht, dass der Typ auf dem Cover Gus ähnelte: seelenvolle braune Augen, Adlernase, markanter Kiefer, der ein attraktives Profil zeichnete. Sein Haar war so zerzaust, dass ich wetten würde, dass er keinen Kamm besaß.

„Tausend Leben", mahnte sie, als ich ihr einen skeptischen Blick zuwarf. „Leser leben tausend Leben", sagte sie jeden Donnerstag. Sie wühlte weiter und sammelte Bücher für den leichten Zugriff zusammen.

„Luna!", rief Cameron, reichte mir ein paar davon – Fantasy, interkulturelle Romanzen – und wies mich an, sie auf das Regal beim Kaffee zu stellen. Ich staunte, als sie

Wandler-Romanzen aussuchte. Meine Brauen hoben sich skeptisch.

„Das verkauft sich", versicherte sie. Ich sah zurück zu Gus und suchte Ähnlichkeiten mit den Wandlern, die ich gesehen hatte. Keine. Gus hatte eine entspannte Sanftheit. Wandler waren pure, rohe Wildheit. Aber ja, er sah aus, wie Leute, die nie einem echten Wandler gegenübergestanden hatten, sich einen vorstellen könnten.

Ich schnappte mir eine Zweite-Chance-Romanze vom oberen Regal der Auslage und warf ihr einen Seitenblick zu. „Du weißt, dass sie nie zusammen waren. Nur Bandkollegen."

„Ich weiß, du weißt, aber die wissen das nicht." Sie gestikulierte zur Menge, vertieft in den Austausch zwischen den beiden, der widersprüchliche Funken von Romantik und Sehnsucht sprühte.

Waren Leute wirklich so leicht zu beeinflussen? Ohne das hätten Marketing-Psychologen keinen Job.

Der größte Schock des Abends kam, als Peter sich dem Ausstellungsregal näherte, nach der Zweite-Chance-Romanze griff und eine Haarsträhne von mir an seinem Armband hängen blieb.

Ich zischte, als er sich wegdrehte und mein Kopf mit ihm nach vorn ruckte. Er fluchte. „Sorry." Er murmelte weitere Entschuldigungen, während wir leise versuchten, uns zu befreien. „Ich hätte warten sollen, bis du weggehst. Dachte, da ist genug Platz", erklärte er leise, wollte keine Szene machen, zog aber zu fest und entlockte mir ein weiteres Zischen.

„Kein Ding", sagte ich, spürte aber das Brennen, wo er mir ein paar Haare aus der Kopfhaut gerissen hatte. Sein seltsames, stacheliges Armband hatte meine Hand blutig gekratzt, als ich versuchte, ihn wegzuschieben.

„Nette Waffe", witzelte ich und betrachtete den Kratzer und die Blutspuren.

Er sah die Verletzung, runzelte die Stirn und starrte dann auf das Armband – eine Kette aus Kreisen mit kleinen Noppen, die harmloser aussahen, als sie waren.

„Genug von dem Ding", brummte er. „Ein Modefail, das ich nicht wiederholen werde. Wollte mal was Neues ausprobieren. Pepp in meinen Stil bringen." Er versuchte, Humor in seine Worte zu legen, aber Sorge wog schwer in seiner Stimme.

Pepp? Komm schon, Peter, das kannst du besser.

„Schon okay. Ist nur ein Kratzer", beruhigte ich ihn, „aber das Ding solltest du in Rente schicken."

Mit einem Nicken nahm er es ab und steckte es in die Tasche. Er zögerte, sah schüchtern aus, als er das Buch musterte, das er in der Hand hielt.

„Ich muss das saubermachen", sagte ich und wedelte mit meiner lädierten Hand.

Ich beugte mich näher und flüsterte: „Wer mag nicht eine gute Zweite-Chance-Romanze? Viel Spaß beim Lesen!"

Ermutigt richtete er sich auf, nahm das Buch und zwei weitere aus dem Regal und ging zur Kasse. Ich steuerte den Pausenraum an. Der Kratzer war kein Pflaster wert, aber ich wollte ihn saubermachen und eine Antibiotika-Salbe draufschmieren.

Gutes Wetter, Musik, die Illusion eines „Kommen sie zusammen oder nicht"-Moments und guter Wein zu Schnäppchenpreisen machten den Abend zu einem Verkaufshit.

„Luna", sagte eine fremde Stimme. Eine Frau stand plötzlich neben mir. In einer kurzen Pause im Kundenstrom hatte ich die Bücher im Café ersetzt, die Minuten nach dem Auftritt verkauft waren. Ich hatte sie nicht kommen hören.

Ihr asiatisches Gesicht leuchtete auf, als ich mich ihr zuwandte. Sie trug ihre langen, schwarzen Haare zurückgebunden. Ich versuchte, sie einzuordnen, denn sie hatte meinen Namen mit solcher Vertrautheit genannt. Nichts.

Ihre halbmondförmigen Augen funkelten wie Madelines, voller scharfsinniger Weisheit, die über die vielleicht zwanzig Jahre dieser Frau hinausging.

„Ja?", fragte ich.

Sie entblößte ein Zeichen an ihrem Handgelenk – einen zerbrochenen Kreis, drei Linien mit Enden, die in verschiedene Richtungen gekrümmt waren – und beugte sich zu mir vor. „Danke. Jetzt ist es nur eine Frage der Zeit."

Ich überlegte, ob ich zugeben sollte, dass ich keinen Schimmer hatte, wovon sie sprach, oder so tun, als wüsste ich Bescheid. Was würde mehr rauslocken?

„Frage der Zeit?"

„Luna, du hast die einzigen Leute befreit, die eine Chance gegen den Schattenkonvent haben. Wenn du sie loswirst, sind wir von unseren Fesseln frei. Wir werden die Powerbroker, nicht länger durch ihre Regeln und Mandate geknebelt." Sie schüttelte den Kopf. „Warum sollten wir in Angst leben, von Menschen entdeckt zu werden? Sie sollten von uns wissen und …" Sie brach ab.

Ich ahnte, was sie nicht sagte: unsere Macht fürchten, vor unserer Größe zittern, uns wie Götter verehren. Gesagt oder nicht, die unheilvolle Absicht lag in ihrem angespannten Kiefer, der Kälte ihrer Augen, der rohen Bosheit ihrer Worte.

„Das war keine Absicht", platzte ich raus, wollte kein Lob für dieses Chaos, selbst wenn sie es als Segen sah.

Ihr ehrfürchtiger Blick sagte mir, dass es egal war. Ich war die Zündschnur. Ein Mittel gegen ihre Ketten. Sah sie nicht die Ironie, einen Menschen zu loben, den sie mit ihrer Magie unterwerfen wollte? Frustriert wollte ich das ansprechen, als sie meinen Arm packte – ihrem Gesicht nach aggressiver als geplant. Sie lockerte den Griff, und ich brachte Abstand zwischen uns.

Ich scannte das Café nach Anand, erwartete, dass er auftauchte. War das nicht der Grund, warum er mir folgte – um solche Szenen zu verhindern? Oder hatte sie Magie genutzt, um ihm zu entgehen? Nicht zu wissen, wie diese Welt funktionierte, machte alles komplizierter.

„Du darfst dich nicht mit Dominic verbünden“, sagte sie mit einem scharfen Flüstern. „Er benutzt dich, um die Gefangenen zurückzuholen.“ Sie suchte in meinem Gesicht nach Antworten. „Das dürfen wir nicht zulassen. Veränderung ist nötig.“ Sie trat näher, und ich wich zurück, misstrauisch angesichts der Verzweiflung in ihrer Miene.

„Ich will dasselbe wie er“, sagte ich. Sie würde von mir keine falschen Hoffnungen bekommen, noch würde ich den Eindruck erwecken, dass ich auf ihrer Seite stand.

„Nein, tust du nicht!“, fauchte sie, kam wieder näher und packte fest meinen Arm.

„Schau …“, ich wartete auf einen Namen.

„Rei.“

„Ich weiß, dass du an deine Sache glaubst, Rei, aber kannst du allen Ernstes erwarten, dass ich als Mensch mich einmische? Ich will nur mein Leben zurück.“

Verzweiflung und Entschlossenheit dominierten ihr Gesicht. Ihre unnachgiebigen Augen bohrten sich in meine.

„Du bist dumm und naiv“, tadelte sie.

So überzeugst du mich nicht, Rei.

Trotz ihrer lauteren Stimme und drohenden Haltung blieben wir vom Café unbemerkt. Magie, vermutete ich, hielt uns verborgen. Der Einsatz von Magie gegen Menschen schien kaum geregelt zu sein. Oder Rei war eine Ausnahme. Ich wusste, die Revelatoren brachen Regeln, testeten Grenzen, stoppten nur, wenn sie erwischt wurden. Vielleicht war Rei eine Abtrünnige, die mit ihrer Magie nicht zögerte.

„Ob du deine Rolle missverstanden hast oder nicht, du hast was Großes getan, und ich lasse nicht zu, dass du deine Hilfe zurücknimmst.“ Ihre Stimme wurde wärmer, aber die Drohung blieb.

„Du lässt das nicht zu?“

Sie sah sich um; ich spürte eine Veränderung in der Luft.

Würde sie Magie gegen mich einsetzen oder mich zwingen, mitzukommen? Ich schob meine Hand näher an eine Kerze auf dem Regal, bereit, sie als Waffe zu benutzen, und beobachtete die Mühe, mit der sie sich dazu zwang, ruhiger zu werden.

„Entschuldigung.“ Es klang nicht echt, eher wie ein Zugeständnis. Sie spielte die Nette, weil ihr nichts anderes übrigblieb. „Lass mich meine – unsere – Seite erklären.“

Ich dachte, sie nahm mein Schweigen als Zustimmung, als sie sich zurückzog und verschwand. Dann sah ich Jackson näherkommen. Großartig!

Ich zuckte mit den Schultern in Emonis Richtung, als sie ihre Aufmerksamkeit kurz von der Frau löste, mit der sie sprach, um Jacksons Rücken mit tödlichen Blicken zu durchbohren.

Ich grinste. „Ich hab’ das im Griff“, formte ich mit den Lippen.

16

Kontrolle hatte ich nicht wirklich – ich setzte eher darauf, Jackson loszuwerden, bevor Emoni mit geballten Fäusten herüber stapfte und ihn eigenhändig aus dem Laden warf. „Hi", sagte ich schnell, bevor er den Mund aufmachen konnte, und gestikulierte mit dem Daumen Richtung Kasse, wo sich eine Schlange bildete. Ich eilte zurück in den Buchladen, bevor er auch nur blinzeln konnte.

Dass er wartete, bis ich fertig war, war ein weiterer Beweis dafür, wie sehr ich seine Arroganz unterschätzt hatte – und seinen völligen Mangel an Anstand. Warum nicht jemanden bei der Arbeit stalken? Wo lag das Problem? Er pflanzte sich an den Tisch direkt neben der Kasse, lauerte dort, bis die Kunden weg waren und ich keine Ausrede mehr hatte, nicht hinter der Kasse hervorzukommen, um Bücher einzusortieren oder den Laden aufzuräumen. Wenigstens hatte er den Anstand, nicht sofort auf mich zuzustürzen, sobald ich die Kasse verließ.

„Das war 'ne Höllen-Performance, oder?", sagte er, als wäre das ein harmloser Einstieg.

„Das solltest du Emoni und Gus sagen", gab ich zurück. „Oder ist das nur dein Aufhänger, um zu labern und dann deine übliche ‚Ich bin so toll, die Welt sollte mich feiern'-Nummer abzuziehen?"

Er seufzte, genervt, ein Laut, der mir früher Schuldgefühle gemacht hätte. „Musst du immer so ..." Er hielt inne und musterte mein Gesicht. Nicht, weil ihm die Worte fehlten, sondern weil er ein berechnender Mistkerl war – etwas, das mir jetzt, ohne die rosarote Brille der Liebe, glasklar war. Was wollte er? Mich mit einer Beleidigung in die Defensive drängen? Meine Unsicherheiten benutzen? Oder an meine Emotionen appellieren?

„Kalt und gehässig."

Bingo. Emotionskarte. Wenn du mit Narzissmus und Selbstüberschätzung nicht durchkommst, schieb's auf den anderen.

„Kalt? Gehässig?"

„Du schmeißt unsere Beziehung weg wegen eines kleinen Fehltritts. Du weißt, wie sehr ich dich liebe, wie weh es tut, dich zu verlieren. Tritt nicht auf mich ein, während ich am Boden liege. Oder ist das jetzt dein Ding?"

Er trug dick auf. Welchen Jedi-Gedanken-Trick versuchte er da abzuziehen? Seine Arroganz machte ihn blind dafür, wie lächerlich aufgesetzt das klang. Als er näherkam, den Kopf gesenkt wie ein verletzter Welpe – als hätte ich ihn getreten, nicht er mich –, verachtete ich ihn für die Scharade. Und dann, für einen winzigen Moment, verachtete ich mich selbst, weil ich zuließ, dass seine Nummer kurz Schuldgefühle in mir weckte.

„Drei Jahre, und es ist vorbei, und du willst alles wegwerfen. Alles."

„Nein, überhaupt nicht. Wir hatten eine Geschichte. Gute Zeiten, die ich gern in Erinnerung behalte, und schlechte, die ich auch nicht vergesse – Lektionen für die Zukunft. Aber das zwischen uns ist vorbei. Ehrlich gesagt, es war nicht nur das Fremdgehen. Das hat nur die Risse gezeigt, die ich vorher ignoriert habe. Diese Beziehung wird nicht wieder aufgewärmt. Um meinetwillen. Um unser beider willen. Komm' darüber hinweg."

„Lulu." Ich hasste diesen Namen und hatte ihm das zigmal gesagt. „Tu uns das nicht an."

„Du willst wirklich lieber, dass ich in einer Beziehung mit dir unglücklich bin, nur damit du glücklich bist?", fragte ich. Er würde das nie zugeben – dazu müsste er ein ganz besonderer Arsch sein, das offen zuzugeben.

„Du warst nicht unglücklich. Das ist nur eine Art Schutzwall. Ich hab' dich glücklich gemacht, und das weißt du. Das war immer mein Ziel, und ich hab's geschafft, auf jede verdammte Weise." Sein Schlafzimmerblick kam zum Einsatz – früher hatte der funktioniert, also klar, dass er es jetzt auch versuchte. Sexy gemacht, und ich war immer wieder reingefallen. Er beugte sich vor, wollte es mit einem Kuss besiegeln – einem von der sanften, federleichten Sorte, die so viel mehr versprachen. Früher hatte das funktioniert, angetrieben von meiner Liebe. Jetzt nicht mehr. Ich stieß ihn zurück.

„Du weißt, dass es hier nicht ums Zusammenkommen geht. Es geht darum, dass du gewinnst. Dass du deinen Willen durchdrückst, sonst nichts. Wenn du willst, dass ich glücklich bin, dann geh."

„Wie du wünschst", sagte Rei. Jacksons Augen wurden glasig, sein Körper versteifte sich, dann sackte er zu Boden. Rei stand da, Dolch in der Hand, und zielte auf seine Brust.

„Hör auf!", schrie ich, und mir war egal, wer es hörte. Aber da war niemand, den ich hätte erschrecken können. Ein Blick ins Café: es war leer. Fast. Eine Gestalt blieb, nur ein paar Schritte entfernt. Rundes Gesicht, strenge Haltung, kurzer, stämmiger Körper. Augen scharf wie Klingen, voller raubtierhafter Wachsamkeit. Wandler.

Wie hatte mir entgangen können, dass Cameron und

Lilith weg waren? Oder die Kunden? Ich war nicht so in Jackson vertieft gewesen, dass ich das verpasst hätte. Emoni wäre nie ohne ein Wort abgehauen, und wir ließen niemanden allein im Laden. Die Hexe musste einen Zauber gewirkt haben, um sie hinauszuzwingen.

Meine Theorie wurde bestätigt, als vier Nichtmenschen sich dem Wandler anschlossen. Zwei von ihnen eindeutig Vampire – blasse Haut, diese unheimliche Anmut. Einer der Neuankömmlinge, eine Frau, hatte die nuancierte Wildheit eines Wandlers, ein Raubtier auf ihre Weise. Der Vierte? Vielleicht noch eine Hexe, aber ich war mir nicht sicher.

„Töte ihn nicht. Bitte."

Mein Herz hämmerte, mein Mund trocken, während ich versuchte, die Situation zu begreifen.

„Luna, wir schulden dir viel. Wir wissen, was du getan hast. Was du zu opfern bereit warst, um das möglich zu machen. Ich will dich von unserer Sache überzeugen, unserer Dankbarkeit."

Was für eine verdrehte Geschichte hatten sie gehört? Was ich zu opfern bereit war? Ich hatte nichts geopfert – ich kämpfte, um aus diesem Schlamassel rauszukommen. War das Teil von Reis Plan, mich davon zu überzeugen, dass Übernatürliche aus den Schatten kommen sollten, uneingeschränkt von Regeln, die sie davon abhielten, Magie gegen Menschen einzusetzen – so wie jetzt, ohne Konsequenzen?

„Luna, was du wünschst, geschieht. Was soll ich mit ihm machen?"

Was wünschte ich mir? Ich wünschte, sie wäre keine mordende Irre. Warum war der Tod bei diesen Leuten immer die erste Wahl? Sie wartete, den Dolch bereit. Was sollte ich sagen? Bitte nicht töten oder verletzen, aber kannst du dafür sorgen, dass er kein Arsch mehr ist? Das passte nicht. Ich kniete mich neben ihn, drückte einen Finger an Jacksons Halsschlagader. Der Puls war da, gleichmäßig, aber langsamer als meiner. Normal oder Zauber? Würde er langsamer werden, bis sein Herz ganz aufhörte zu schlagen?

„Nur ein Schlafzauber", sagte sie. „Ich kann ihn wecken oder tun, was du willst." Ein grausames Lächeln umspielte ihre Lippen. So gewinnt man niemanden. Benimm dich normaler.

„Weck ihn und lass ihn gehen", sagte ich. Die Vorfreude auf Gewalt wich aus ihrem Gesicht. Blut war nicht, was sie wollte – es war Dominanz.

Sie schnaubte. „Ihn gehen lassen? So einfach ist das nicht, Luna. Er weiß Bescheid. Das sind die Regeln." Ihre Stimme war angespannt, gereizt. „Aber das muss nicht so bleiben. Dafür kämpfen wir – Anerkennung, unseren Platz. Keine extremen Maßnahmen mehr, um uns zu verstecken, keine Strafen für ein eingegangenes Risiko."

„Du verletzt ihn nicht. Bring ihn raus, oder unsere Unterhaltung ist vorbei. Ich bin weg." Ich hatte Macht hier, und ich musste sie nutzen, um Jackson aus diesem Mist zu holen, in dem ich saß.

Mit einem verächtlichen Laut nickte sie, warf den Vampiren einen Blick zu. Eine Frau kam näher, ihr kastanienbraunes Haar ein greller Kontrast zu ihrer kalkweißen Haut. Trotz zierlicher Statur strahlte sie Präsenz aus, glitt heran, als würde sie schweben. Ich sah ihre Augen, wich aber dem Blickkontakt aus – instinktiv. Blickkontakt erlaubte ihresgleichen, Menschen zu zwingen.

Neben Jackson flüsterte Rei einen Zauber. Silbernes Licht glitt über sein Gesicht. Er stützte sich auf die Ellbogen, Verwirrung in seinem Gesicht – weil ich Zentimeter entfernt stand, Rei mit strenger Miene vor ihm, die Vampirin mit den sanften Zügen, die um seine Aufmerksamkeit buhlte. Er gab nach, gefangen in ihren Augen, die ihn in selbstzufriedene Ruhe lullten.

Ihre Stimme war barsch, abgehackt, nicht melodisch,

doch Jackson war verzaubert. Gefesselt. Ich kannte das Gefühl – und hasste es, ihn das durchmachen zu lassen. Gezwungen, ihr zu gefallen, ihren Befehlen zu folgen, selbst wenn es nur „Geh nach Hause, und glaub, heute war ein fauler Tag" war. Er stand auf, ging zur Tür, sah nicht zurück – genau wie befohlen. Kein Zögern, kein Zeichen von Kontrolle. Das war das Schlimmste an Vampiren: Wie wusste man, ob jemand aus freiem Willen handelte oder gesteuert wurde?

„Das ist es, warum das Versteckspiel lächerlich ist. Er sollte wissen, wer wir sind, was wir können, und uns in Ruhe lassen. Unsere Talente zu verschwenden, um kleine Menschen unwissend zu halten, ist dumm. Wir geben ihnen Macht über uns!", zischte die Vampirin. Ihre Stimme war kalt, scharf wie Eis, keine Spur von Lyrik trotz ihrer Macht über ihn.

„Bei euch geht es immer nur um Macht, oder?", sagte Anand, trat aus den Schatten, ein Dolch in der Hand, während er die fünf wie lästige Fliegen musterte.

Rei richtete sich auf, Schultern gestrafft, ihr Blick wie ein Laser auf ihn gerichtet.

„Lasst den Revelatio-Quatsch gut sein und geht unverletzt", drängte Anand.

„Oder du hörst auf, Dominic und dem Schattenkonvent mit ihren tückischen Regeln zu dienen, und schließ dich uns an. Warum uns vor Menschen verstecken? Uns anpassen? Warum uns ihren Launen beugen und nicht umgekehrt? Warum hilfst du, die Mächtigsten einzusperren, nur, um das Ego des Konvents zu streicheln? Wir brauchen keine Regeln, keine Anonymität", fauchte sie.

„Rei, diese Verdrehung von Fakten passt nicht zu dir. Steh zu deinem Glauben", sagte er. „Du denkst, Magie offenzulegen macht dich zur Königin der Nahrungskette. Rücksichtslos ohne Folgen. Ihr wollt Ausnahmen von Regeln und nennt es Freiheit. Das wird nicht passieren. Das würde nur zu Gewalt und Machtkämpfen führen.“

Er trat näher, zwang sie in die Defensive. Ihre Wandler- und Vampirbuddys fächerten sich auf, umzingelten ihn. Sie war stark, die anderen auch, aber mit Anand konfrontiert, konnte ich die Angst in ihrer Haltung sehen. Er strahlte die ruhige Sicherheit eines Adrenalinjunkies aus. Umgeben von Raubtieren und Magie wirkte er dennoch wie ein Wolf unter Lämmern.

„Und wie ist das anders als jetzt? Der Schattenkonvent macht die Regeln und zwingt sie uns auf.“

„Regeln? Keine Magie gegen Menschen, kein Stehlen von Hexenmagie, kein Töten anderer Übernatürlicher ist zu viel verlangt für dich?“

Rei schnalzte mit der Zunge. „Sie brechen diese Regeln ständig.“

Ich war nicht sicher, ob es schlecht wäre, wenn die Welt von ihnen wüsste. Vielleicht könnten wir koexistieren. Waren die Revelatoren die Bösen oder die Guten? Mein Kopf pochte vor Stress, während ich versuchte, zu entscheiden, wer die Guten waren und wo ich stand.

„Meistens beheben sie den Schaden, den du und deine Leute anrichtet, weil ihr rücksichtslos seid und euch zeigen wollt.“

„Mir egal. Zeit für neue Regeln.“

„Du magst die Regeln nicht? Dann erlöse ich dich davon.“

Reis Augen flackerten zu Helena, die neben Anand trat. Beigefarbene enge Hose, bordeauxrotes Wickel-Tanktop, das Tätowierungen wie Dominics enthüllte – magische Zeichen, die sich ihre Arme hinauf schlangen. Die magischen Beschränkungen waren immer noch da. Sie war makellos geschminkt: Mascara, spitz zulaufender Eyeliner, kirschrote Lippen, Rouge auf den hohen Wangenknochen. Strenger Pferdeschwanz. Sie sah aus wie für ein Event gestylt, nicht für einen Hinterhalt. Typisch Helena – vielleicht war das ihr Event.

Rei schluckte und wich zurück, während sich ihre Lippen hektisch bewegten und die Hände wirbelten. Sphärische Magie schoss wie eine Rakete hervor, prallte an Helena ab, verpuffte. Ihr Atem wurde schwer, als sie zurücktaumelte und mehr Magie ausstieß, die wirkungslos blieb. Panik zeigte sich in ihrem Gesicht, als sie ihre Leute ansah. Der Vampir reagierte zuerst – ein Blitz, und er stand vor Helena. Sie grinste selbstzufrieden, als er den Pfahl in seiner Brust sah. Sein Schock hielt kaum an, bevor sie seinen Kopf abtrennte. Staub regnete anstatt des Körpers hinab, der blutige Pfahl fiel klappernd zu Boden.

Ich verschluckte meinen Schrei. Reis Lippen verzogen sich, als sie knurrte und mit den Armen ruderte. Bücher flogen wie in einem Tornado von den Regalen, peitschten durch den Raum, trafen Helena und Anand, die mit Waffen parierten. Eine Geste, und die Seiten brannten. Feuer loderte, Bücher wurden Geschosse, Anstrengung verzerrte Reis Gesicht.

Das Chaos regierte, dank Rei. Anand und Helena wehrten flammende Bücher ab, während Stühle magisch auf sie zuschossen.

„Tier“, brachte ich heraus, als ein Wandler sich in einen Bären verwandelte. Das Wandeln schockierte mich, egal, wie oft ich es sah. Der Bär drückte Anand nieder, der Schläge austeilte, die das Tier vor Schmerz knurren ließen.

Helena, zu sehr mit Büchern und Möbeln beschäftigt, konnte ihm nicht helfen.

Ein anderer Übernatürlicher – ein Hexenmeister, vermutete ich – legte seine Hände zu einem Kreis zusammen, und ein Wirbel aus Weiß, Blau und Schwarz wuchs. Mit vor Konzentration verzerrter Miene ließ er ihn wachsen. Als Schwarz dominierte, verdunkelte sich der Raum. Die Anstrengung war seinem Gesicht anzusehen, als er die Kugel auf Helena lenkte. Sie keuchte, und die Farbe wich aus ihrem Gesicht. Er manipulierte die Luft.

Selbst ein paar Schritte entfernt spürte ich den Sauerstoffmangel. Sie griff sich an den Hals. Ich wich zur Wand zurück, weg von der Magie. Ich musste ihn ablenken, den Zauber brechen. Eine Dungeons-and-Dragons-Lampe, würfelförmig und schwer, war ideal. Ich warf sie und traf seinen Arm.

Die Kugel schlingerte, aber nicht genug. Eine Tasse prallte an einem unsichtbaren Feld ab und traf schmerzhaft meine Hüfte. Stöhnend suchte ich weiter und entdeckte Rei, die auf seiner anderen Seite stand und ihn schützte. Sie schüttelte den Kopf – eine stille Aufforderung, zu bleiben, wo ich war. Sie würde mich nicht töten, aber verletzen? Mein pochender Hüftknochen sagte ja.

Das schimmernde Feld, das den Hexenmeister eingehüllt hatte, flackerte, fiel, und meine nächste Tasse traf sein Gesicht. Er taumelte, die Kugel löste sich auf. Mir gingen die schweren Objekte zum Werfen aus und ich sah mich nach Alternativen um, bis ich den Grund dafür sah, warum Reis Schutzzauber zusammengebrochen war.

Dominic.

Er hielt Rei an seine Brust gepresst, eine Kralle an ihrer Kehle. Helena stand über dem gefesselten Hexenmeister. Wo der Bär gewesen war, lag ein nackter Mann – reglos, seine Brust hob und senkte sich nicht.

Reis Augen kalkulierten, huschten zu Dominics Kralle und zu ihren zwei verbleibenden Verbündeten, die ebenfalls abwägten.

Mitten im Chaos dachte ich an Cameron. Der Laden war ein Saustall: leere Regale, verbrannte Bücher, die Kassen am Boden, zerstörte Möbel. Einnahmen futsch. Wie sollte ich das erklären? Und die Kameras? Hatte sie es live gesehen? Was würden sie mit diesem Wissen machen?

Dominics Blick begegnete meinem, stoisch wie immer,

aber ich wusste nicht, ob es seine bloße Anwesenheit oder die unterdrückte Wut war, die den Raum um ein paar Grad aufheizte. Einer der Wandler musterte ihn, während er den Schaden begutachtete – ein stummer Vorwurf in seinen Augen.

„Ist es das, was ihr wollt?", fragte Dominic, seine Stimme ein kalter Schnitt durch die Luft, gerichtet an die Revelatoren.

„Nein, aber es scheint das zu sein, was du willst", knurrte der einsame Wandler. Ich kannte das Funkeln in seinen Augen inzwischen – er stand kurz davor, sich zu verwandeln.

„Tu es, und ich töte Rei", sagte Dominic, ohne eine Spur von Zögern. „Danach kümmert sich meine Schwester um dich, und dieser kleine Auftritt war umsonst."

Blicke flogen hin und her, Kalkulationen wurden gemacht. Sie mussten abwägen, ob das hier ihr Leben wert war. Zwei hatten sie schon verloren, ohne einen verdammten Schritt weitergekommen zu sein.

„Helena." Dominic nickte ihr zu. Sie trat zur Seite und ließ den magisch neutralisierten Hexenmeister aufstehen – Handschellen glänzten an seinen Gelenken.

Er ließ Rei los, was ich als Geste des guten Willens oder als pures Selbstbewusstsein interpretierte – sie war keine Bedrohung für ihn. Ihre Magie hatte er nicht eingeschränkt.

„Gab es Kontakt mit Roman, Celeste oder Vadim?", fragte er, die Stimme flach, die Frage an alle gerichtet.

Kiefer spannten sich an, eine Mauer aus Loyalität. Dominic trat auf Rei zu, und sie straffte ihre Haltung, mit Zorn in den Augen, während sie seinem Blick standhielt.

„Du kriegst nichts aus mir raus. Hast du Angst vor Romans Klauen oder Celestes Magie? Du bist nicht immun dagegen, oder? Ich hoffe, es sind Romans Klauen, die euch beide erlegen werden." Sie ruckte mit dem Kopf zu Helena.

Die Feindseligkeit knisterte wie Strom. Sie hatte einen Nerv getroffen – ihre Schwäche bloßgelegt.

Die Vordertür explodierte nach innen, und schwere Magie flutete herein, begleitet von sieben Gestalten, die mit militärischer Präzision eintraten. Die Macht erinnerte an den Schattenkonvent – wuchtig, erdrückend, feindselig. Freund oder Feind? Ich hatte keine Zeit, das zu klären.

Dominics Gesicht zeigte einen Hauch von Überraschung, bevor die Anführerin drei Schüsse auf ihn abfeuerte. Er wich nach links aus, die Kugeln rissen Putz aus der Wand. Er konterte, ein rotes Glühen schoss aus seiner Hand und traf ihre Brust. Sie brach zusammen. Er bewegte sich schneller, als die anderen zielen konnten.

Rei begriff zu spät, dass diese Neuen keine Verbündeten waren. Eine Blase aus Blau und Weiß schloss sie ein, wurde rauchig schwarz. Ihre Luft zum Atmen schwand – ein Magier saugte sie mit kalter Effizienz heraus. Sie sackte zusammen, die Lippen blass, das Gesicht verzerrt, Kapillaren platzten in ihren Augen. Tot.

Der Vampir erstarrte in einem magischen Griff – Nekromantie, vermutete ich. Macht über Tote. Seine finstere Miene schrie Hilflosigkeit, bevor ich wegsehen konnte. Zu spät. Sein Kopf fiel, ein weiterer Haufen Staub. Diese Leute waren keine Idealisten wie die Revelatoren – das waren Killer. Mit mächtiger Magie und brutaler Präzision.

Die Effizienz der Killer schien etwas in Helena zu entfesseln. Der Vampir war noch nicht zu Staub zerfallen, als sie den Hals eines Angreifers verdrehte – ein Winkel, den niemand überlebt. Anand war ein einziger Wirbel, geschmeidig und tödlich. War er immun gegen Magie oder einfach zu schnell für sie? Ich hatte keine Antwort auf diese Frage.

Ein Ball aus Magie zischte über meine Schulter und verfehlte mich knapp, als ich mich auf den Boden warf. Mein Kopf schlug gegen ein umgestürztes Regal – benommen, aber besser dran als die Wand hinter mir mit dem Loch darin. Das hätte ich sein können.

Ich rappelte mich auf, griff ein Stück Metall – eine zerbrochene Sammlerfigur, ein Zauberer –. schleuderte es auf einen Magier und traf seinen Kopf, als er erneut auf mich zielte. Schock und Wut verzerrten sein Gesicht.

Wieder gingen mir die schweren Gegenstände aus. Ich huschte im Zickzack, wollte aus seiner Sichtlinie verschwinden. Schritte hinter mir – ich wirbelte herum und warf ein verbranntes Hardcover. Die Wandlerin wich aus, kam näher, gemessenen Schrittes und provozierend. Ich suchte das Funkeln in ihren Augen – das Zeichen der Verwandlung. Wenn die anderen so effizient mit ihrer Magie waren, konnte sie sich ohne Vorwarnung wandeln?

Anand stürzte sich auf sie, riss sie zu Boden und hielt sie im halb zum Tiger verwandelten Zustand fest. Ich wich zurück, wollte aus dem Kreuzfeuer, unsichtbar werden. Mein Kopf schwirrte. Sie hatten die Revelatoren ausgelöscht! Waren sie auch hier, um Anand, Dominic und Helena zu töten?

Überzeugt, dass sie auch mich wollten, scannte ich den Raum. Notausgang links, Ausgang zur Gasse im Pausenraum – gleich weit entfernt, blockiert von Trümmern, Leichen, Chaos. Der Pausenraum war meine Wahl.

Bevor ich lossprinten konnte, spürte ich Blicke. Zwei Augenpaare fixierten mich. Helena sah sie eine Sekunde vor mir. Ein Mann, Mitte fünfzig, kam näher – kalte Augen und ein grausames Lächeln straften sein sanftes, väterliches Aussehen Lügen. Wie oft wurde er wegen seines Aussehens unterschätzt? Eine Handbewegung schleuderte mich gegen die Wand, Magie hielt mich fest. Ich kämpfte, kam jedoch nicht frei. Seine Hände blieben starr vor ihm ausgestreckt.

Warum tat Helena nichts? Aus meinem Augenwinkel sah ich Dominic – ein Schatten, als er auf den Mann zustürmte. Als Dominics Faust ihn traf, brach sein Brustbein. Dominic wirbelte herum, wich einem Messer aus der Raummitte aus und schickte einen feurigen Pfeil zurück. Dominic war pure Gewalt, Macht in Bewegung. Jetzt half mir das, aber ich sah, was er konnte. Kein Wunder, dass der Schattenkonvent ihn fürchtete.

Der Mann röchelte und rang nach Luft, die nicht kam. Sein Todeskampf zog sich hin, Schock zeichnete sich langsam ab. Helenas Messer an seinem Hals schien ihm den Gnadentod zu gewähren. Doch sie entschied, das zu tun, anstatt den nächsten Angreifer zu stoppen, der eine magische Kugel auf mich abfeuerte. Ich warf mich flach zu Boden, und die Wand hinter mir leuchtete auf, als die Kugel einschlug.

Die Überraschung seines Misserfolgs hielt nur kurz an, dann war Dominic hinter ihm. Ein Ruck, das Genick brach, und der Mann sackte zu Boden. Mein Atem kam stoßweise, flach. Die Gewalt war grauenhaft, und Dominic war pure Gewalt, eine mächtige Erinnerung an mein Ziel: Tu, was immer nötig ist, um aus dieser Welt rauszukommen, weit weg von ihm.

Er trat vor und untersuchte den Kokon aus Magie, der mich umgab. Seine Hand drückte dagegen, zuckte zurück. Bernstein flackerte in seinen Augen, und seine Miene war angespannt, als er versuchte, ihn zu brechen. Mehrere Versuche, dann kam Helena, ging um ihn herum und zuckte mit schmerzverzerrter Miene zurück, als sie ihn berührte.

„Das ist keine Hexenmagie."

Dominic verzog das Gesicht. Er durchsuchte den Laden, rannte durch Trümmer, riss Türen auf und schob Möbel herum, als der Kokon fiel.

Anand blieb im Raum, er telefonierte, Helena blieb nahe bei mir, während sie den Raum scannte, wo ich in Magie eingeschlossen gewesen war, und Dominic, der suchte – nach wem oder was, sagte er nicht.

Ich beschäftigte mich damit, zerbrochene Keramik aufzusammeln. Eine sinnlose Aufgabe. Ich musste jedoch etwas tun, egal, wie unnütz es war.

„Deine Arroganz wird dein Untergang sein“, sagte Madeline, als sie mit mehreren Leuten eintrat. Ihr sanfter Ton passte nicht zu ihrer strafenden Miene.

Ihr plötzliches Auftauchen erschreckte mich – wie leicht sie sich unsichtbar bewegten! Sie sah sich im Laden um: Leichen, Blut, Spuren von Gewalt. Dann fiel ihr Blick auf den Müllsack in meiner Hand, die Scherben darin.

„Lass es. Wir kümmern uns darum“, sagte sie zu mir und zu Dominic: „Zana kümmert sich um die Kameras.“ Sie warf mir einen scharfen Blick zu und nickte einer Frau mit lila Kurzhaarschnitt, Shorts, zerrissenem Shirt und langem Cardigan zu. Sie hatte ein Halbmond-und-Sterne-Tattoo am Hals. Ihr Ennui ein starker Kontrast zu Madelines Intensität.

Zana bewegte ihre Hand in rhythmischen Kreisen und murmelte einen Zauber, während sie durch den Raum glitt. Dasselbe schimmernde Glühen flackerte über die Stellen, von denen ich wusste, dass dort die Kameras waren. Präzise, methodisch. Techno-Hexe. Nachdem sie mit dem Laden fertig war, ging sie ins Café und alle umliegenden Geschäfte.

„Löscht sie die Aufnahmen?“, fragte ich Dominic.

„Nein, sie ändert, was gezeigt wird.“

„Wenn Cameron es schon gesehen hat, wird sie bemerken, dass es manipuliert wurde.“

Er schüttelte den Kopf. „Wird sie nicht. Zana ist die beste Techno-Hexe, weil sie keine Spuren hinterlässt“, gab er leise zu. „Oder besser: Ihre Magie trägt eine Illusion oder einen Zwang in sich.“

„Wir sind nur Spielfiguren, deren Köpfe ihr nach Lust und Laune verdreht“, schnaubte ich.

Er richtete sich auf, schob eine Hand in die Tasche und ignorierte meine Bemerkung.

„Und das hier?“ Ich wedelte mit der Hand herum. „Das könnt ihr nicht einfach wegzaubern und mit Illusionen und

Manipulationen verschwinden lassen. Das sind echte Dinge, die zerstört wurden. Echte Folgen wegen diesem ganzen Mist. Wie viel mehr müssen die Leute, die mir wichtig sind, wegen euch Übernatürlichen noch leiden?"

„Das reicht, Luna", knurrte er.

„Ja. Es reicht tatsächlich. Ich hab' genug."

Wut vernebelte jeden klaren Gedanken. Ich stapfte davon, musste weg von den Erinnerungen an meine Lage und den nächsten Anschlag auf mein Leben. Ich war stocksauer auf die Übernatürlichen, die unser Leben und unsere Köpfe wie Figuren in einem Spiel behandelten, nach Belieben verschoben, damit sie ihr verdammtes Spiel gewinnen konnten.

Das Summen von Magie, das meine Haut streifte, als ich aus dem Fenster starrte, fühlte sich jetzt, wo ich wusste, was es war, bedrohlich an. Früher hätte ich die sanfte Brise ignoriert, Schwankungen in der Energie als harmlos abgetan – nur mein Kopf, der mir Streiche spielte, oder ein stickiger Raum, der dringend gelüftet werden musste. Es lag etwas Finsteres über der Gegend, die um diese Zeit sonst brummte, doch jetzt war niemand hier. Ich glaubte nicht an Zufälle. Magie. Alles Magie, und ich hasste es. Ich musste das in Ordnung bringen. Aber wie?

Der Wunsch, die Situation zu reparieren, fraß mich auf, während Leute den Laden betraten und verließen und ich mehr von dieser magiegetränkten Luft einsog. Das orchestrierte Beseitigen aller Spuren übernatürlicher Existenz versetzte mich ins Staunen. Die Aufräumcrew. Die Leute hinter der Maschine, die das so oft gemacht hatten, dass es ein präzises, effizientes System war.

Dominics ruhiges Gesicht – pure Gleichgültigkeit – bestätigte: nur ein weiterer Tag. Ein paar Leute umbringen, einen Laden zerstören, Bücher anzünden – kein Ding, ich regle das schon.

Angeekelt ging ich hinaus, ein paar Meter vom Laden

weg, und starrte auf die Zeichen an meinem Finger. „Rückgängig", flüsterte ich.

„Luna."

Ich drehte mich um – da war Jackson, der doch gezwungen worden war, nach Hause zu gehen. War der Zwang gebrochen worden, als die Vampirin gestorben war, wie ein Fluch bei einer Hexe? Er kam näher, die Arroganz gedämpft, echte Sorge und Neugier in den Augen.

„Können wir reden?"

„Worüber?" Magie? Wenn du dich erinnerst, verdammt ja, lass uns reden. Ich war verzweifelt genug, mich sogar mit ihm abzugeben. Er war das kleinere Übel geworden.

Er zuckte die Schultern. „Weiß nicht, du siehst aus, als könntest du jemanden zum Reden brauchen", sagte er. „Lass uns was trinken."

Alarmglocken schrillten. Misstrauisch trat ich zurück. „Vielleicht ein andermal."

Etwas stimmte nicht, ich konnte nur nicht sagen, was es war.

Er packte meinen Arm. „Muss kein Drink sein. Kaffee?" Er zeigte in Richtung Starbucks, ein paar Blocks weiter. Er hielt meinen Arm fester, als ich mich losreißen wollte.

„Alles okay?", fragte Dominic. Jackson ließ los.

„Alles gut." Der Hass auf Dominic in Jacksons Stimme war das Einzige, was bei ihm konstant blieb. „Du weißt, wo du mich findest, wenn du mich brauchst", flehte er fast. Verzweiflung lag in seiner Stimme, Sorge flutete seine Augen.

Dominic legte eine Hand auf meinen Rücken. Wärme kroch meine Wirbelsäule empor, und ich blieb stehen, während Jackson sich mit hängenden Schultern zurückzog.

Die Situation war wirklich schlimm, wenn ich ernsthaft überlegte, Jackson um Hilfe zu bitten, obwohl etwas an ihm nicht stimmte. Einen Moment lang dachte ich, er könnte mir etwas bieten, das Dominic nicht konnte. Keine Sicherheit –

aber vielleicht eine neutrale Zone? Oder nur Vertrautheit. Das war es. Trotz seiner miesen Rolle in meinem Leben, trotz des seltsamen Gefühls, dass etwas nicht stimmte, war er ein Hauch von Normalität, und nichts hier war auch nur annähernd normal.

Ich wollte ein Stück Normalität, selbst wenn es mit Jackson war.

17

In einem tranceartigen Nebel stolperte ich von meiner Welt zu Dominics riesigem Anwesen, Jacksons niedergeschlagener Ausdruck wie ein Splitter in meinem Kopf. Als wäre es ihm nicht gelungen, einen Unfall zu verhindern. Trotz seines beunruhigenden Verhaltens schien er mich schützen zu wollen. Selbst Helenas stechender Blick, als ich sie im Eingang passierte – die Arme verschränkt, Haltung wie eine Klinge –, konnte mich nicht aus meinen Gedanken reißen, ob ich mit ihm hätte gehen sollen.

Sie streckte die Arme Dominic entgegen, zeigte ihre magischen Fesseln – schimmernde Linien, die sich wie Dornen über ihre Haut wanden –, ihre Lippen eine schmale, straffe Linie. „Mach sie weg", fauchte sie, die Stimme ein giftiges Zischen.

Helena verzog das Gesicht über seinen emotionslosen Blick, als er auf sie zuging – keine Wärme, nur kalte, abgrundtiefe Leere. „Du bist nicht ansatzweise so clever und raffiniert, wie du denkst. Dein Zögern war kein Nachdenken – es hat ihm die Chance gegeben, Luna zu töten. Beim zweiten Mal hast du mir nicht geholfen – das war eine Gele-

genheit, da weiterzumachen, wo der erste Versuch geschei-
tert war", sagte er, die Stimme rau, kontrolliert, ein tiefes
Grollen, das unter die Haut kroch. „Sie hätten Luna fast
erwischt, und genau das war dein Plan." Er drehte sich um,
ging an mir vorbei, ließ mich in ihrem Fadenkreuz stehen.
Ihre Miene wurde mürrisch vor Enttäuschung, bevor sie in
Wut umschlug, die sie wie einen Dolch auf mich richtete.

„Wage es nicht, selbstgefällig zu sein", knurrte sie, die
Worte scharf wie Glasscherben. Sie hatte meinen Blick falsch
gelesen – es war nicht Selbstgefälligkeit, sondern blanker
Schock. Ich hatte ihr einen Vertrauensvorschuss gegeben,
gedacht, Kampf und Chaos verzerrten Prioritäten, machten
Urteile wacklig. Aber es waren keine Fehler – sondern
Möglichkeiten, mich töten zu lassen. Die Erkenntnis traf
mich wie ein Faustschlag, und ich schmeckte Galle.

Ihre Bewegungen waren wie die einer Schlange – schnell,
tödlich –, als sie auf mich zuschoss. Ich weigerte mich,
zusammenzuzucken, straffte die Schultern, begegnete dem
Blick ihrer glühenden, hasserfüllten Augen – zwei bren-
nende Kohlen in einem Gesicht, das vor Gift triefte. „Verlass
dich nicht auf Dominics Schutz. Er will nur den einen
fangen, dessen Magie unserer ebenbürtig ist. Das ist kein
Edelmut – es ist pure Selbstsucht. Wenn du ihm nicht mehr
nützlich bist, nicht mehr ein Mittel zum Zweck, wird er dich
aus dem Weg räumen." Ihre Nägel kratzten über meinen
Hals, hinterließen heiße Spuren – sie wollte ihre Krallen
zurück, das spürte ich in jedem scharfen Druck. „Dann gibt's
keine Luna mehr."

Ich trat zurück, die Luft zwischen uns schwer wie Blei.
„Du meinst, Magie, die seiner ebenbürtig ist. Du hast ja keine
mehr." Ich wandte mich ab, den Blick geradeaus gerichtet,
und spürte ihr giftiges Starren im Rücken wie einen Dolch
zwischen den Rippen. Mir egal, was sie dachte oder welch
hassgetränkten Blicke sie mir nachwarf. Wenn sie zuschlug,
würde ich schmutzig kämpfen – die Windmühlen-Taktik

bestand drin, Arme wirbelnd wie ein Tornado kreisen zu lassen. So war mindestens ein Treffer garantiert. Ich war kein Opfer, nicht heute.

Dominic hatte nicht gewartet – gut so. Ich brauchte Zeit allein, um mich mit dem Chaos zu befassen, das in meinem Kopf tobte. Als ich das Gästezimmer betrat, in dem ich schon einmal geschlafen hatte, war ich überrascht, ihn dort sitzen zu sehen – Beine gespreizt, tief in Gedanken, eine Statue aus Schatten und Stille. Seine Augen glitten langsam zu meinen, rohe Tiefe voller Gewalt und Kalkül, die Helenas Worte wie ein Echo stützten. Ein Schauer lief mir über den Rücken, kalt und scharf.

Er erhob sich wie eine dunkle Woge, eine numinöse Präsenz, die den Raum füllte. Nicht nur mein Leben war angegriffen worden – seins auch, und die Spuren davon hingen an ihm wie ein unsichtbarer Mantel.

Ich nickte zur Tasche, die ich beim Verlassen des Ladens vergessen hatte. Der Nekroklavis und das Messer waren drin – sicher in meinem Spind, hatte ich gedacht; wer es fände, wüsste nicht, was es ist. Aber bei Dominic war es besser aufgehoben als einem übernatürlichen Schlossknacker ausgeliefert, der es wahrscheinlich mit einem Fingerschnippen hätte knacken können. „Meine Tasche", sagte ich in der Hoffnung auf einen Dialog. Sein stummer Blick war unheimlich, ein Gewicht, das mich niederdrückte.

Er nickte, mehr nicht, ein stummer Fels.

„Was wird mit dem Books and Brew? Magie kann das nicht reparieren."

Ich hatte das Chaos gesehen – Illusionen hatten ihre Grenzen. Konnte Magie verbrannte Bücher neu erschaffen, Regale aus dem Nichts zaubern, Blut und Vampirasche wegwischen wie Staub von einem Regal? Der Nebel starker Magie, der sicher noch im Raum hing, war wie ein unangenehmer Geruch, der nicht so schnell verziehen würde.

Dominic schwieg lange, stand vor mir wie eine Wand. Ich

dachte schon, er würde nicht antworten. „Das ist nicht das erste Mal, dass wir sowas regeln. Es wird wie Vandalismus aussehen. Die Entschädigung für den Verdienstausfall ist schon auf dem Weg. In drei, vier Tagen ist der Laden wieder normal."

„Wie viel dieser Effizienz ist Gedankenkontrolle? Menschen als Puppen für magische Strippenzieher?" Meine Stimme war scharf, ein Messer, das durch die Stille schnitt.

Ein Blinzeln, seine bernsteinfarbenen Augen ein Abgrund, der einen verschluckte. „Hast du eine bessere Idee? Dann raus damit."

Dass ich keine hatte, brannte in mir wie Säure. „Ich kann dir deine Gedanken ansehen", sagte er, die Stimme ein leises Grollen.

„Gut, dann siehst du, wie wütend und überwältigt ich bin."

Er trat näher, Auge in Auge, nah genug, dass ich die Hitze seines Atems spüren konnte. Schweigen spannte sich wie ein Gummiband. Wenn es riss, würde ich mit dem Prinzen der Unterwelt streiten – ein Kampf, den ich nicht gewinnen konnte, aber verdammt, ich würde es versuchen.

Seine sanfte Berührung meiner Wange war ein scharfer Kontrast zu seiner finsteren Miene – grausame Schönheit, ungemindert, die mich wie ein Magnet anzog und abstieß zugleich. „Tut es weh?", fragte er. „Der Bluterguss", fügte er hinzu, als ich ihn fragend ansah. Ich schüttelte den Kopf – dieser Schmerz war mit den anderen verschmolzen, ein dumpfer Chor unter meiner Haut. Jetzt, wo das Adrenalin abgebaut war, spürte ich alles noch mehr.

„Warum bist du nicht mit ihm gegangen?"

„Als hätte ich eine Wahl gehabt. Erinnerst du dich – ich habe nur die Illusion davon?"

Sein Finger glitt von meiner Wange zu meiner Hand und hinterließ eine warme Spur. Sein Duft – berauschend, dunkel, wie Gewitter und Erde – hüllte mich ein, und ich versank in seinen Augen, suchte Antworten, die er mir nicht geben würde. Er war ein personifizierter Widerspruch: rohe Gewalt, doch sanft wie ein Hauch. Eine Zündschnur, die nur darauf wartete, zu entflammen, jedoch mit einer Engelsgeduld für Helena und sogar für mich.

„Ich hätte dich nicht aufgehalten“, sagte er, die Stimme ein leises Beben.

„Wirklich?“

„Das hätte meinen Plänen nicht geschadet. Wenn du bei ihm sein musstest, hätte ich dich gelassen.“

„Ich glaube nicht, dass ich je bei ihm sein muss.“ Überraschung flackerte in seinem Gesicht, ein Riss in der Maske.

„Es ist Zeit, dass er aus meinem Leben verschwindet. Heute war viel für mich, und ein Hauch von Normalität wäre schön gewesen. Aber etwas stimmte nicht mit ihm.“

Dominic sank zurück auf den Stuhl, neigte den Kopf und wartete, dass ich weitersprach, seine Stille eine Einladung.

„Ich bin mir nicht sicher, was es war.“ Ich erklärte, wie er von der Vampirin gezwungen worden war, mein Verdacht, dass ihr Tod den Zwang gebrochen hatte, und seine Rückkehr zum Laden – ein Rätsel, das mich nicht losließ.

„Du hast recht. Genau wie ein Zauber bricht, wenn der, der ihn gewirkt hat, stirbt, hebt sich ein Zwang, wenn der Vampir aufhört zu existieren.“

„Er hat einfach seltsam gewirkt, und ich weiß nicht, warum er zurückgekommen ist.“

„Jemand hat ihn dazu gebracht. Der Dunkle Magier war da.“

„Der Kokon“, schloss ich, ein Puzzlestück, das sich von selbst fügte. „Der Dunkle Magier hat ihn errichtet, deshalb konntest du ihn nicht zerstören.“

Er nickte, ein stummer Beweis. „Dein Freund –“

„Ex.“

„Dein Ex – könnte er der Dunkle Magier sein?“

„Wenn er Magie hätte, hätte er das nicht vor mir geheim

gehalten. Er wäre sofort aufgeflogen. Sein Ego würde gottähnliche Fähigkeiten nicht verkraften – er hätte sie jedem unter die Nase gerieben."

Dominic schenkte mir ein schwaches Lächeln, ein Hauch von Belustigung um die Mundwinkel. Seine schnellen Bewegungen – geschmeidig, unheimlich wie Helenas – jagten mir einen Schauer über den Rücken. Er runzelte die Stirn, als er in den Garten hinausblickte, die Augen in Schatten getaucht.

„Erzähl mir von deinem Freund – Ex-Freund, Jackson."

Ich hatte ihm den Namen nie genannt – er wusste schon alles, was er brauchte, zumindest die Grundlagen. „Warum?"

Er drehte sich zu mir, seine Augen glitten träge über meinen Körper und verweilten auf meinen Lippen, bevor sie meine trafen – ein Blick, der mich festnagelte. „Weil ich gefragt habe."

„Genau genommen hast du nicht gefragt, du hast es verlangt."

„Betrachte es als Frage."

„Dann formuliere es als eine. Gib mir die Möglichkeit, Nein zu sagen."

Er lachte – ein dunkler, rollender Laut – und wandte sich wieder der Aussicht zu. „Es ist selten, dass ich frage, und noch seltener, dass jemand Nein sagt."

„Ich bin überglücklich, dir eine so seltene Erfahrung bieten zu können." Sarkasmus war mein Schild, und ich hielt ihn hoch.

Er wandte sich von der Aussicht ab, ließ ein schelmisches Lächeln aufblitzen, das mich wünschen ließ, ich hätte es anders formuliert. „Seltene Erfahrung", wiederholte er und rollte die Worte genüsslich über die Zunge. „Faszinierend." Er kam näher, seine Schritte langsam, lautlos, ein Raubtier auf der Jagd. Ich starrte auf die Blutspritzer auf seinem Hemd – fremdes Blut, das er trug wie eine zweite Haut, bequem und ungerührt.

„Willst du mir von deinem Ex erzählen?"

Ich zuckte die Schultern. „Ich weiß nicht, was du wissen willst. Ich kann dir versichern, an ihm ist nichts Magisches. Und wenn doch, würde er die Revelatoren anführen, und du könntest ihn nicht darin hindern, jedem zu zeigen, dass er ein besonderes kleines Wesen ist."

Meine rosarote Brille war weg, längst zertrümmert. Ich hatte sein Selbstbewusstsein geliebt, aber jetzt sah ich klar: Es war in Selbstverherrlichung umgeschlagen, ein aufgeblasenes Ego, das keine Grenzen kannte. „Warum bist du neugierig auf ihn?"

„Indem ich ihn kennenlerne, erfahre ich auch mehr über dich." Das traf mich wie ein kalter Windstoß.

„Du willst mich besser kennenlernen. Warum?", stammelte ich, die Ruhe in mir zerfetzt.

„Helena hatte recht. Ich finde dich faszinierend. Und der Grund, warum der Dunkle Magier dich ausgewählt hat, ist umso verwirrender."

Willkommen im Club, dachte ich bitter.

„Was hat dich zu einem Mann hingezogen, den du offensichtlich nicht magst? Das Ende eurer Beziehung ist frisch, dein Unbehagen mit ihm spürbar, aber da sind Spuren von Restgefühlen. Er will dich, doch du zeigst kein Interesse, keine Anzeichen, es wieder aufwärmen zu wollen. Das sagt mir, dass du verraten worden bist, und er sucht Vergebung."

„Er sucht keine Vergebung. Unterwerfung ist, was er will."

Er kniff die Augen zusammen, durchbohrte mich mit seinem Blick. „Du bist zu nett, um aggressiv genug zu sein, ihn wegzuzwingen", bemerkte er.

„Ich bin reichlich unhöflich zu ihm. Er hat nur eine verdammt hohe Toleranz dafür."

Dominic musterte mich weiter, grübelte über meine Worte, bis ich unter seinem intensiven Blick zappelte wie ein Fisch am Haken. „Hat Rei versucht, dich zu überreden, mit ihr zu gehen?"

Das Gespräch kam mir überflüssig vor, jetzt, da sie tot war. Ich starrte wieder auf sein blutbeflecktes Hemd – ein makabrer Beleg für den Tag. „Welche Ironie, dass sie mich vor dir schützen wollte – einen niederen Menschen, den sie unterwerfen würde, sobald die Übernatürlichen ihre Existenz publik machen."

„Du scheinst zu wollen, dass die Menschen von uns erfahren."

Er wartete geduldig, während ich über seine Worte nachdachte, seine sanfte Berührung an meiner Hand verursachte ein Prickeln, das ich nicht loswurde. Seine Magie war gedämpft, aber da, ein unterschwelliges Summen.

„Nein, will ich nicht", sagte ich schließlich. „Ich will nur nicht, dass wir Opfer eurer Launen sind. Eure Anonymität macht uns zu leichten Zielen."

„Glaubst du, Wissen würde euch einen Vorteil geben?"

Eine rhetorische Frage, aber ich musste antworten. „Keinen Vorteil, aber wir wären gewappnet."

„Wie?"

„Keine Ahnung. Wenn du am Morgen benommen aufwachst, weißt du, dass ein Vampir schuld sein könnte. Gesetze könnten den Einsatz von Magie regeln."

„Glaubst du, menschliche Gesetze würden von Leuten befolgt, die mächtiger sind als ihr? Ein Vampir könnte Politiker zwingen, zu tun, was er will. Zauber könnten Wahlen manipulieren. Die Stärke von Wandlern und Vampiren kann jeden Menschen überwältigen. Aber Menschen würden versuchen, uns Regeln aufzubürden und unser System durcheinanderbringen."

Frustriert über sein Verhör, das Löcher in meine Lösungsidee riss, trat ich zurück und fuhr mir durch die Haare. „Euer System funktioniert auch nicht", schnaubte ich. „Kane hat versucht, mich zu zwingen, mich selbst zu verletzen, und er war im Schattenkonvent. Er hat offensichtlich –"

„Um Kane wurde sich gekümmert", unterbrach er mich.

„Ich weiß, aber er hat trotzdem gegen den Willen des Konvents gehandelt. Und die Typen, die Rei und die anderen getötet haben?"

Wenn er die Löcher in meinem Vorschlag sah, musste er auch die Mängel in ihrem System sehen. „Da bin ich mir nicht sicher. Sie wollten dich tot sehen."

„Dich auch."

„Viele wollen meinen Tod. Ich weiß nicht, ob mein Tod Bonus oder Ziel war. Du warst definitiv ein Ziel. Ich habe keine Ahnung, was ihre Rolle in dieser Sache ist. Das muss ich noch herausfinden."

Hatte er gerade allen Ernstes damit angegeben, dass Leute ihn tot sehen wollten? Hey, Prinz, das ist kein Orden! „Du willst wissen, warum ich nicht mit Rei gegangen bin?"

Zufriedenheit hob seine Mundwinkel. „Trotz deiner Bedenken hast du eine Seite gewählt."

Ich schüttelte den Kopf. „Nein. Ich bin eine unfreiwillige Teilnehmerin. Unsere Ziele decken sich. Du willst die Gefangenen zurück und den Dunklen Magier finden. Ich will diese Male loswerden und aus dieser Welt raus. Das ist alles."

„Ah, also hast du nicht entschieden, dass ich der Gute bin."

Mein Mund blieb offenstehen, dann schloss ich ihn wieder. Vielleicht war es die Erschöpfung, der Mordanschlag oder mein „Mir-ist-alles-egal"-Modus, aber ich sagte: „Ich glaube definitiv nicht, dass ihr die Guten seid. Ich bin mir nicht mal sicher, ob ihr halbwegs okay seid. Ob ihr überhaupt als halbwegs menschlich durchgeht, ist fraglich. Ihr tötet, ohne zu zögern."

Sein Gesicht war mitleidlos gewesen, ohne Gnade oder Reue. „Sie wollten uns töten. Ich habe uns verteidigt. Was hätte ich tun sollen – sie bitten, aufzuhören?" Sein Spott brannte. „Oder hast du einen Todeswunsch, Luna?", fügte er hinzu. Er machte sich offensichtlich lustig über mich.

Er hatte recht, aber es fühlte sich falsch an – als sollte es eine andere Option geben. „Menschen sterben ständig in deiner Welt. Stört dich das?“

Ich nickte. „Aber ich bin nicht dabei oder hänge mit den Mördern rum.“

Er nickte langsam, musterte mich. Ich fragte mich, ob er die glühende Intensität seines Blicks dämpfen konnte. „Die Gefangenen sind nicht für ihre Flucht verantwortlich“, sagte er, da er scheinbar das Bedürfnis hatte, das Thema zu wechseln. „Unsere Vermutung, dass sie involviert waren, hat sich als falsch erwiesen. Wären sie es, wärst du nicht hier. Wenn sie wüssten, dass du diejenige bist, der sie zu verdanken haben, nicht mehr in den Perils zu sein, hätten sie dich gefunden. Sie halten sich bedeckt, weil sie wie ich Antworten suchen.“

Ich verzichtete darauf, ihn darauf hinzuweisen, dass das nicht wirklich „unsere“ Vermutung war – er suchte das „Warum“, ich das „Wie“. Wie komme ich hier raus? Sein Finger glitt über den Schatten seines Barts, verloren in Gedanken. Mein Interesse blieb an Reis Hoffnung, dass er Roman begegnen würde. Oder vielmehr, seinen Klauen.

„Welche Wirkung haben Romans Klauen auf dich?“

Er wandte den Blick ab, fixierte die Wand und überlegte. „Sie sind giftig“, sagte er schließlich und verschränkte die Arme. „Selbst für uns. Sie schwächen uns, dämpfen unsere Magie.“

„Wie lange?“

„Bis das Gift raus ist. Letztes Mal waren es sechsunddreißig Stunden. Ich konnte nicht nach Hause, hatte keine Magie, konnte nicht auf meinem normalen Niveau kämpfen.“ Zögern lag in seiner Stimme. War es ihm peinlich, dass er gekratzt worden war, dass er Schwächen hatte? Es machte ihn menschlicher und dämpfte seine Intensität. Ich trat näher.

Meine Stimme wurde leise, bittend, als ich mehr Fragen stellte, um mehr über seine Welt zu erfahren – wenn ich schon hier festsaß, wollte ich alles wissen. Mein Blick brachte ihn dazu, sich zu entspannen. „Die Magie Dunkler Magier hat eine Wirkung auf uns, trotz meiner Immunität gegen Hexenmagie." Ein wissendes Grinsen. „Aber das weißt du schon."

Ich hatte nichts verraten – hatte Nailah ihm über unser Gespräch erzählt? Sein selbstzufriedenes Gesicht sagte mir, dass er spekuliert hatte, und ich hatte es bestätigt. „Weiter", drängte ich.

„Ich kann ihre Zauber brechen, aber ihre Magie wirkt gegen mich."

„Manche Hexenmagie auch."

Er nickte. „Atmosphärische, elementare. Regen macht mich nass, im Schnee wird mir kalt, ein Zyklon reißt mich mit."

Er kniff die Augen zusammen, musterte mich. „Was denkst du, Luna?" Die „Kleine Luna" blieb unausgesprochen, aber das spöttische Funkeln war da.

Ich hatte eine Rede über Durchschnittsgröße parat. Wenn sie eins siebenundsechzig war, musste es Leute geben, die deutlich kleiner waren, und es gab eine Menge Leute, die kleiner waren als ich. Emoni, mit ihren knapp eins achtzig, würde mich amüsiert und spöttisch ansehen und mich anfeuern. „Da hast du recht, sag's ihnen." Auf der anderen Seite des Größenspektrums schien Emoni nie ein Problem damit zu haben, wenn die Leute eine Bemerkung über ihre Größe machten.

„Ich dachte, du hast gesagt, du kannst meine Gedanken meinem Gesicht ablesen, also sag du's mir."

„Ich möchte es von dir hören."

„Diese Enthüllungen machen dich … nahbarer. Real", gab ich zu.

„Real?"

„Normal. Wie andere." Falsch, so falsch. Aber ihm zu sagen, dass er weniger übermenschlich wirkte, war zu viel.

„Es zeigt, wie viele Dimensionen du hast. Wie jeder andere.“

Selbstsicherheit erblühte auf seinem Gesicht, im Feuer in seinen Augen, seinen weichen Lippen, scharf geschnittenen Wangen. „Aber ich bin nicht wie jeder andere.“

Offensichtlich. „Können Kugeln und Klingen dich verletzen?“

„Sie tun weh“, sagte er ruhig.

Sie tun jedem weh, Prinz. Aber töten sie dich? „Das ist nichts Besonderes. Ich denke, sie tun jedem weh.“

„Ich bin schwer zu töten.“ Er beugte sich vor, eine Warnung im Ton.

Ein flüchtiger Gedanke – andere Wege, mich zu schützen – huschte durch meinen Kopf. „Morgen besorgen wir dir Magie, du wirkst die Zauber, und für dich ist es vorbei.“

„Aber nicht für dich?“

Er schüttelte den Kopf. „Andere Spieler sind involviert. Ich muss rausfinden, wer sie sind, was sie wollen. Die Angreifer waren weder Konvent-Wachen noch Verbündete der Revelatoren. Wenn ich ihre Absicht kenne, weiß ich, wie ich mit ihnen umgehen muss.“

„Vielleicht sind sie der brutale Arm der Revelatio-Bewegung“, warf ich ein, „aber das erklärt nicht, warum sie Rei getötet haben. Verbündete würden mich nicht angreifen. Eher Konvent-Leute.“

Er nickte, runzelte die Stirn. „Es sei denn, ein Putsch droht. Vielleicht hassen sie meinen Deal mit dem Konvent. Mein Tod wäre ein Bonus.“ Er sah auf die Blutspritzer auf seinem Hemd. „Ich sollte duschen und mich umziehen gehen.“

Das bemerkst du erst jetzt? Ich zwang meinen Blick weg von seiner gebräunten Haut, den Muskeln, dem Haar, als er sein Hemd hochzog und die roten Flecken betrachtete.

„Brauchst du irgendwas, Luna?“, fragte er und ließ es wieder fallen.

„Was?“ Ich hatte nicht geglotzt. Es war nur ein Blick. Auf den Prinzen der Unterwelt, Luna. Das hätte mich ernüchtern sollen. Ich gab dem Adrenalin die Schuld. Mein Körper vibrierte immer noch vom Adrenalinrausch. Von den Höhen und Tiefen, den Anschlägen auf mein Leben. Ich würde jeden halbwegs attraktiven Mann anstarren.

„Was zu essen, zu trinken, eine große Tafel Schokolade?“

Ich nickte – ich hatte seit dem Mittag nichts gegessen. „Essen, definitiv. Wodka in einem Big-Gulp-Becher und einen Turm der Schokolade von neulich.“ Teuer, dekadent, ein Mitbringsel für zu Hause.

„Gut. Ich sehe, was ich mit dem Wodka machen kann. Normalerweise haben wir nur Wein.“

Ich zuckte die Schultern – ich war nicht sehr wählerisch, was Alkohol anging. Ich wollte nur irgendwas, das die Nerven beruhigte und kein nacktes Finale mit dem Prinzen umfasste.

„Okay.“

Er ging, Selbstgefälligkeit in jedem Schritt, und biss sich auf die Unterlippe.

„Triff dich in einer Stunde mit mir in der Küche.“

18

Nach einer halbstündigen Dusche trottete ich nach unten und fand Dominic in der Küche, einen leeren Teller zur Seite geschoben, ein anderes Notizbuch als unser ursprüngliches vor sich, ein Glas Wein in der Hand. Er musterte mich von oben bis unten: das feuchte Haar zu einem losen Knoten gebunden, das weite Dorian-Gray-Shirt, die abgetragenen Leggings, flauschige Socken. Sexy war nicht mein Ziel, aber das hätte man nicht aus Dominics Blick geschlossen. Er fixierte mein Shirt am längsten, ein langsamer, träger Blick, als versuchte er, die verblasste Schrift zu entziffern.

In einem schwarzen, weich aussehenden Baumwoll-T-Shirt und verwaschenen Jeans war er so lässig, wie ich ihn noch nie zuvor gesehen hatte, doch er trug es mit der Eleganz eines Maßanzugs. Die Ränder seiner sichtbaren Tattoos schimmerten unter dem warmen, gelben Licht wie lebendige Schatten.

„Kein Big Gulp", sagte er, „aber genug, um dir einen French Martini zu mixen."

Ich trank einen kleinen Schluck. Verdammt, der war gut.

Erst als der Duft von Steak, karamellisierten Kartoffeln

und Tomate-Mozzarella-Spießen in meine Nase stieg, knurrte mein Magen wie ein wildes Tier. Da er nicht auf mich gewartet hatte, stürzte ich mich auf das Essen. Und trank Wasser anstatt des Martinis – ich wollte klar bleiben. Als ich vom Teller aufblickte, spürte ich die Hitze der Scham meinen Nacken und meine Wangen emporkriechen. „Ich war hungriger, als ich dachte", murmelte ich, wischte mir den Mund mit der Serviette ab und trank einen Schluck Martini. „Danke."

Er grinste schief und schob die verpackte Schokolade zu mir. Kein Turm, sondern eine kleine Pyramide. Ich wickelte ein Stück aus, steckte es in den Mund, überzeugt, dass Gold in der Folie war – zu kostbar, um sie zu zerknüllen.

Dann schob er mir das Notizbuch zu. Die Zauber waren in übersichtliche Abschnitte gegliedert – Dominic meinte es ernst damit, dass wir es richtig machten. „Ich habe sie nach Erfolgswahrscheinlichkeit sortiert, basierend auf den Reaktionen deiner Male und der im Kerker. Meistens geraten, aber ich glaube, meine Magie hat bisher den Erfolg blockiert."

Beim Durchblättern der Zauber war es schwer, die aufkeimende Hoffnung zu unterdrücken. Wenn die Zauber aufgehoben waren, konnte ich Schadensbegrenzung betreiben – ich war nicht überzeugt, dass das Books and Brew ohne Folgen davonkommen würde.

„Lebst du hier nur mit deiner Familie?", fragte ich und schob das Notizbuch beiseite.

Dominic schien sich mit Schweigen wohlzufühlen. Ich sah darin eine verpasste Chance, mehr über diese Welt – und ihn – zu erfahren. „Anand, die Wachen, das Personal. Die Wachen wohnen hier, einige vom Personal auch. Wir haben Menschen – Verpflichtete."

„Versklavte", korrigierte ich, die Stimme scharf wie ein Messer.

Er schüttelte den Kopf. „Vertraglich verpflichtet. Sie

haben die Wahl. Sie arbeiten hier für Geld oder einen Gefallen. Dass Leute kurz ihre Freiheit für Geld, Chancen in deiner Welt oder ein neues Leben aufgeben, überrascht dich doch nicht, oder?" Dominics Kiefer war angespannt; er wartete auf neue Fragen, aber ich hatte keine. Geld im Austausch für zehn Jahre Unterwelt. Fünf Jahre für den Traumjob, ein Haus, einen Partner in unserer Welt. Ich hatte nur eine Frage, doch bevor ich sie stellen konnte, sagte er: „Unsterblichkeit bieten wir nicht an. Wir respektieren die Grenzen des Lebens."

Mein Gesicht verbarg den Ekel nicht. „Anand wurde hier geboren?"

Er nickte, sein Blick intensiver. Ich war nie subtil beim Informationensammeln. „Seine Mutter war eine Hexe?"

Er schüttelte den Kopf. „Wolfswandler – gefährlich. Ich vermute, eine Hexen-Hybride. Ihr Biss war giftig für Vampire und Wölfe."

Es war, als zöge man Zähne. „Sein Vater?"

„Kein Wandler, kein Vampir", sagte er, seine Stimme mit einem Hauch von Endgültigkeit, um das Thema abzuwürgen.

„Was dann?"

Er lehnte sich vor, studierte mich. „Ändert seine Herkunft dein Leben irgendwie?" Seine Worte waren scharf, der Ton barsch.

„Nein, ich bin nur neugierig", erklärte ich. Ich hatte eine Schutzreaktion für Anand provoziert – das war interessant. „Er verschwindet einfach im Hintergrund, oder tarnt er sich? Ist das Wandler-Magie? Vampir-Magie? Illusionszauber?"

„Abgesehen von Vadim ist das Wandeln in ihr Tier die einzige Magie, die Wandler besitzen. Vampire können zonen und zwingen. Das hab' ich dir schon erklärt." Kühle driftete in seine Miene, seine Augen. „Wenn du mehr über Anand wissen willst, frag ihn."

Ein langer Schluck aus seinem Glas setzte einen Punkt

hinter das Thema. Er lehnte sich zurück. „Morgen hast du Magie." Ein Flattern der Aufregung zuckte durch mich.

„Wir machen die Zauber hier. So sehen wir die Reaktion darauf", sagte er. „Ich brauche den Nekroklavis zurück."

„Natürlich, es ist nicht so, als wollte ich, nachdem wir hier fertig sind, zurück in die Unterwelt spazieren." Ich konnte nicht glauben, wie selbstverständlich sich das anhörte – als wäre die Unterwelt ein Punkt auf der Karte.

War das Enttäuschung in seinem Blick?

„Das könnte unsere letzte Nacht zusammen sein", flüsterte er, Verführung und Einladung schwer in seiner Stimme.

„Das muss es nicht sein." Verdammt, sie sollte es besser sein, schrie die Spaßbremse in mir. Ich musste auf sie hören.

Als er sich über den Tisch lehnte, spürte ich den Sog seiner Präsenz, die dunkle Sinnlichkeit, die ihn umgab, und die Einladung. Er strahlte rohe Sexualität aus, und was immer er tat, lockte mich. Unanständige Gedanken schlichen sich ein, und ich kämpfte hart, sie zu zerquetschen.

Dominic lockte mich in sein Netz der Verführung, und ich war bereit, wie so viele vor mir (da war ich mir sicher), seine Beute zu werden.

„Es sei denn, es scheitert." Helena trug ihr grausames Lächeln wie eine Krone, als sie sich dem Tisch näherte. Niedertracht wehte herüber wie ein Parfüm. „Dann hast du keine Wahl, Dominic, als zu Extremen zu greifen. Der Konvent verliert die Geduld, und andere sind involviert. Du wirst pragmatisch reagieren müssen – dein Spezialgebiet." Ihre Augen waren gnadenlos, bohrten sich in ihn, dann in mich. Existierte auch nur eine Spur von Liebe zwischen ihnen? „Gönn dir seine Verführung. Lass ihn dich heute Nacht haben. Wenn die Lustschreie, die ich von anderen gehört habe, ein Hinweis sind, wird es dir gefallen."

Widerlich, das über deinen Bruder zu wissen, aber sprich ruhig weiter.

Ich schluckte. Mein Blick huschte zu Dominic, der,

immun gegen ihre Grausamkeit, seine Schwester mit entspannter Gleichgültigkeit beobachtete.

„Du kannst ihn heute Nacht ficken. Vergnüg dich. Aber du musst wissen, dass er sich von dir runterrollen und dir im selben Atemzug die Kehle aufschlitzen würde." Sie malte ein lebhaftes Bild seiner Gewalt und Gleichgültigkeit – das die Bilder von heute nur verstärkte.

Mit Mühe hielt ich Enttäuschung oder Schock zurück. Ich wünschte, ich hätte den Mut, ihr ins Gesicht zu sagen: „Wenn ich sterbe, dann immerhin unter einem heißen Typen." Das hätte ihr Grinsen weggewischt. Aber ich konnte nicht so locker mit dem Tod umgehen. Ich wollte leben.

Dominics ausdrucksloser Blick auf seine Schwester war eine Erinnerung an seinen gleichgültigen Umgang mit Mord und Gewalt. Er hielt seine Versprechen, aber er hatte nie versprochen, mich nicht zu töten.

Ich wich zurück und behielt beide im Auge. Bevor ich gehen konnte, sah ich Helenas siegessicheres Grinsen und Dominics undurchdringliche Miene, die ihren Triumph zu dämpfen schien. Sie starrten einander an, ihre trotzige Häme wich der Unruhe. Sie schluckte schwer und schloss kurz die Augen. Hatte sie eine Grenze überschritten?

Er riss seinen Blick von ihr los und sah mir nach, als ich ging. Er hielt mich nicht auf und leugnete nicht, was sie gesagt hatte.

Ich konnte nicht einschlafen. Helenas gehässige Worte klebten an mir wie Pech. Mich an den Optimismus zu klammern, den ich mit dem Prinzen teilte, wurde immer schwerer. Ich hörte auf, mich hin und her zu wälzen, als jemand klopfte, doch ich reagierte nicht.

„Ich weiß, dass du wach bist. Ich habe dich gehört." Stand er da und überlegte, wie er sagen sollte „Ich weiß, dich zu töten ist mein Notfallplan, aber können wir das vergessen und Freunde sein?"

Ich rollte aus dem Bett, stapfte zur Tür und riss sie auf. „Was?", knurrte ich und klang furchterregend. Wenn Worte Macht hätten, wäre sein Kopf weg.

Er schwieg lange, seine Augen glitten über meinen Körper und blieben an meinen Lippen hängen, als könnte er nicht glauben, dass so viel Wut da herauskommen konnte. Dann begegneten sie meinen.

„Meine Schwester hat eine Grenze überschritten."

„Hat sie was Falsches gesagt?"

Ein Seufzen war seine Antwort – eine leise Bestätigung. „Darf ich reinkommen?"

„Habe ich eine Wahl?"

„Ja."

„Dann nein."

Er nickte. „Ich brauche den Nekroklavis."

Ihm die Tür ins Gesicht zu knallen, fühlte sich besser an, als ich je gedacht hätte. Ich nahm den Nekroklavis vom Schrank, riss die Tür auf und drückte ihn gegen seine Brust. Er packte meinen Arm, zog mich an sich. Sein Duft – Wein und Erde – mischte sich mit der Härte seines Körpers.

Der Typ hat vor, dich zu töten, wenn das morgen schief-geht, rief ich mir ins Gedächtnis und verfluchte meine Hormone. Die hatten keinen Selbsterhaltungstrieb.

„Du überlebst das nur dann nicht, wenn ich sterbe", flüs-terte er. „Das verspreche ich dir." Er kam näher. Seine Lippen waren warm, sein Atem streifte über meine – ein Hauch, kaum ein Kuss. „Okay?", hauchte er.

Er ließ mich los, aber ich zog mich nicht zurück.

„Okay?", wiederholte er.

Erleichterung flutete mich, nahm ein Gewicht von meinen Schultern, von dem ich nicht bemerkt hatte, dass es da gewesen war. Perspektive ändert alles. Seine Neigung zur Gewalt, seine Macht, dass er ein scharf kalkulierender Stratege war, seine Arroganz – alles, was mich an ihm störte, würde uns als Sieger hervorgehen lassen.

„Gute Nacht, Luna“, sagte er und ging. Ich sah ihm nach, bis er um die Ecke verschwand.

„Das ist sein Eid, nicht meiner“, bemerkte Helena, ihre Stimme ätzend vor Verachtung. Ich drehte mich um – sie stand nur Zentimeter entfernt.

Ich zeigte auf mein Gesicht, auf dem keine Emotionen zu sehen waren – Müdigkeit half wohl dabei. „Das ist mein ‚Geht-mir-am-Arsch-vorbei‘-Gesicht. Sorry, wenn es meinem ‚Dein-Getue-wird-langweilig-such-dir-was-Neues‘-Gesicht ähnelt.“

Ohne ihr eine Chance zu geben, etwas zu erwidern, ging ich zurück in mein Zimmer und schob einen Stuhl vor die Tür. Den Nekroklavis hatte ich Dominic gegeben, nicht das Messer. Helena würde es zu spüren bekommen, falls sie hereinkam.

19

Es dauerte eine Weile, das weitläufige Wohnzimmer vom Eingang aus zu betrachten, wo uns der Aufzug ausgespuckt hatte. Zu meiner Enttäuschung hatte uns unser Trip aus der Unterwelt nicht in die Gasse hinter dem Books and Brew zurückgebracht. Ich wollte die Endergebnisse ihrer Aufräumaktion sehen – wie sie das Chaos weggezaubert hatten. Emonis fünf Textnachrichten, in denen sie mich bat, sie zurückzurufen, weil sie hören wollte, wie es mir ging, beruhigten meine Nerven nicht, trotz Dominics Beteuerung, alles sei „geregelt". Seine Definition von „geregelt" war meilenweit von meiner entfernt, ein Abgrund, den ich nicht überbrücken konnte.

„Ich bin okay", tippte ich. „Du?"

„Hast du vom Laden gehört?"

Den ganzen Tag hatte ich mir überlegt, wie ich damit umgehen würde, wenn die Frage käme, aber jetzt war es ein verdammter Brocken, meiner besten Freundin ins Gesicht lügen zu müssen, schwerer als gedacht. Ich beschütze sie, rief ich mir ins Gedächtnis, ein Mantra gegen die Schuldgefühle.

„Ja, Cameron hat eine Nachricht hinterlassen. Laden

verwüstet." Ich fügte ein wütendes Emoji hinzu, ein kleiner digitaler Aufschrei. „Manchmal hasse ich Menschen."

„Ich auch."

Ich wollte gerade antworten, als Emonis Klingelton losging – dass sie anrief, ließ alle Alarme in mir schrillen. Sie liebte Textnachrichten oder Videoanrufe, nicht das hier. Mein Magen zog sich zusammen.

„Luna", platzte sie raus, sobald ich ranging.

Dominic tat beschäftigt und räumte in einer Küche auf, die sowieso schon makellos war. Er verschob das Gewürzregal von einer Seite des Herds zur anderen. Die Küche glänzte, als wäre sie nie benutzt worden, die Gewürze nur Deko für ein Foto.

„Geht's dir gut?", fragte sie und die Sorge wog wie Blei in ihrer Stimme.

„Ja, warum?"

„Dein Ex" – das Wort triefte so vor Verachtung, dass sie genauso gut „Arschloch" hätte sagen können – „war heute im Café und hat mich gedrängt, mit dir zu reden." Da ich wusste, was Emoni von ihm hielt, musste sie Jacksons Auftauchen beunruhigt haben.

„Mir geht's gut."

„Bist du bei Dominic?" Dass sie seinen Namen nannte, anstatt ihn „den heißen Typen aus dem Café" zu nennen, bedeutete, dass Jackson mehr getan hatte als nur zu drängen. Wahrscheinlich hatte er ihr eine verzerrte Version von Dominic und den Ereignissen gestern serviert – falls der Dunkle Magier oder die Schattenkonvent-Leute ihn nicht verzaubert hatten, um es zu vergessen.

„Nein." Die Lüge brannte wie Säure. „Aber ich habe ein paarmal mit ihm abgehangen. Er ist –" Ich sah Dominic an, direkt in seine Augen, denn er hatte aufgehört, so zu tun, als würde er nicht lauschen. Er lehnte an der Wand, die Arme verschränkt, in einem maßgeschneiderten olivgrünen Hemd, das seine Augen wie Feuer leuchten ließ. Es lenkte mich auf seine beneidenswert langen Wimpern – hatte ich die absichtlich übersehen, um ihre Wirkung zu ignorieren? Warum Menschen zwingen, wenn er sie mit einem Blick verlocken konnte, alles zu tun, was er wollte?

„Er ist nicht so seltsam, wie ich dachte. Ziemlich interessant, und natürlich ist alles, was Jackson über ihn sagt, pure Eifersucht."

Stille.

„Hast du heute was vor?", fragte sie.

Ja, ich besorge mir Magie und hebe einen Zauber auf, um Gefangene in den Unterwelt-Knast zurückzubringen. Danach Couch, Chips, M&Ms, Margaritas, Tacos und die seichteste Serie, die ich finde. Du? „Nicht viel, warum?"

„Kannst du kurz im Café vorbeischauen? Ich … ich … ich würde dich gern sehen. Bitte."

Eine seltsame Bitte, aber als ich die Angst und Dringlichkeit in ihrer Stimme hörte, wollte ich alles tun, um sie zu lindern. „Klar. In einer Stunde", sagte ich, als Dominic stumm eine Zeit mit den Lippen formte.

„Super." Erleichterung flutete ihre Stimme.

Als ich auflegte, war Dominics Miene ausdruckslos. Der pfirsichfarbene Sonnenschein durch die raumhohen Fenster – eine ganze Wand der Wohnung – malte einen Schein um seine Gestalt. Ich riss meinen Blick los und musterte die geschwungenen weißen Leder-Art-Déco-Sessel – Museumsstücke, nicht zum Sitzen. Den Sofatisch aus Holz mit klaren Linien. Große Kunstwerke an neutralen Wänden. Der Teppich war das Einzige, das bequem aussah. Ich bückte mich, strich über das weiche Material. Noch ein Wohnzimmer rechts, genauso makellos.

„Helena und ich teilen es uns. Die Schlafzimmer wirken bewohnter", gab er zu.

Ich sah ihn argwöhnisch an, die Einladung in seinen Worten war nicht zu überhören. „Kannst du mich zum Café bringen, oder soll ich ein Lyft rufen?"

„Ich bringe dich hin. Besser, wir bleiben zusammen, bis das vorbei ist.“

In der Garage, in der ein silberner BMW, ein schwarzer Audi R8 und ein Range Rover parkten, drehte er sich um. „Die Garage ist privat – gehört zur Wohnung.“

Emonis Augen leuchteten, als ich das Café betrat. Es waren keine Kunden an der Kasse, also kam sie hinter der Theke hervor und umarmte mich – mit einem Schraubstockgriff. Ich löste mich von ihr und musterte sie. Umarmungen waren nicht ihr Ding.

„Kannst du das glauben?“ Sie wedelte in Richtung Buchladen, wo ein Team mit Reparaturen beschäftigt schien. Ausstellungsregale und Bücher waren ins Café gebracht worden, alles Verkaufbare dazu, die Tür war geschlossen.

Die Sachen nahmen nur einen kleinen Bereich ein, was die paar Gäste nicht störte. Mit ihrem Kaffee in der Hand stöberten sie, während Lilith an der Kasse wartete. „Ich frage mich, warum nur der Buchladen betroffen war“, überlegte Emoni mit gerunzelter Stirn.

„Was?“

Sie nickte einer anderen Barista zu und bat sie ohne Worte zu übernehmen. Mir zugewandt, zeichneten Sorgen Falten in ihr Gesicht, und sie wirkte streng. Ihre dicken, kleinen Locken waren mit einem Puff Cuff zurückgebunden; was sie wiederum jünger wirken ließ.

„Das klingt jetzt vielleicht lächerlich … okay, verrückt, aber Jackson sagt, Dominic ist besessen von dir. Er denkt, Dominic hat den Laden verwüstet, um mehr Zeit mit dir zu haben. Er ist überzeugt, du bist ständig bei ihm.“ Sie schlug die Hände vors Gesicht. „Ugh, laut gesagt klingt das noch absurder.“ Ein freudloses Lachen, Finger gespreizt, musterte sie mich.

„Ich habe viel Zeit mit ihm verbracht. Ich finde ihn interessant." Keine Lüge.

„Und heiß wie die Hölle", fügte sie hinzu.

„Das leugne ich nicht." Ich grinste, konnte das Misstrauen nicht abschütteln, dass sie vielleicht gezwungen worden war wie Jackson? Nein, das war Emoni: spöttisches Grinsen, ausdrucksstarke Augen und diese charismatische Präsenz, die sie mit schnippischen Beleidigungen gegen „Möchtegern-Kaffeeliebhaber" durchkommen ließ.

„Ich wollte nur sichergehen, dass es dir gut geht", gab sie zu.

Sie führte mich zu einem Tisch, ein paar Schritte von Peter entfernt, der einen Ecktisch okkupiert hatte – die Beine ausgestreckt, Bücher, Papiere, Tablet, ein unangetastetes Sandwich und ein Muffin mitten drauf, ein Bollwerk gegen potentielle Mitnutzer.

Ich schüttelte den Kopf, nickte in seine Richtung. „Definitiv Einzelkind."

„Oder egozentrischer Arsch."

„Möglich, aber er scheint nett. Nur ein bisschen seltsam."

Sie wirkte nicht überzeugt, sah zum Fenster. „Es ist schön draußen. Lass uns spazieren gehen und uns unterhalten. Wir haben ewig nicht geredet."

Vertrautheit kehrte ein. Unsere Spaziergänge durchs Viertel – Leute beobachten, Mode bewundern, Essensdüfte einatmen, wetten, ob das Hundespa, die Hanfbäckerei oder sonst irgendein Laden mit schlecht durchdachtem Konzept nächstes Jahr noch da wären.

„Klar."

Dominic saß draußen auf der Terrasse des Restaurants gegenüber dem Café. Ohne gezieltes Suchen blieb er unbemerkt. Angesichts Emonis Fragen war es klug, dass ich ihn gebeten hatte, nicht mitzukommen.

„Hier entlang", sagte sie, zeigte weg von der Hauptstraße, durch die Gasse. „Wir nehmen immer diesen Weg. Lass uns

den Kern Way runtergehen. Ich will das neue Café sehen“,
drängte sie, als ich zögerte.

Okay.

„Erzähl mir von Dominic“, sagte sie, als sie auf unser Ziel
deutete – ein Schild mit dampfender Tasse neben „Café
Intermezzo“. Würde es Amerikaner ansprechen oder war es
zu prätentiös?

„Ich weiß nicht viel über ihn. Er ist grüblerisch, distanziert.“ Wieder keine Lüge.

„Also denkt er nicht, dass du eine Hexe bist?“, neckte sie
und sah mich an.

„Er wechselt das Thema, wenn ich das anspreche. Er
glaubt es, aber weiß, wie absurd das ist.“ Lüge. Die Schuldgefühle, weil ich sie anlog, um sie zu schützen, lagen schwer in
meinem Magen. Emoni schien nichts zu bemerken, wechselte schnell zu: „Magst du ihn?“ Mein „Nein“ klang wenig
überzeugend. Sie ließ es durchgehen. Es war komplizierter.
Ich konnte den Prinzen der Unterwelt nicht mögen. Aber die
Anziehung leugnen war lächerlich.

Sein leidenschaftliches Versprechen, dafür zu sorgen,
dass ich das überlebte, hatte meine Sicht auf ihn verändert.
Ich bezweifelte, dass er oft Versprechen machte, jemandes
Leben zu schützen – Gelübde, Leben auf die schmerzhafteste
Weise zu nehmen, waren wahrscheinlich eher sein Ding.

Ich verdrängte Dominic aus meinem Kopf, spürte, wie
sehr mir Emoni, das Reden und die Normalität gefehlt
hatten.

„Der Besitzer von Kingmakers will, dass unsere Band
regelmäßig dort spielt“, erzählte sie, nachdem wir im Intermezzo Kaffee geholt hatten. Blickte sie wegen der Designer-
Kaffees und zuckrigen Desserts so finster drein? „Das ist
kein Café, das ist eine Konditorei“, klagte sie leise, als die
Barista uns wegen unseres schwarzen Kaffees und unseres
Verzichts auf Gebäck missbilligend ansah.

„Wirklich?“

„Die Frau, mit der ich nach dem Wine-Down gesprochen habe.“

Da war ein Zögern in ihrer Stimme. Sorge, wo Begeisterung sein sollte. „Sie hat uns für zweimal im Monat gebucht“, sagte sie. Der Herzschmerz war ihren Worten anzuhören. Ich blieb stehen und sah sie an. „Und mich und Gus mittwochs, als Duo.“

Ich blinzelte und bemühte mich, keine Emotionen zu zeigen – eine Leinwand, um ihr zu geben, was sie brauchte. „Wollen sie, dass ihr Covers singt wie beim Wine-Down?“

Sie nickte. „Mittwochs, zweimal pro Monat. Passt zu den Gästen, meint sie. Du weißt, was ich von Covers halte – gelegentlich Spaß, aber ich muss meine Musik machen. Das habe ich ihr auch gesagt.“

„Und?“

„Sie ist mit einer Mischung einverstanden.“

„Was denkst du?“

Sie lenkte mich am Ellbogen, nahm einen ruhigeren Weg zurück. Ich nippte an meinem Kaffee und wartete.

Sie kämpfte innerlich. „Ein paar Künstler wurden so entdeckt. Ohne die Band fühlt es sich aber wie Verrat an. Gus ist dabei – er sieht es anders.“ Sie verdrehte die Augen. „Vielleicht hat sie was in unserem Duo gesehen, das mir entgangen ist. Zu zweit könnten wir erfolgreicher sein, mehr Lieder für uns schreiben. Zwei Tage im Monat wende ich der Band den Rücken zu.“

Sie zuckte die Schultern, seufzte genervt. „Ich bin sechsundzwanzig und leider –“ Sie verzog das Gesicht, der Rest blieb unausgesprochen. Wir hatten es oft durchgekaut – ihre Hautfarbe, ihr Alter, und ihr „exotisches“ Aussehen könnten sie einschränken. Ihr Look war kein Hindernis, aber das war nicht der Moment, das zu sagen. Sie klagte oft, dass Schubladendenken künstlerischen Ausdruck erstickte.

Ernst sah sie mich an. „Es ist eine Chance und könnte

Türen öffnen." Doch das Zögern blieb. „Was soll ich machen?"

Ich tat, als überlegte ich, obwohl die Antwort klar war. „Ich denke, du solltest es tun."

Etwas klatschte gegen meinen Rücken und presste mir die Luft aus den Lungen, als ich mit dem Gesicht voran zu Boden fiel. Schnell rollte ich herum und verschütteter Kaffee sickerte in mein Shirt, während ich mich bewegte. Vier Übernatürliche rasten auf mich zu. Rechts eine Vampirin, die Emoni mit dem Finger unter dem Kinn zwang, ihr in die Augen zu sehen.

„Danke, Emoni, dass du sie hergebracht hast. Vergiss, dass du Luna heute gesehen hast. Du hast sie angerufen, sie besucht ihre Familie, und jetzt husch, zurück ins Café!"

Sie pflanzte neue Erinnerungen ein, während Emoni sie mit leerem Blick anstarrte. Wut und Angst rangen in mir – die Welt sollte nicht wissen, dass sie existierten, ich wollte, dass sie weg waren. Für immer.

Ich rutschte zurück, versuchte, Abstand zwischen mich und die Übernatürlichen zu bringen, und suchte nach einer Waffe – aber da war nichts. Der Kaffee war weg, das Handy im Auto.

Den Vampir davon abzuhalten, Emoni zu zwingen, war zweitrangig – ich wollte, dass sie vergaß. Wir waren in einem ehemaligen Industriegebiet, wo Betriebe in coole Lofts umgewandelt worden waren, niemand war da. Und selbst wenn jemand nach draußen kommen wollte, würde Magie sie daran hindern.

Einer der vier, ein Wandler, kam näher, kalte, raubtierhafte Augen auf mich gerichtet. Er wollte gerade wandeln, als sein Kopf zur Vampirin zuckte – die gepfählt worden war, ihr Staub hing einen Moment in der Luft, dann fiel er zu Boden. Das erste Zeichen von Dominics Ankunft. Seine Kralle schnitt die Halsschlagader des Wandlers auf. Er ging zu Boden, presste eine Hand an seinen Hals und wartete darauf, dass seine Selbstheilungskräfte ihr Werk taten. Dominics silbernes Messer in seinem Bauch machte diese Hoffnung jedoch zunichte.

Ohne den Zwang der toten Vampirin schnitt der Schock Emonis Schrei ab. Mit offenem Mund und weit aufgerissenen Augen starrte sie auf die Gewalt – Dominics Gewalt. Ich rannte zu ihr. „Es ist okay", versuchte ich, sie zu beruhigen, doch sie richtete ihre Abscheu gegen mich.

„Luna, in was bist du da reingeraten?" Sie wich zurück, Schritt für Schritt, hielt Abstand von mir. Magie prickelte in meinem Rücken, ein Keuchen erstickte – ohne die Brutalität hinter mir gesehen zu haben, verriet Emonis Gesicht, was vor sich ging.

Wind peitschte auf, ein Zyklon zog uns an. Ich blickte über meine Schulter und sah die letzte Übernatürliche, eine Hexe, die ihre Finger kreisen ließ. Emoni und ich rannten gegen die Kraft an, doch bevor wir entkamen, fiel der Zyklon, als die Hexe mit dem Gesicht voran auf den Asphalt aufschlug.

Diesmal schrie Emoni wie am Spieß. Es klang wie ein Alarm. Ich stürzte mich auf sie und presste die Hand auf ihren Mund. „Hör auf. Bitte. Es ist okay. Es ist okay."

Nichts war okay. Und nichts an meiner Stimme hörte sich so an. Sie hatte die finstere Seite der übernatürlichen Welt gesehen, war eine unfreiwillige Spielfigur in einem Versuch geworden, mich zu ermorden. Das war sowas von falsch, und ich hatte nicht die Gabe, daraus irgendetwas anderes zu machen als den massiven Clusterfuck, der es war.

Ihr Schrei wurde ein Wimmern unter meiner Hand, Tränen liefen über ihre Wangen, benetzten meine Haut. Ich kannte das Gefühl.

Dominic war am Telefon. Ich nahm an, dass er eine Aufräumaktion in die Wege leitete. Aber wer konnte das schon wissen, vielleicht hatte er Hunger und bestellte Pizza.

„Was läuft hier?", hauchte Emoni mit schwacher Stimme, als ich die Hand sinken ließ.

„Es wird eine Weile dauern, das zu erklären."

„Das kannst du hier nicht machen", flüsterte Peter, der plötzlich neben Emoni war und die Hand schützend an ihren Rücken legte. Ich war alles andere als froh, ihn zu sehen – noch jemand, der in den Schadensbegrenzungsprozess hineingezogen wurde. Was auch immer er gesehen hatte, er wirkte weniger erschüttert als Emoni. Vielleicht hatte er die Magie verpasst und nur ihre Reaktion gesehen?

„Lasst uns hier verschwinden", flüsterte er, immer noch laut genug, dass Dominic, der alles, was die toten Killer identifizieren konnte an sich genommen hatte und sich ihre Gesichter ansah, als prägte er sie sich ein. Sein Kopf schnellte hoch, er sprang auf und rannte auf uns zu.

Emoni und ich sahen einander verwirrt an. Dominics Gesicht war zu einer zornigen Fratze verzerrt. Emoni starrte auf den Feuerball, der sich in seinen Händen bildete, und verpasste das gelbe Aufleuchten bei Peter, dessen Maske des unschuldigen Bücherwurms aus dem Books and Brew fiel. Seine Augen wurden einige Töne dunkler, und eine Aura, die nicht von dieser Welt war, ging von ihm aus. Sie wieder zu spüren, weckte die Erinnerung an Spuren davon, als ich mit Jackson vor dem Laden gesprochen hatte

Ich wirbelte zu ihm herum. „Du bist es!", rief ich, wich zurück.

„Ich wollte nicht, dass du es so erfährst", gab er zu. Er griff in die Luft und löschte das Feuer, das Dominic auf ihn geworfen hatte, bevor er eine graue Kugel zurückwarf, die aussah wie sauerstoffentziehende Magie. Dominic wich aus, er war nicht immun gegen Peters Magie.

Ich packte Emonis Hand, zog sie zu mir und stellte mich vor sie. Peter würde mich nicht töten, aber sie?

Ich hörte Schritte. Das Zischen eines Schwerts kündigte Anand an. Peter verzog das Gesicht, wirbelte herum, schoss einen Strahl weißer Magie auf ihn und schleuderte ihn ein paar Schritte zurück. Peter konzentrierte sich. Die Magie wob sich um Anand. Sein Körper entspannte sich, ging zu Boden, und sein Atem wurde flach. Er brachte ihn um.

Dominics Klauen an einer Hand waren ausgefahren, also benutzte er die andere, um Feuer auf ihn abzuschießen – schnelle magische Geschosse. Peter löschte sie desinteressiert, als wären sie nicht mehr als lästige Fliegen.

Etwas lenkte ihn jedoch ab. Er brummte angewidert, drehte sich in meine Richtung, lächelte und verschwand. Dann tauchte er wieder hinter Emoni auf, flüsterte etwas und drückte seine Hand auf ihre Kehle. Sie presste ein Keuchen heraus und sackte zu Boden.

Peter grinste Dominic höhnisch an: „Du kannst sie nicht retten und mir folgen.“ Dann verschwand er wieder.

Anand rollte sich zur Seite. Er war am Leben, aber sichtlich mitgenommen. „Die Abwehr wurde durchbrochen. Sie muss wiederhergestellt werden“, sagte er.

„Sie ist wiederhergestellt“, sagte Madeline aus ein paar Schritten Entfernung; ihr Missfallen, als sie Dominic und mich sah, war offensichtlich.

Dominic ignorierte es, wog ab, Peter zu jagen, Unentschlossenheit im Gesicht.

Ich hielt Emoni in meinen Armen und schrie ihn an: „Hilf ihr!“ Meine Worte waren scharf von meiner Wut angesichts seiner klinischen Einschätzung der Lage. Er hatte den Dunklen Magier gefunden – sie war ein Kollateralschaden auf dem Weg, den großen Bösewicht zu fangen. „Sofort!“, schrie ich.

Widerwillig kniete er neben ihr nieder, untersuchte sie und runzelte die Stirn. Wut ging in Wellen von ihm aus. „Ein Necri“, sagte er zu Madeline.

Ihr Gesicht verzog sich mit demselben Ausdruck von Ekel und Verachtung. „Man benutzt ihn, um den Tod zu simulieren. Es ist ein schwieriger Zauber und einer der wenigen, die ohne jede Ausnahme illegal sind."

Peter hielt sich nicht an ihre Regeln – genau, was die Revelatoren wollten. Freiheit von allen Einschränkungen.

Dominics ruhige Art, den gefährlichen Zauber zu lösen, langsam, sorgfältig, erinnerte mich an jemanden, der eine Bombe entschärfte. Gefühlte Stunden vergingen, doch ich nahm an, es waren Minuten. Mein Herz hämmerte so laut, dass es eine Ablenkung sein musste.

Als der Todesschleier von Emoni fiel, löste sich ein silbernes Licht von ihr und sie setzte sie sich auf und sah sich ängstlich um. Sie wich zurück, als Dominic ihren Namen rief – ein unirdischer, melodischer Klang. Es war nicht nur Emoni, den er bat, auf seine Verlockung zu hören.

Madeline trat zurück und beschäftigte sich damit, die Spuren des Mordversuchs zu beseitigen. Ihre Effizienz verriet mir, dass es Routine war, schon viel zu oft praktiziert.

Tränen stiegen mir in die Augen, als Dominic Emonis Erinnerungen manipulierte, um sie glauben zu machen, dass sie mich heute im Books and Brew getroffen hatte und wir dort Kaffee getrunken hatten. Sie folgte ihm zum Café Intermezzo, wo ich mir sicher war, dass er weitere Gedanken manipulierte, um zu erklären, warum sie vor dem Café stand.

Der einzige Trost war, dass wir jetzt zumindest wussten, wer der Dunkle Magier war.

20

Dominic beobachtete, wie ich in der lächerlich sterilen Wohnung auf und ab ging, die sich wie ein luxuriöses Krankenhaus anfühlte. Es fehlte die Wärme eines Zuhauses. Die grauen Holzböden, die leblosen neutralen Wände und das Licht, das durch das Fenster strömte, wirkten plötzlich so viel härter. Ich wusste, dass sich der Raum nicht verändert hatte; ich hatte mich verändert. Die Welt sah unwiderruflich anders aus.

„Das musste sein", versicherte er mir zum dritten Mal, aber es war mehr als nur das mit Emoni, was mich störte; es war die Spekulation über Peter. Der Dunkle Magier war die ganze Zeit vor meiner Nase gewesen. Er hatte mich beobachtet, Bemerkungen über den Ring gemacht, der meine Male verdeckte, dabei hatte er verdammt gut gewusst, warum er anders aussah. Er hatte mich aus all den Menschen, die er getroffen hatte, ausgewählt, und ich wollte wissen, warum.

Dominic stellte sich mir schließlich in den Weg und blickte auf mich herab. „Inwieweit hilft dir das?"

„Denken. Es hilft mir, zu denken." Das tat es nicht. Die Bewegung war nur eine Ablenkung.

„In weniger als einer Stunde treffen wir Emmanuel, besorgen die Magie, die du brauchst, und dann ist das für dich vorbei, Luna."

„Wird es das tatsächlich sein?", ich spie die Worte aus und legte all meine Frustration und Wut hinein. „Killer haben es auf mich abgesehen. Sobald die Gefangenen wieder in den Perils sind, laufe ich nicht mehr Gefahr, ermordet zu werden, aber was hält euch alle davon ab, Magie gegen mich – gegen uns – einzusetzen? Aus meiner Sicht scheint die Durchsetzung des Gesetzes gegen den Einsatz von Magie gegen Menschen ziemlich lax zu sein. Und der Grad an Magie, der erlaubt ist, um euch vor der Entdeckung zu schützen, ist verdammt breit gefächert. Wie verhindern wir, dass wir von Vampiren gezwungen werden?"

„Sieh ihnen nicht in die Augen."

Herzlichen Dank auch. Anand hatte dasselbe zu mir gesagt, was mich einfach nur wütend machte.

„Wenn wir nicht wissen, dass sie existieren, können wir nicht einmal diese einfache Maßnahme ergreifen."

Die Revelatoren hatten ein gutes Argument: Die Existenz der Übernatürlichen musste bekanntgemacht werden, um den Menschen eine faire Chance zu geben, sich zu schützen. Aber sie wollten in einen königlichen Status erhoben werden. Nicht als Ebenbürtige leben, sondern als unsere Überlegenen. Der Schattenkonvent und seine Anhänger wollten an den Schatten festhalten, aber soweit ich das beurteilen konnte, setzten sie die Grenzen der Magie von Übernatürlichen gegen Menschen nicht ausreichend durch.

„Und der Angriff gestern. Wer waren die? Was ist ihre Ideologie? Ihre Ziele? Wie könnt ihr eure Regeln durchsetzen, wenn sie anscheinend niemanden interessieren?"

„Ich gehe immer noch Hinweisen nach. Ich denke, es ist ein Aufstand – ein Coup in seiner Anfangsphase."

Sobald ich tot wäre, könnten die Leute, die den Coup versuchen wollten, jene, die die Anonymität der Übernatürlichen bewahren wollen, überzeugen, sie zu unterstützen. Schließlich war das die Gruppe, die Erfolge vorweisen konnte. Wären sie besser oder schlechter als der Schattenkonvent? Die Angreifer vom gestrigen Anschlag hatten mich tot sehen wollen, also, selbst wenn sie besser darin wären, die Übernatürlichen zu kontrollieren, als der Schattenkonvent, konnte ich sie nicht unterstützen. Der Schattenkonvent versuchte wenigstens nicht aktiv, mich zu ermorden.

„Luna, du bist nach heute aus der Sache raus. Ich arbeite im besten Interesse der Menschen.“

Ich wollte ihm glauben. Und das noch mehr, als seine warmen Hände auf meinen Hüften ruhten und bernsteinfarbene Augen mich anflehten, es zu tun.

Ich konnte nicht. Er jagte seine eigenen Ziele. Ich musste meine Interessen verfolgen. Ein gemeinsames Ziel wäre toll, aber das sah ich nicht.

Nicht jede Bar hat eine einladende Atmosphäre, die durch Musik erzeugt wird, die laut genug ist, um sie draußen zu hören, aber nicht überwältigend, wenn man drinnen war, und ein Äußeres, das einen zu einem Drink und ein bisschen Spaß einlädt. Diese hier hatte grelle Lichter, die in ein Vernehmungszimmer gepasst hätten, an beiden Enden des einstöckigen Gebäudes mit schäbiger blauer Putzfassade. Das Schild war so schmutzig und verwittert, dass es unlesbar war. Das Innere wirkte düster, und wenn nicht eine Menge Motorräder davor gestanden hätten, hätte ich das Gebäude für leer gehalten.

„Hier hängt Emmanuel ab?“

Dominic nickte. Er teilte offenbar meine Bedenken nicht. Es war nicht nur das trostlose Gebäude – die Bar lag abseits der Hauptstraße, dreißig Meilen vor der Stadt, die nächsten Geschäfte meilenweit entfernt. Sie konnten hier so laut sein, wie sie wollten, ohne jemanden zu stören. Hilfeschreie würde allerdings auch niemand hören.

„Hat er kein Zuhause, wo wir uns hätten treffen können?"

„Natürlich hat er das. Er wollte sich hier treffen."

„Und du findest das nicht seltsam?"

„Nicht wirklich."

Er stieg aus dem Auto, und als ich sitzen blieb und den Laden weiter beäugte, kam er auf meine Seite und öffnete die Tür.

Ich ignorierte die angebotene Hand und sprang aus dem Auto. Ich kann das. Nur ein mächtiger Hexer, von dem ich mir Magie leihe, in einer Bar weit ab vom Schuss, wo niemand mich schreien hört. Ein Kinderspiel.

Ich musste aufhören, Krimis und Thriller zu lesen.

Das Innere war genauso schlecht beleuchtet, wie ich erwartet hatte, und alle Blicke wandten sich uns zu. Nun, zu Dominic, der gekleidet war in ein dunkelrotes Hemd, eine dunkelgraue Hose und Lederschuhe, mit dem stylish zerzausten Haar und dem kurzen Stoppelbart eines Mannes, der in eine schickere Bar gehörte als diese. Auch wenn seine Ärmel, die bis zur Mitte seiner Unterarme hochgekrempelt waren, den Blick auf arkane Symbole und aufwendige Muster freigaben, waren die im Vergleich zu den Tätowierungen der anderen Barbesucher dezent. Die meisten trugen kurze Ärmel oder Unterhemden und stellten ein beeindruckendes und schönes Geflecht aus Farben zur Schau. Andere waren dunkel, mit Porträts von Raubtieren: Wölfen, Panthern und Schlangen.

Alle Augen blieben auf uns, die Eindringlinge, gerichtet. Dominic schritt mit nonchalanter Selbstsicherheit durch die Bar, und seltsamerweise machten die Leute ihm Platz, anstatt dass er sich um sie herumwinden musste. Ich zog meine Schultern zurück, stand aufrechter, versuchte, seine Haltung nachzuahmen. Es war einfacher, wenn man Magie und

Klauen besaß, und sich übernatürlich schnell und präzise bewegen konnte.

Dominic ging langsamer, bis ich neben ihm war. Eine Hand, gut platziert auf meinem Steiß, lenkte meine Aufmerksamkeit kurz von der Menge auf die Wärme, die sich bei seiner Berührung über meinen Rücken ausbreitete.

Er beugte sich vor und flüsterte mir ins Ohr. „Es ist okay. Das ist nur ein Machtspiel von Emmanuel, um uns zu verunsichern."

„Mit Erfolg. Ich bin verunsichert." Ich hätte es vorgezogen, mich in einem Restaurant mit ihm zu treffen. Vielleicht in einem Eiscafé. Es gab nichts Bedrohliches in einer Coldstone Creamery.

Ich blieb nah bei Dominic und versuchte, das gleiche Maß an Selbstbewusstsein auszustrahlen. Ich war überzeugt, die „Leg dich nicht mit mir an, oder ich schlag' dich mit meinem Handy k.o., trete dir in die Eier und ramme dir einen Ellbogen in die Titten"-Attitüde gut hinzubekommen. Dann packte mich jemand an der Taille und schleuderte mich an eine harte Brust mit einer weicheren Fettschicht. Ein rauer Bart kratzte an meiner Wange.

„Du wirkst nicht wie der Typ, der auf hübsche Jungs steht", flüsterte er mit nach Alkohol stinkendem Atem in mein Ohr. Bevor ich meinen Fuß heben konnte, um auf seinen zu stampfen, und meine Faust ballen, um ihn zu schlagen, lockerte sich sein Griff, mit dem er mich festhielt.

Dominic war nicht mehr vor mir. Er war hinter dem Mann, ein Arm um seinen Hals und ein Messer an seiner Halsschlagader. Der stämmige Mann keuchte durch zusammengebissene Zähne. In seinen Augen loderte Wut, aber als das Messer in seine Haut biss, sah ich, dass der Fluchtreflex einsetzte.

„Ich bin der Nette von uns beiden. Wenn du sie nochmal anfasst, lasse ich sie auf dich los." Dominic hielt den Mann immer noch fest und sah viel zu selbstbewusst auf die Leute, die jetzt Messer und Pistolen gezückt hatten. Eine war erschreckend nah an Dominics Schläfe. Er drehte seine Geisel langsam herum und nutzte den Mann als Schild. Was ich in seinen Augen sah, war kalt, berechnend und gefährlich.

„Lass ihn los, und es gibt keinen Ärger", sagte die Frau, die die Pistole auf Dominic gerichtet hatte. Ihre Worte sagten zwar, dass es keinen Ärger für Dominic und mich geben würde, aber ihrer Stimme fehlte die Zuversicht, dass sie das glaubte.

Seine Lippen verzogen sich zu einem freudlosen Lächeln, seine Stimme rau und mit einer Andeutung unaussprechlicher Gewalt. „Wir sind nur hier, um Emmanuel zu besuchen. Ihr macht mir keinen Ärger, ich mache euch keinen."

„Lass ihn los!", forderte die Frau.

Mit einem Grinsen sagte Dominic: „Natürlich. Dein Wunsch ist mir Befehl." Doch da war keine Spur von Demut in seinen Worten.

Du hast mich überzeugt, dass du ein Arschloch bist. Er war schnell neben mir, schob mich weiter, ohne der Menge die Höflichkeit zu gewähren, sie noch eines Blickes zu würdigen. Seinem Beispiel zu folgen war schwer. Da ich über die Musik keine Schritte hören oder angesichts der schwachen Beleuchtung viel sehen konnte, war ich angespannt. Ich hatte in den letzten Tagen genug Gewalt für ein ganzes Leben gesehen.

„Ich bin die Gemeine hier", neckte ich flüsternd, sobald wir in einem Flur waren und die Tür uns vom Lärm der Bar abschirmte.

„Ich habe das Gefühl, dass du, wenn nötig, ziemlich brutal sein kannst."

Ich war so brutal, dass ein Schlag von mir ihn nur zum Lachen brachte. „Vergiss das nicht", sagte ich.

„Ich glaube nicht, dass ich das könnte."

Nachdem er dreimal an die erste Tür im Flur angeklopft

hatte, rief eine heisere Baritonstimme uns herein. Das Büro war spärlich eingerichtet: ein halb gefülltes Bücherregal in der Ecke und ein Teppich, der vermutlich als dekorativer Akzent gedacht war, aber anscheinend nur Schmutz sammelte. Es musste einmal ein hübscher Teppich gewesen sein, Creme, Rost und Jägergrün, das zu den dunkelgrünen Wänden passte. An einer Wand hingen Fotos von restaurierten Motorrädern. Der Mann, der am Schreibtisch saß, posierte stolz davor. Oder vielleicht war er nur ein Spinner, der Bilder vor den Motorrädern anderer Leute machte.

„Emmanuel.“

„Dominic“, antwortete der Mann ebenso schroff. Sein Alter war unmöglich zu schätzen, mit seinen kurz geschorenen, stumpfen, mausbraunen Haaren, die mit Grau oder Silber durchzogen waren. Sein kantiger Kiefer gab seinem Gesicht eine fast quadratische Form.

Der Mann hatte seine Arme vor der Brust verschränkt, dicke Arme. Nicht definiert, aber sie besaßen wahrscheinlich viel Kraft. Strenge, wachsame Augen beobachteten Dominic und mich genau.

„Ich sehe, ihr habt es ohne Zwischenfälle geschafft“, bemerkte er mit einem Hauch von Humor in seiner Stimme.

Dominic zuckte die Schultern. Die Spannung im Raum war so greifbar, dass es nur eine Frage der Zeit war, bis sie implodierte. War ich jemals in einem Raum gewesen oder hatte jemanden getroffen, der Dominic mochte?

„Das ist also Luna“, sinnierte Emmanuel, nahm seine Beine vom Schreibtisch und stand auf. Er war nur ein paar Zentimeter kleiner als Dominic und mit einer breiteren Statur, aber Dominics Präsenz überwältigte den Raum dennoch.

Emmanuel trat näher, betrachtete mich sorgfältig, seine Augen wanderten über jeden Zentimeter von mir. Mein Ring bedeckte die Male, aber sein wissender Blick fühlte sich an, als könnte er durch ihn hindurch sehen.

Er streckte die Hand aus, um mich zu berühren. Dominic packte sein Handgelenk und schob ihn weg. „Ich habe dir ihren Namen nie genannt."

„Ah." Röte legte sich über seine pergamentartige Haut. „Sie ist sowas wie eine Berühmtheit", gab er zu.

Dominic kniff die Augen zusammen. „Was weißt du über sie?"

Emmanuel kehrte zu seinem Stuhl zurück, ließ sich hineinfallen und legte die Füße wieder auf den Schreibtisch. Er verschränkte die Finger hinter seinem Kopf. „Du wirkst auf einmal so feindselig. Vielleicht brauchst du eine Partnerin." Ich war mir nicht sicher, ob er seine Dienste anbot oder andeutete, dass er mit jemand anderem verhandeln wollte.

„Du weißt verdammt gut, dass ich eine Partnerin habe."

Emmanuel hob eine Braue. „Tatsächlich? Du meinst doch nicht Helena, oder? Sie ist weniger eine Partnerin als vielmehr eine tollwütige Kreatur, die jemand einschläfern sollte."

Helena war nicht mehr involviert, aber ich nahm an, das war nicht allgemein bekannt. Wahrscheinlich war die Aussicht, sich mit ihr auseinandersetzen zu müssen, ein Vorteil für Dominic.

„Das ist dein einziges Mal. Helena hat nichts mit dieser Sache zu tun. Wie ich am Telefon gesagt habe, bin ich hier, um meinen Gefallen einzufordern. Ich muss mir Magie leihen."

„Für sie?"

Dominic nickte kaum merklich.

Emmanuel sah mich nachdenklich an, versuchte, mich zu durchschauen. „Ich habe gehört, sie ist verantwortlich dafür, dass die Gefangenen aus den Perils entkommen sind." Obwohl seine Frage an Dominic gerichtet war, blieben seine Augen auf mich gerichtet. Ich bemühte mich um eine ausdruckslose Miene und versuchte, nichts preiszugeben.

„Ich leihe ihr die Magie, aber das begleicht meine Schuld", sagte Emmanuel.

Dominic nickte.

„Nun, ich denke, ich muss den Laden räumen. Will nicht, dass jemand uns stört." Emmanuel schob sich an mir vorbei. Ich musste seiner Bewegung nicht folgen, um seinen Blick auf mir zu spüren.

Ich sah mich im Büro um, Dominics Miene blieb undurchdringlich. Emmanuels Stimme war leise auf der anderen Seite der Türen zu hören.

„Wird das wehtun?", fragte ich.

„Das sollte es nicht."

„Das war keine definitive Antwort."

„Weil ich keine habe. Ich habe mir nie Magie geliehen. Ich habe gesehen, wie jemandem Magie genommen wurde, und sie schien keine Schmerzen zu haben, während es passierte, sie war nur angepisst."

„Deine Schwester?"

„Ich habe ihre Magie nicht genommen, sie ist nur eingeschränkt", korrigierte er.

Sie war trotzdem angepisst.

Die Zeit verstrich. Dominic ging zum Schreibtisch, nahm einen Stift und ein Stück Papier, schrieb etwas darauf und reichte es mir zusammen mit seinem Autoschlüssel.

„Wenn ich dir sage, dass du gehen sollst, geh zu dieser Adresse. Der Notausgang ist durch diese Tür und nach rechts, okay?"

Ich nahm beides und nickte. „Dominic, was ist los?"

Er blickte mit zusammengekniffenen Augen zur Tür. „Noch nichts."

Ich steckte das Papier in meine Tasche, hielt den Autoschlüssel in meiner Hand und wartete weiter auf Emmanuel. Zehn weitere Minuten vergingen, dann starrte Dominic auf die Tür und formte lautlos mit den Lippen: „Geh."

Ich rannte.

Auf halbem Weg zum Ausgang hörte ich stampfende Schritte und sah sieben Leute durch die Tür stürmen, dann wurde eine silberblaue magische Kugel auf Dominics Brust abgefeuert. Die Frau an der Spitze stand fassungslos erstarrt da, als nichts geschah. Ich unterdrückte einen Schrei und zögerte einen Moment, bevor ich zum Auto sprintete. Ich warf mich hinein, ließ den Motor an, ohne den Spiegel einzustellen, und fuhr rückwärts vom Parkplatz, Schuldgefühle und Panik fluteten mich beim Anblick neu ankommender Autos und noch mehr Leuten, die in die Bar strömten.

Auf der Hauptstraße konnte ich klarer denken, aber mein innerer Konflikt blieb. Im Rückspiegel erhaschte ich den Blick auf einen weiteren Wagen, der auf den Parkplatz der Bar einbog. Ich konnte ihn nicht zurücklassen.

Hecheln und Keuchen lenkten mich ab, und ich erschrak, als Zareb sichtbar wurde.

Ich fluchte leise, eine Hand schoss an meine Brust. „Willst du mich umbringen? Wie bist du hier reingekommen?" Großartig, jetzt rede ich mit Höllenhunden. Aber wenn er in einem Auto auftauchen konnte, war es nicht ganz abwegig anzunehmen, dass er mir antworten könnte.

Zarebs Antwort war ein leises Grollen in seiner Brust.

„Ich kann ihn nicht zurücklassen", wiederholte ich laut.

Der Hund stupste meine Schulter an, als wollte er mir sagen, ich solle weiterfahren, aber ich wendete den SUV, fuhr zurück zur Bar und parkte ihn so, dass ich schnell wegfahren konnte, falls nötig. Im Kofferraum fand ich ein Notfallset. Ich wühlte darin, bis ich drei Leuchtfackeln fand, und schnappte mir den Schraubenschlüssel. Das Einzige, was mir einfiel, war, die Leuchtfackeln hineinzuwerfen, in der Hoffnung, dass sie etwas Brennbares träfen. Wenn nichts sonst, wäre es eine Ablenkung. Hätte ich den Nekroklavis, könnte ich Anand benachrichtigen. Oder schlimmstenfalls Helena.

Ein blutüberströmter Körper krachte durch die Tür und landete im Staub, sein rechter Arm auf eine Weise verdreht, die anatomisch ohne Bruch nicht möglich war. Eine Kreatur mit Klauen stand über ihm. Sie hatte Dominics Gesichtszüge, Kleidung und Körper, aber es war nichts Menschliches an ihr. Das war nicht der elegante, kühl-beherrschte Mann, den ich widerwillig verdammt sexy fand. Das war ein Tier. Eine Bestie aus der Unterwelt. Seine Augen loderten wie Feuer, seine Magie peitschte durch die Luft, seine Kleider waren blutverschmiert – ich war sicher, dass es nicht seines war.

Mit gefletschten Zähnen zischte er. „Geh!"

Meine Füße waren wie angewurzelt, meine Augen weit aufgerissen, von Horror gepackt, als er seine Klauen benutzte, um die Kehle des Mannes aufzuschlitzen. Das Spritzen des Blutes riss mich aus meiner Starre. Ich rannte zurück zum SUV. Eine Hand packte meine Haare und schleuderte mich zu Boden. Es gelang mir, den Schrauben-schlüssel festzuhalten, aber ich verlor die Leuchtfackeln. Ich wirbelte herum und schlug den Schraubenschlüssel gegen das Handgelenk meines Angreifers. Er ließ mich mit einem Schmerzensschrei los. Ich sprang auf, drehte mich schnell um und versetzte ihm einen weiteren Schlag gegen den Kopf.

Magie traf meinen Rücken und ließ mich taumeln. Schmerz, schrecklicher Schmerz, brannte. Ich war erleich-tert, als ich meine Füße bewegte und sie gehorchten. Ich rappelte mich wieder auf und sah denjenigen, der die Magie auf mich geschleudert hatte, am Boden, wo er sich gegen etwas wehrte, das ich nicht sehen konnte. Zareb.

Ich rannte zum Auto und öffnete die hintere Beifahrertür.

„Komm, Zareb!", schrie ich. Er wartete, bis der Angreifer sich nicht mehr bewegte. Der Mann atmete noch, aber er war nicht der Sieger dieser Auseinandersetzung. Sein Hemd war zerrissen, Blut floss aus Bisswunden, und er hatte sich auf der Seite zusammengerollt, seine Arme schützend vor sein Gesicht erhoben.

Der Hund streifte mein Bein, als er ins Auto sprang und sichtbar wurde, sobald er drin war. Ich eilte zur Fahrerseite, und wir fuhren davon.

Ich würde auf keinen Fall zu der Adresse fahren, zu der Dominic mich geschickt hatte. Nachdem ich weit genug weg war, dass ich die Bar nicht mehr sehen konnte, hielt ich an. Ich nahm mein Handy aus der Tasche und suchte nach Hotels. Ich würde ein paar Tage in einem bleiben und mich später mit allem anderen befassen.

Zarebs warmer Atem, Grunzen und Schnauben machten es schwer, ihn zu ignorieren.

„Geh nach Hause", sagte ich. Harte, uralte Augen richteten sich auf mich, bevor seine Schnauze meine Schulter anstieß.

„Nein. Geh nach Hause", wiederholte ich.

Er zog seine Lefzen zurück, entblößte rasiermesserscharfe Zähne. Meine Augen wanderten zum Schraubenschlüssel neben mir. Ich wollte keinen Hund verletzen, egal, wie gefährlich er aussah. Und er sah wirklich gefährlich aus. Sein kräftiger Körperbau, das bernsteinfarbene Glühen seiner Augen und die Wildheit seines Blicks identifizierten ihn klar als einen Hund aus der Unterwelt.

„Wirst du mich fressen, wenn ich nicht mache, was Dominic gesagt hat?", fragte ich mit einem halbherzigen Lächeln.

Er zeigte wieder die Zähne und stupste mich diesmal eindringlicher. Offenbar hatte ich mich nicht schnell genug bewegt, denn sein Maul schloss sich um meinen Arm, und seine Zähne übten genug Druck aus, um zu zeigen, wie schnell und leicht er zubeißen und Schaden anrichten konnte.

„Okay, okay, ich hab's verstanden."

Ich holte den Zettel heraus, gab die Adresse ins Navi ein und fuhr los. Zareb zog sich auf den Rücksitz zurück. Im Rückspiegel sah ich seine aufmerksamen Augen, die auf mich gerichtet waren.

„Ich fahr' ja schon", knurrte ich. Ich würde keine Magie von Emmanuel bekommen, und ich hatte keine Ahnung, was als Nächstes passieren würde.

21

Das Haus erinnerte an ein modernes Bauernhaus-Design, ganz anders als ihre Wohnung. Die Wohnung war ganz er. Elegantes Design, modernes Dekor und ein bisschen protzig. Das Haus war heimelig, nett und schlicht. Eine beigefarbene, riesige Couch, die wie eine Wolke aussah. Decken hingen aus einem weichen, geflochtenen Korb. Ein doppelseitiger Kamin trennte das Wohnzimmer von der Küche.

Die Küche hatte einfache weiße Geräte, helle Holzschränke und eine große Insel in der Mitte. Helle Holzböden und ein runder Tisch vervollständigten den Raum. Große Schiebetüren erlaubten einen Blick auf weites Land. Während die anderen Häuser, an denen wir vorbeigekommen waren, Vieh, Mais und Sojabohnen hatten, gab es hier nur üppiges Gras. Der Duft von Kiefern wehte durch das Haus.

Der Höllenhund ließ sich vor der Tür zur Garage fallen, wo ich das Auto geparkt hatte. „Ich habe nicht vor zu gehen", sagte ich und verdrehte die Augen.

Eine Stunde lang saß ich an derselben Stelle auf dem Sofa und starrte auf mein Handy. Ich schrieb mit Emoni, die zu

Hause war; nichts an unserer Interaktion deutete darauf hin, dass sie sich an den Angriff erinnerte. Ich war dankbar dafür, aber zu wissen, warum sie sich nicht erinnerte, weckte immer noch schwere Schuldgefühle in mir.

Dominic betrat den Raum mit demselben Zorn in seinen Augen wie vor der Bar. „Fühle dich ganz wie zu Hause, ich bin gleich zurück." Seine Augen wanderten von mir weg, und er verschwand den Flur hinunter.

Zunächst rührte ich mich nicht. Ich wollte nur einen Plan. Aber die Rastlosigkeit gewann die Oberhand, und ich begann, herumzuwandern, anfangs in die entgegengesetzte Richtung, in die Dominic gegangen war. Nichts war besonders an dem vier Schlafzimmer umfassenden Bauernhaus. Ein Sitzbereich, eine Bibliothek mit wenigen Büchern in den Regalen, ein kleines Büro mit einem offenen Laptop. Die letzte Tür war der Punkt, an dem das Haus von allem abwich, was ich je gesehen hatte. Mein Atem stockte beim Anblick von Ketten, die an einer mit Runen beschriebenen Wand befestigt waren. Schwerter und Dolche hingen an der gegenüberliegenden Seite des Raumes. In der Ecke stand ein massiver Käfig.

„Da solltest du es dir nicht gemütlich machen", sagte er hinter mir. „Schließ die Tür, Luna."

Erschrocken drehte ich mich um und fand Dominic nur in einer Jogginghose, all seine Tätowierungen, die sich über seine Schulter, die linke Seite seiner Brust und um seinen Arm bis zum Handgelenk wanden, entblößt. Der holzige Duft seiner Seife hing in der Luft. Zerzaustes Haar, feuchte Haut, nichts von der Wildheit, die ich gesehen hatte, obwohl sie in seinen Augen, seiner Haltung und angespannten Muskeln nachhallte. Als ich mich nicht bewegte, um die Tür zu schließen, tat er es. Seine Lippen verzogen sich zu einem trägen Lächeln, das viel Anstrengung erforderte.

Ich wich immer noch von ihm zurück. Er musste sich

keine Sorgen machen, dass ich mich in einem Raum einrichtete, der offensichtlich für Folter gestaltet war.

Seine Stirn legte sich in Falten. „Was hattest du mit den Leuchtfackeln vor?"

„Dich retten?" Ich straffte meine Schultern und stand aufrechter.

Amüsement zupfte an seinen Lippen und leuchtete in seinen Augen. „Wie?"

Ich zuckte die Schultern. „Ich hatte die Fackeln und einen Schraubenschlüssel. Ich hatte keine Zeit, einen ordentlichen Rettungseinsatz zu koordinieren – also habe ich einen einfachen Plan gebraucht. Ich wusste nur, dass etwas oder jemand getroffen oder verbrannt werden würde."

Seine Lippen zuckten. Er unterdrückte ein Lachen. „Das klingt nicht nach einem praktikablen Plan."

„Feuer und Metall? Habe ich wirklich einen ausgefeilten Plan gebraucht? Verbrennen und Schlagen funktionieren. Niemand hält mich für harmlos, wenn ich diese Dinge in der Hand halte", schoss ich zurück. Und dieser Schraubenschlüssel hatte mir geholfen. Definitiv ein Selbstbewusstseins-Booster.

„Ah", war seine einzige Antwort. Er benetzte sich die Lippen, seine Augen loderten mit einer diabolischen Freude. „An dir ist nichts harmlos, Luna."

Dann presste er seine Lippen heiß und fordernd auf meine. Als ich reagierte, drückte er mich gegen die Wand, der Kuss wurde immer gieriger. Geschickte Finger glitten unter mein Shirt, kneteten meine Haut. Ein Schauer durchlief meinen Körper, als seine Nägel über meine Haut streiften. Dominics Körper war schwer gegen meinen, und mein Körper erwärmte sich, als ich spürte, wie er an meinem Bein hart wurde.

Als er sich zurückzog, atmete ich scharf aus und versuchte, mich auf alles andere als seine Hände zu konzentrieren, die mich nach mehr verlangen ließen. Mehr von seinen Händen, mehr von seinen Lippen an all den Stellen, an denen ich sie spüren wollte. Prinz der Unterwelt, erinnerte ich mich, aber Logik siegte nicht, mit ihm so ohne Hemd, nur in einer Jogginghose, die auf seiner Hüfte hing. Sehnige Muskeln, warme gebräunte Haut, aufwendige Tätowierungen und rohe Sexualität.

Ich brachte den dringend benötigten Abstand zwischen uns. „Du kannst mir einfach danken", neckte ich.

Er kam näher, verschlang die Distanz. Eine Hand ruhte auf meiner Taille. Ich konnte den Duft seiner Seife an ihm riechen, die Hitze seines Körpers spüren. Ja, das war nicht ich; sein Körper war unnatürlich warm. In dem kühlen Raum war es willkommen. Er beugte sich hinunter, bis sein Mund nur Zentimeter von meinen Lippen entfernt war und flüsterte:

„Danke für deine Hilfe, kleine Luna. Ich hätte ohne dich nicht überlebt." Seine Lippen waren so nah, die Wärme seines Atems kitzelte meine Lippen.

„Gern geschehen." Du bist nicht der Einzige, der herablassend klingen kann.

Er hatte sich nicht bewegt, und ich war mir jedes Details an ihm bewusst. Sein Grinsen drängte mich, mehr Abstand zwischen uns zu bringen. Er schien unruhig. Frenetische Energie, die er schwer kontrollieren konnte, strahlte von ihm aus. So, wie er mich ansah, wusste ich, was er tun wollte, um sie abzubauen. Sein Ausdruck versprach etwas sündhaft Angenehmes.

Ich zwang jedes abstoßende Bild, das ich von ihm hatte, in den Vordergrund, einschließlich des Raums, den ich gerade gesehen hatte. Es reichte nicht. Wir brauchten eine Ablenkung. Wir hatten eine. Diese Katastrophenshow einer Situation.

„Ist Emmanuel immer noch eine Option, Magie zu bekommen?"

Er schüttelte den Kopf. „Er hat mich verraten, aber sie

waren diejenigen, die ihn getötet haben. Es ist mir gelungen, einen der Angreifer festzuhalten und zu befragen."

Übersetzung: Ich habe einen am Leben gelassen und ihn zum Reden gezwungen.

„Und?"

Er sah grimmig aus. „Emmanuel hat sich den Revelatoren angeschlossen. Als er den Laden räumen sollte, hat er sie kontaktiert. Sie sollten dich mitnehmen, wurden aber von der Gruppe von gestern abgefangen."

Sie machten das schon so lange, dass alles, was sie taten, eine PR-Manipulation war.

„Sie haben die Revelatoren ermordet", vereinfachte ich. „Wer sind diese Leute?"

„Der neue Konvent. Sie scheinen großartigere Pläne zu haben als die derzeitigen Mitglieder. Einer davon ist, mich loszuwerden, die Kontrolle zu übernehmen und eine ,Gehorche oder stirb'-Regel für alle, die sich nicht an die Gesetze der Anonymität halten, einzuführen. Sie halten den aktuellen Schattenkonvent für schwach und mich für unnötig."

„Also planen sie, die Unterwelt zu übernehmen?", fragte ich ungläubig.

Das derzeitige System funktionierte nicht, aber der neue Konvent war rücksichtslos. Würden sie Menschen schützen und erfolgreich regulieren, wie Magie gegen sie eingesetzt wurde? Ihr Erfolg bedeutete den Tod für mich. Es war schwierig, die Menschen schützen zu wollen, auf einen Regimewechsel zu hoffen und gleichzeitig gegen sie zu sein, um mein Leben zu retten.

„Also, was kommt als Nächstes?", fragte ich.

„Du brauchst immer noch Magie, aber sie muss von einer anderen Quelle kommen."

„Hast du an jemanden gedacht?"

Er nickte. „Madeline."

„Oh, also den unwahrscheinlichen Weg."

„Dafür wird viel Überzeugungsarbeit und Diplomatie nötig sein.“

„Ich glaube nicht, dass du dieses Wort richtig benutzt.“

Seine Lippen verzogen sich zu einem halben Lächeln. „Welches Wort?“

„Diplomatie. Keiner von euch benutzt es richtig. Diplomatie ist ein Tanz, der Verhandlung und Finesse erfordert. Ihr alle geht das eher nach dem Motto ‚Tu, was ich sage, oder du stirbst‘ an. Das ist eine Drohung, keine Diplomatie.“

Er schüttelte den Kopf. „Drohungen werden nicht nötig sein. Der Schattenkonvent braucht meine Hilfe, um den Putsch abzuwenden. Entweder Madeline hilft, oder ich lasse den neuen Konvent übernehmen und handle was mit ihnen aus.“

Die Aufregung der Herausforderung verdunkelte seine Augen. So oder so war er zuversichtlich, dass er am Ende als Sieger hervorgehen würde. Was auch immer auf meinem Gesicht zu sehen war, ließ ihn die Augen senken, und als er sie hob, waren sie weicher, sanfter, nicht lodernd vor Verlangen nach Gewalt und Unterwerfung.

Meine Augen wanderten von seinem Gesicht zu den Malen auf seinem Körper, fanden die Zeichen auf seiner Brust, die den neuen an Helenas Handgelenken ähnelten. Ohne darüber nachzudenken, wie unverschämt und aufdringlich das war, strich ich mit meinen Fingern über das komplizierte Muster.

„Deshalb wirkt die Magie der Hexen nicht auf dich?“

Er nickte.

„Kann ich auch so eins bekommen?“ Obwohl ich ein Bewunderer von Körperkunst war, hatte ich nie den Wunsch gehabt, mir selbst ein Tattoo stechen zu lassen. Aber wenn das verhindern könnte, dass ich den Launen der Übernatürlichen ausgeliefert war, würde ich es tun.

Er schüttelte den Kopf. „Du hast keine Magie.“

„Das ist das Problem. Ihr habt alle welche. Das versetzt

uns in einen Nachteil. Wir können uns nicht einmal mit sowas vor Magie schützen." Ich hatte meine Hand nicht von den Tätowierungen genommen. Seine Muskeln spannten sich unter meiner Berührung an.

Er runzelte die Stirn. „Ich wünschte, ich könnte das für dich ändern. Aber das kann ich nicht. Luna, wir müssen die Gefangenen zurückbringen und den Dunklen Magier besiegen."

„Peter", korrigierte ich. Es fühlte sich immer noch seltsam an, seinen Namen mit etwas so Gefährlichem in Verbindung zu bringen. Aber seine Magie rückgängig zu machen, hatte Priorität.

Madeline saß auf dem Stuhl, auf dem ich sie zum ersten Mal gesehen hatte. Ihre Augen und die Augen aller Angehörigen des Schattenkonvents durchbohrten mich mit argwöhnischem Unmut. Entweder hatten sie die guten Manieren oder den Selbsterhaltungstrieb, es nicht auszusprechen, aber sie schienen sich zu fragen, warum ich noch am Leben war. Madeline hatte sich geweigert, Dominic ohne die anderen zu treffen, was sich zu unseren Gunsten auswirkte. So konnte er ihnen von den Plänen berichten, den Konvent zu übernehmen. Sie schienen darüber nicht besorgt genug zu sein, aber sie schienen besorgt zu sein, dass der Angriff auf Dominic garantierte, dass er involviert sein würde.

Seine Bitte um Madelines Magie löste eine stärkere Reaktion aus als die Nachricht über den Putsch. Nichts an diesen Leuten ergab einen Sinn. Sie alle schienen den Schock über seine Anfrage zu teilen, unfähig zu verstehen, warum er nicht den einfachen Weg wählte, mich zu töten, um die Zauber zu brechen.

Madelines angewiderter Blick übertraf alle anderen. Als

wäre sie eine Königin, die gebeten wurde, niedere Arbeiten zu verrichten.

Sie neigte den Kopf und blinzelte langsam. „Wie bitte?" Offenbar musste sie ihn missverstanden haben. Er konnte unmöglich von ihr verlangt haben, ihre wundervolle Magie mit einer gewöhnlichen Menschenfrau zu teilen. Sie blinzelte erneut, wartete darauf, dass er es wiederholte.

„Wir haben die Zauber; wir brauchen lediglich Magie. Deine Magie, um sie zu aktivieren. Ich kann ihr meine Magie nicht leihen."

Madeline reagierte darauf, als würde es eine schreckliche Erinnerung wachrufen. Hatte sie jemanden gekannt, der versucht hatte, seine Magie zu nehmen?

Für jemanden, der wollte, dass die Gefangenen zurückgebracht und der Putsch gegen den neuen Konvent verhindert wurde, nahm sie sich lange Zeit für eine Antwort. Ich war nicht die einzige Person, die das dachte, denn die Ungeduld im Raum war spürbar.

Eine zierliche Latina mit gelocktem, mitternachtsschwarzem Haar und tiefgoldener Haut mit kühlen Untertönen zog ihre Lippen zurück und entblößte scharfe Reißzähne. Sie war ein Vampir. Ich nahm an, Kanes Ersatz. „Eine Entscheidung muss getroffen werden, Madeline", sagte sie gedehnt.

„Also gut. Eine Stunde, und ich werde die ganze Zeit dabei sein. Sobald die Gefangenen zurückgebracht sind, wird meine Magie zurückgegeben. Ich will nicht, dass dein Mensch auf Ideen kommt."

Sein Mensch. Nichts an meinem Knurren war menschlich, und es war einem Knurren so ähnlich, dass Lance, der schamlose Wandler, es amüsant fand.

„Dieses eine Mal mache ich eine Ausnahme, und du kannst mit uns in die Unterwelt reisen", gestand Dominic ihr zu. „Wollen wir?" Er drehte sich um, ging zur Tür, ohne zurückzublicken, und erwartete, dass Madeline und ich ihm folgen würden.

„Nein", sagte ich. Er blieb stehen und drehte sich um, um mich anzusehen. Einen Moment lang stand ihm der Schock ins Gesicht geschrieben, bevor er ihn tilgte und mich ausdruckslos ansah. Eine leere Leinwand. Die Spannung blieb in seiner Haltung. Er verschränkte die Arme vor der Brust und legte das volle Gewicht seines Blicks auf mich. Hart und durchdringend.

„Ich habe einige Forderungen", sagte ich.

Alle sahen überrascht aus, außer dem tätowierten Seher vom ersten Treffen. Mit einem Grinsen im Gesicht lehnte er sich in seinem Stuhl zurück und verschränkte die Hände hinter dem Kopf, als bereitete er sich auf eine Show vor.

„Ihr müsst alle im Verborgenen bleiben", forderte ich.

„Das sind wir", sagte die Vampirin, die sich mit jedem vergehenden Moment weniger für das Gespräch interessierte.

„Aber das seid ihr nicht. Ihr alle seid uns nicht bekannt, aber ihr seid sehr präsent in unserem Leben." Meine Augen flackerten zu Dominic. „Ihr zwingt uns und manipuliert uns und unsere Erinnerungen." Ich sah die Vampirin an. „Ernährt euch von uns." Ich sah jeden von ihnen an, schenkte ihnen meine volle Aufmerksamkeit. „Benutzt Magie, um uns zu kontrollieren und unser Leben zu beeinflussen. Ob ihr gesehen werdet oder nicht, ihr beeinflusst unsere Existenz. Das muss enden. Hier und jetzt." Angestachelt durch die Bilder von Emonis angstverzerrtem Gesicht wusste ich, dass ich etwas unternehmen musste.

Ich sah jeden von ihnen an, ließ sie meine Verurteilung ihrer Praktiken spüren. Und sie reagierten mit Empörung – definitiv ein Ergebnis davon, von einem Menschen zurechtgewiesen zu werden.

„Ihr habt Regeln, die ihr einhalten müsst, und es gibt eine konzertierte Anstrengung, das sicherzustellen, aber wenn ihr von Menschen entdeckt werdet, leiden wir unter den Konsequenzen. Das hört jetzt auf."

„Und wenn nicht?", fragte einer der Wandler mit einer dolchscharfen Warnung, lehnte sich über den Tisch und fixierte mich mit raubtierhaften Augen. Ich richtete mich auf, begegnete seinem Zorn. Ob es Magie war, von der ich nichts wusste, oder die pure Intensität des Blicks eines Wandlers, es fiel mir schwer, ihm standzuhalten. Nur der pure Trotz ließ es mich tun.

„Nichts. Ich gehe nach Hause, lerne, mit den Malen an meinem Finger zu leben, und ihr alle lebt mit drei mächtigen Wesen, die nach Rache dürsten. Wesen, die irgendwann erfahren werden, dass sie keine Gefahr laufen, wieder eingesperrt zu werden. Sie werden keine Skrupel haben, entdeckt zu werden. Damit ist Dominic raus aus der Sache, und ihr könnt versuchen, allein mit dem neuen Konvent klarzukommen. Sie haben demonstriert, dass sie sehr effizient mit ihrer Gewalt sein können. Ich vermute, ihr werdet die meiste Zeit damit verbringen, am Leben zu bleiben. Und die Revelatio-Bewegung? Ihr müsst euch wahrscheinlich keine Sorgen um sie machen. Sie werden im Zuge der Säuberung beseitigt, während die anderen euch alle eliminieren. Ihr ‚Gehorch oder stirb'-Ansatz wird dafür sorgen."

„Drohst du uns, Mensch?"

„Ist es eine Drohung, wenn ich vorhabe, das zu tun?", stellte ich provokativ zur Diskussion. „Ich verhandle im Namen der Menschen. Wenn sie sicher sind, werde ich tun, was ich kann, um euch allen auch zu helfen. Wenn nicht …"

Dominic hatte immer noch den kühlen, undurchdringlichen Ausdruck, der es schwer machte, ihn zu lesen. Wenn er mich dafür hasste, zeigte er es nicht.

„Ihr macht nicht genug. Vielleicht sollte es eine Veränderung geben. Ihr seid voreingenommen – und die Abweichler fürchten euch nicht genug, um eure Regeln zu befolgen. Schafft eine Situation, die Gehorsam erzwingt."

Oh, so fühlt es sich an, den brennenden Blick mächtiger Übernatürlicher auf sich zu haben.

„Sie hat nicht unrecht“, mischte Dominic sich ein, aber ich konnte nicht einschätzen, was er dachte. War das ein Zugeständnis, das er machte, damit ich bei der Rückführung der Gefangenen half, oder war er für die von mir vorgeschlagenen Veränderungen?

„Du hast sie dazu angestiftet!“, blaffte Madeline.

Er hob die Hände. „Ich versichere dir, das habe ich nicht, aber sie sieht, was ich euch allen die ganze Zeit sage. Eure Nachgiebigkeit hat zu diesem Putschversuch geführt. Sie halten euch für schwach. Und um ehrlich zu sein, seid ihr das auch. Ich bin es nicht. Die Drohung meiner Vergeltung und ihre Überführung in die Unterwelt sind ein viel besseres Abschreckungsmittel. Ich habe eine Armee. Kehrt zu den alten Methoden zurück, hebt meine Einschränkungen auf. Ich garantiere euch, dass ihr nicht so viele Situationen ‚aufräumen‘ müsst. Und auch nicht solche beiläufigen Patzer.“

Das hatte ich nicht gesagt. Die alten Methoden schienen wirklich gewalttätig, mit drakonischen Strafen. Es musste einen Mittelweg geben. Aber vielleicht war Härte jetzt nötig.

Ich zuckte die Schultern. „Mir ist egal, wie ihr das macht – ich will nur, dass es gemacht wird.“ Ich hörte mich gefühlloser an, als beabsichtigt, als ich sagte: „Ich will nicht, dass wir Opfer eurer Launen werden. Wir sollten nicht für eure Fehler leiden. Wenn Dominics Beteiligung dafür sorgt, dass sich alle an die Regeln halten und wir sicher sind, dann tut, was nötig ist.“

Dominic nickte und sah die Mitglieder des Schattenkonvents an, die nicht von der Idee überzeugt schienen.

Madeline versteifte sich. „Damit deine Schwester zu ihrer Herrschaft des Terrors für die geringsten Vergehen zurückkehren kann?“

„Nein, diese Regel bleibt bestehen. Meine Schwester wird keine Jurisdiktion haben.“

Sie debattierten weiter und wurden manchmal feindselig. Ich schwieg. Nach fast einer Stunde hatten sie eine Einigung gefunden, aber Spannung blieb in der Luft und wurde intensiver, als Madeline ein leuchtendes Stück Papier hervorholte.

„Habe ich eure Erlaubnis, die Änderungen vorzunehmen?", fragte sie die anderen Konventangehörigen.

Sie nickten, und sie reichte das Papier herum. Jeder Einzelne stach in seine Fingerkuppe und drückte seinen blutigen Finger darauf. Mit einer Handbewegung darüber wurde das Papier gelöscht. Ich fühlte mich wie in einer Gothic-Version von Fantasia, als ich beobachtete, wie eine magisch kontrollierte Feder über das Papier glitt und die neuen Bedingungen festhielt. Ich hatte das ermöglicht. Stolz erkannte ich, dass ich in einem Raum voller mächtiger Übernatürlicher gesiegt hatte. Ein Punkt für Team Mensch.

Madeline war selbstgefällig, als sie aushandelte, in die Unterwelt zu gehen, um das Wirken der Zauber zu beobachten, während Dominic seine Gefühle über die Veränderungen nicht kundgetan hatte. War es ihm egal, oder war er sich bewusst, dass er jetzt mehr Verantwortlichkeiten hatte und die Handlungen der Übernatürlichen auf ihn zurückfielen? Anstatt nur die Schlimmsten zu bewachen, würde er dafür verantwortlich sein, alle Regelbrecher zur Rechenschaft zu ziehen.

Madelines Reaktion auf das Anwesen in der Unterwelt war zurückhaltender als meine. Sie warf einen flüchtigen Blick darauf und folgte Dominic ins Haus, vorbei an derselben Begrüßung, die er bei meinem ersten Besuch erhalten hatte. Die Wachen säumten den Weg, und sobald sie durch die Tür war, wurde Madeline von zwei Männern flankiert.

„Was soll das?" Sie hielt inne. „Was passiert hier?"

„Geh mit ihnen, wir sind gleich bei dir", sagte Dominic in

einem ruhigen, neutralen Ton. Sie schien genauso verwirrt
wie ich, als Dominic mich am Ellbogen nahm und mich
einen Flur hinunterführte, den ich bisher nicht bemerkt
hatte. Oder vielleicht war er nicht sichtbar gewesen. Der
pechschwarze Flur machte es unmöglich zu sehen, was vor
mir war. Ein schwacher Geruch von Schwefel und Rauch
hing in der Luft. Magie pulsierte von Dominic in unregelmä-
ßigem Tempo.

„Dominic“, flüsterte ich. Er drehte sich zu mir um. Seine
Augen glühten. Lodernder Bernstein und helles Gold wie
eine aktive Flamme hielten meinen Blick fest, bis ich meine
Augen von seinen löste. Er öffnete eine Tür und enthüllte
mehr Dunkelheit. Mein Herz pochte. Verhöre. Folter. Die
Luft war dick mit seinen Emotionen und meiner Angst.

„Ich brauche Licht“, sagte ich.

„Du brauchst kein Licht, ich bin hier.“ Hitze strahlte von
ihm aus.

„Licht“, verlangte ich.

Er ließ einen kleinen Feuerball in seiner Hand auflodern.
„Kleine Luna“, flüsterte er.

„Übergroßer Dominic“, schoss ich zurück. Nicht sonder-
lich kreativ, aber es reichte, und ich teilte meine Aufmerksamkeit zwischen den zwei Lichtquellen – seinen Augen und
dem Feuer in seinen Händen. Aber das Feuer zog den Großteil meiner Aufmerksamkeit auf sich. Ich atmete tief und
langsam durch, in der Hoffnung, mein rasendes Herz zu
beruhigen. Er löschte das Feuer und tauchte den Raum
wieder in Dunkelheit.

Ein Lachen vibrierte in seiner Brust.

Er blinzelte, seine Augen gedämpft. Als er einen Zauber
flüsterte, machte die Wärme seines Atems, der über meine
Lippen strich, mir schmerzhaft bewusst, wie nah er war.
Funken von Licht schwebten um uns herum, genug, um sein
Gesicht sehen zu können. Er neigte den Kopf, dunkle Belus-
tigung auf seinen Zügen.

„Weißt du, was du getan hast?", fragte er sanft.

Mit gestrafften Schultern sah ich ihn herausfordernd an. „Ich habe die Menschen geschützt. Wir sind nicht eure Spielzeuge. Ihr könnt nicht mit uns machen, was ihr wollt."

Seine Augen verdunkelten sich. „Spielzeuge?" Ein weiteres tiefes Lachen erfüllte den Raum. Er bewegte sich; seine Lippen streiften mein Ohr, als er sprach. „Ich würde nichts mehr lieben, als mit dir zu spielen. Nur mit dir", flüsterte er. „Aber wir haben keine Zeit."

Ein Schauer lief meinen Rücken hinunter. „Oh."

Großartige Antwort, Luna, du eloquente Rednerin. „Du bist einverstanden mit meiner Forderung?"

Sein Finger zog träge entlang meiner Kieferlinie; Hitze strahlte von ihm aus. „Einverstanden? Das war nötig, aber hätte ich das Thema angeschnitten, wäre es forcierter gewesen, was die sowieso schon angespannte Beziehung, die ich zu ihnen habe, noch mehr belastet hätte. Jetzt wasche ich meine Hände in Unschuld. Ich bin sehr zufrieden. Sehr zufrieden."

Seine Lippen trafen meine zu einem wilden Kuss, seine Zunge eine sinnliche Liebkosung. Als er sich zurückzog, knabberte er sanft an meinen Lippen. Seine Zunge strich langsam über seine Unterlippe, weich, sinnlich und einladend. Zeigte mir die vielen Arten, auf die er mit mir spielen wollte. Schwer atmend trat er zurück, ließ mich Luft holen. Meine Augen fielen auf sein wachsendes Interesse. Ich war dankbar für das gedämpfte Licht, in der Hoffnung, dass es meine Röte verbarg.

„Wir sollten gehen", schlug er vor, doch keiner von uns bewegte sich.

Schließlich ging er zur Tür und führte mich zurück in die Dunkelheit. Er hielt meine Hand, als er mit mir den dunklen Flur hinunterging.

„Ich bin mir nicht sicher, ob das deine übliche Art ist,

einem Menschen zu danken, aber ich denke, die meisten wären mit einer Geschenkkarte zufrieden“, sagte ich.

Er stieß einen Laut aus, der vielleicht ein Lachen war. Es wurde nicht viel Mühe hineingesteckt. „Ich werde daran denken.“

Seine Hand glitt aus meiner. Sobald wir den beleuchteten Flur erreichten, war alle Heiterkeit aus seinem Gesicht verschwunden. Helena hatte recht: Dominic war besorgniserregend berechnend. Als ich ihm in das Büro folgte, in dem Madeline wartete, musste sie meine Sorge und meine geröteten Wangen bemerkt haben. Ich musste aussehen, als bedauerte ich, was ich getan hatte, denn sie schien selbstgefällig erfreut, als sie mir mit zusammengekniffenen Augen einen tadelnden Blick zuwarf. Als würde sie mir sagen, ich sollte meinen Platz kennen und mich nicht in übernatürliche Angelegenheiten einmischen.

Im Kerker konnte Madeline ihre Augen nicht vom Notizbuch mit den Zaubern lassen. „Darf ich?“, fragte sie.

Dominic hatte noch einige Änderungen vorgenommen, die Zauber nummeriert, von denen er wollte, dass ich sie zuerst versuchte. Er machte keinen Hehl daraus, dass er zögerte, ihr das Buch zu geben. Als er auf die Zauber hinabblickte, reichte er ihr das Notizbuch, blieb aber neben ihr und beobachtete sie scharf.

„Das sind Zauber, die mir nicht bekannt sind. Ich würde gerne die Quelle lesen.“ Ihre Finger glitten über die Zeilen, als könnte sie sie sich durch Berührung einprägen. Madeline betrachtete die Zauber sehnsüchtig und verstohlen und sah sich im Raum nach den Zauberbüchern um. Ich war sicher, sie würde versuchen, sie zu stehlen, wenn sie könnte. Ihre Gier war offensichtlich.

„Nein.“

Ihr Kopf schnellte angesichts seiner schroffen Antwort zurück. Sie senkte die Stimme. „Du verstehst die Lage meines Zirkels. Wir müssen alle Ressourcen nutzen, um

Celeste aufzuhalten. Wenn sie stirbt, stirbt auch mein Zirkel und nimmt die stärksten Hexen mit. Viel zu oft haben wir dir geholfen. Das ist deine Chance, den Gefallen zu erwidern."

„Vielleicht hättest du einen Weg gefunden, den Zauber zu kontern, wenn du weniger Zeit damit verbracht hättest, zu versuchen, meine Immunität gegen eure Magie aufzuheben und meine Fähigkeit, zwischen eurer Welt und der Unterwelt zu reisen, einzuschränken."

Madeline wurde blass und schluckte, trat mehrere vorsichtige Schritte zurück. „Lass uns weitermachen", sagte sie und sah mich an. Alles, um den wissenden Blick zu ignorieren, den Dominic ihr zuwarf. Als sie auf mich zukam, überwog meine Vorfreude, aktive Magie zu erleben, meine Angst davor.

„Deine Hand", wies sie mich an. Ihre Lippen verzogen sich zu einem angespannten Schmollmund, bevor sie ein Messer hervorholte. Sie hielt meine Hand noch fester, als ich versuchte, sie wegzuziehen.

„Ich brauche Blut, Luna." Sie sprach meinen Namen mit derselben Verachtung aus wie „Mensch". Warum Blut? Es machte mich empfänglicher dafür, mir die Haare auszureißen zu lassen. Sie stach ohne Rücksicht in meine Haut. Das Brennen hielt meinen hypochondrischen Verstand davon ab, durchzudrehen.

Ihre Hand, die meine hielt, drückte schmerzhaft gegen den Schnitt.

Sie beschwor den Zauber, und seine Wirkung war unleugbar. Ein kleiner Schock in meinem Finger mündete in einen Blitz von Magie, der durch mich tobte und mir den Atem nahm. Madeline umklammerte meine Hand härter, als ich versuchte, mich loszureißen. Mein Keuchen erfüllte den Raum, und ich schloss die Augen, kämpfte gegen Tränen. Ich öffnete sie erst, als Madeline meine Hand losließ. Sie war in sich zusammengesunken, ihre Augen verrieten dieselbe Erschöpfung wie ihre Haltung.

Magie durchströmte mich frenetisch. Mein Körper fühlte sich zu klein für alles an, was in mir aufwallte. Ich war mir nicht sicher, ob es daran lag, dass ich ein Mensch war oder Magie nicht gewohnt war. Vielleicht fühlte sich Strata-Drei-Magie einfach so an. Es war, als würde ich versuchen, einen wütenden Stier im Hinterhof einzusperren.

Dominic bewegte sich schnell, reichte mir das Notizbuch mit den Zaubersprüchen und legte dann das Pergament vor den Zylinder, den er benutzt hatte, um Peter zu verfolgen. Ich sprudelte die Zauber in einem langen Satz hervor. Die Zeichen an meinem Finger leuchteten, lösten sich langsam und rissen widerwillig an meiner Haut. Es war mir egal. Ich ignorierte den Schmerz und fuhr fort.

Die schwarze Tinte drehte sich im Kreis und landete mit jedem abgeschlossenen Zauber auf dem Papier. Beim vierten Zauber schlang sich Hitze um meinen Finger; die Sigille klammerte sich an mich und hielt mitten im Fall, widerstand ihrem Schicksal, bevor sie schließlich auf das Papier fiel. Als ich den letzten Zauber sprach, waren Vadim, Celeste und Roman in den frisch reparierten Zellen eingeschlossen. Die Sigillen an der Wand waren verschwunden, und die Gefangenen starrten Dominic und mich an.

Der Vampir, Roman, ließ einen Finger über seine Unterlippe gleiten, und wischte ein Rinnsal Blut, von wem auch immer er getrunken hatte, von seinem Kinn. Dominic trat auf ihn zu, ein spöttisches Lächeln auf den Lippen.

„Willkommen zurück.“

Vadim stürzte sich auf das Glas und fletschte seine Zähne wie ein wildes Tier. Celeste war die Einzige, die ihren Zorn beherrschte, wahrscheinlich klammerte sie sich an die Tatsache, dass Gefangenschaft die geringere Strafe war, da ihr Tod das Ende von Madelines Blutlinie bedeuten würde. Solange sie lebte, lebten sie auch. Es würde ihr nicht aus der Gefangenschaft helfen, aber es garantierte, dass sie am Leben blieb.

Madeline gönnte mir nicht einmal einen Moment des Triumphs, bevor sie das Messer nahm und meine Hand ergriff, bereit, den Zauber auszuführen, um ihre Magie zurückzubekommen.

„Gib ihr einen Moment", verlangte Dominic. Wenn ein Moment fünf Sekunden war, dann war das alles, was sie zu geben bereit war. Sie riss ihre Magie mit der Gier eines Verhungernden zurück, dem gerade Essen angeboten worden war.

Es störte mich nicht; ich wollte die Magie nicht. Mein Finger war gerötet von der Entfernung der Zauber, aber es war das Ende. Ich war hier raus. Mit dem aufgerollten Pergament verließen Dominic und Madeline den Kerker mit neuer Entschlossenheit. Seine war, Peter zu finden; ihre schien es zu sein, Zugang zu Dominics Zauberbüchern zu bekommen.

„Ich will nach Hause."

Mein Zuhause fühlte sich einladender an, als ich mir hätte vorstellen können, selbst mit dem Prinzen der Unterwelt darin. Ich starrte immer wieder auf meinen nackten Finger.

Er benetzte seine Lippen und fuhr sich mit den Fingern durchs Haar. „Was passiert mit Peter?", fragte ich.

„Ich finde ihn, und er wird eingesperrt. Für immer. Er ist eine Gefahr, aber ich muss herausfinden, warum er die Gefangenen freigelassen hat. Es ergibt wenig Sinn. War es nur, um Chaos zu verbreiten?" Er dachte erneut darüber nach. „Möchtest du ihm Fragen stellen, wenn er gefunden wird?"

Ich schüttelte den Kopf und suchte nach den richtigen Worten. Suchen war eigentlich nicht nötig. Ich wusste, was ich sagen wollte. Schwierig war, es ihm auf eine nette Weise zu sagen. „Das ändert nichts. Ich habe eine wertvolle Lektion gelernt. Die Welt der Magie ist nichts für mich. Ich gehöre nicht hinein. Ich bin nicht ausgerüstet, um darin zu überleben."

„Du hast dich sehr gut geschlagen. Ich würde sogar sagen, du bist eine Macht –"

„Nein." Ich schüttelte den Kopf. Alles, was ich erlebt hatte, ging mir durch den Kopf. „Ich habe überlebt, weil du mich beschützt hast, und durch Glück. Es ist eine gefährliche Welt, viel gefährlicher, als ich bewältigen kann. Mehr, als ich will. Eine einfache, nicht-magische Welt ist, was ich will. Meine Welt."

Er nickte langsam, Verständnis zeigte sich auf seinem Gesicht. Was auch immer zwischen uns existierte, ich wollte es nicht erkunden. Eine Beziehung mit ihm wäre eine Beziehung mit der Magie und der Unterwelt. Während Magie von meiner Haut gezogen worden und eine andere Magie durch meinen Körper geströmt war, war mir mehr denn je bewusst geworden, wie wenig ich damit zu tun haben wollte. Ich wollte alles im Rückspiegel betrachten und dieser Welt den wohlverdienten Mittelfinger zeigen.

Seine Augen wanderten zu meinen Lippen, als ich sie befeuchtete. Sie blieben, und als er mich wieder ansah, verriet das Feuer darin seine Gedanken. Er wollte das zwischen uns – und mich – erforschen. Ich nicht. Die Komplikationen, die er mit sich brachte, waren es für mich nicht wert.

„Luna." Es war ein leises, sinnliches Flehen. „Es muss nicht kompliziert sein."

„Aber das wäre es. Ich will das nicht. Die Magie, die Gewalt, die geheimen Treffen, die komplizierte Politik. Ich mag mein menschliches Dasein."

„Ich weiß, wie man die beiden Welten trennt. Ich habe das mein ganzes Leben getan."

„Ja, zwei übernatürliche Welten. Nicht meine Welt –
ausschließlich."

Ohne weitere Erklärung wusste er Bescheid. Seine Welt
war nicht die menschliche. Er lebte in einer parallelen Welt,
der der Übernatürlichen. Sie waren nur Spiegelbilder
voneinander.

Er beugte sich hinunter, drückte seine Lippen sanft zu
einem keuschen Kuss auf meine. Er brach ihn abrupt ab, als
fürchtete er, er könnte zu mehr werden.

„Bye, kleine Luna", flüsterte er gegen meine Lippen. Dann
ging er, bevor ich antworten konnte, was auch gut war, denn
dieser einfache Kuss ließ mich meine Entscheidung schnell
überdenken.

Es war am besten so.

Neun Tage ohne Magie oder die Unterwelt, und mein Leben war mühelos in die Normalität zurückgeglitten. Die banalen Tage des Lesens und der Arbeit und die Aufregung von Emonis neuem Leben. Mein schlechtes Gewissen, dass ihre Erinnerungen manipuliert worden waren, hatte sich gelichtet, und Reginald warf mir nur gelegentlich einen besorgten Seitenblick zu. Jackson war nicht aufgetaucht, und das war mir recht. Hin- und hergerissen zwischen dem Wunsch, nach ihm zu sehen, und alles zu belassen, wie es war, entschied ich mich, ein paar Tage zu warten. Ich wollte ihn nicht ermutigen.

Am seltsamsten war, dass die Übernatürlichen verschwanden. Ich wusste, dass sie da waren, aber die Fähigkeit, ihre Präsenz zu spüren, ihre rätselhafte Energie wahrzunehmen, verblasste. Ich schrieb diese Wahrnehmung den Malen zu. Zeig mir Fangzähne, und ich weiß, dass du ein Vampir bist. Zu wissen, wie ein Wandler aussieht, bevor er in den Bestienmodus wechselt, war etwas, das ich nie vergessen würde.

Es war die zehnte Nacht nach meinem Abschied von Dominic und der Magie, als ich mit einem Ruck aufwachte und meine Hand aus Gewohnheit auf meine Brust drückte, um zu verhindern, dass das Buch herunterfiel. Nur war da weder ein Buch noch lag ich auf meiner Couch.

Ich sprang aus dem Bett, meine Augen versuchten, sich an das Dämmerlicht anzupassen. Aber ich brauchte kein Licht. Das Flattern von Magie auf meiner Haut, Dominics pfeffriger Duft, der in der Luft lag, und das frostige Glas vor mir. Ich war in einem Käfig – nein, einem Gefängnis. Einem Gefängnis in der Unterwelt.

„Ich fass' es nicht, er hat es getan", sagte eine unbekannte Stimme. Ich nahm an, dass es Roman oder Vadim war. Obwohl es auch ein anderer ungehorsamer Übernatürlicher hätte sein können.

Ich schrie. Es war ein heiserer, herzzerreißender Verzweiflungsschrei.

Keine Antwort. Ich rief Dominics Namen, hörte jedoch nur ein leises weibliches Kichern. Mein Schrei war so laut, dass sich meine Stimme überschlug. Verzweiflung trieb mich an. Ich wurde zu einer Sirene, die niemand ignorieren konnte. Aber sie taten es. Meine Stimmbänder fühlten sich wund an.

Ich war bereit, sie weiter zu strapazieren, als das Licht im Raum heller wurde. Ein überraschter Anand erschien vor der Gefängnistür.

„Luna", sagte er, seine Augen weit aufgerissen, überrascht, mich zu sehen. Er öffnete die Lippen, aber es kamen keine Worte heraus. Ein seltsames Verständnis huschte über sein Gesicht, das mir das Herz in den Magen sinken ließ.

„Der Mensch ist hier." In den zehn Tagen, in denen sie mich nicht gesehen hatte, hatte Helena meinen Namen bequem vergessen, oder mein Name hatte keinen Wert mehr.

Ich konnte ihn spüren, bevor ich ihn sah, spürte die Welle von Magie und Macht, die den Raum durchdrang. Und etwas anderes. Zorn. Er war spürbar, als er die Zelle erreichte.

„Was zum …?", fragte er. Seine Augen huschten durch den

Raum, aber da war nicht viel. „Was ist passiert, Luna?", fragte Dominic.

„Was passiert ist?", spottete Helena. „Es ist kein Zufall, dass du Peter gestern so leicht gefunden hast. Es war Strategie. Er wollte gefasst werden."

Helenas geschmeidige Bewegungen waren langsam und zielstrebig, als sie sich der Zelle näherte. „Sag mir, Luna, wie hast du dem Dunklen Magier diesmal geholfen?"

Ich schüttelte den Kopf und untersuchte meinen Finger und all meine freiliegende Haut nach Malen oder Sigillen. Nichts.

„Ich habe keine Zauberbücher gelesen und auch nichts aufgehoben. Ich war sehr vorsichtig", sagte ich.

Dominic öffnete die Zelle, zog mich an sich. Er begann, mein Shirt anzuheben, hielt aber inne. „Darf ich?"

Ich nickte, zu geschockt, um viel zu sagen. Nur Stunden zuvor hatte ich auf meiner Couch ein Buch gelesen, und jetzt war ich in den Perils und wurde vom Prinzen der Unterwelt einer Leibesvisitation unterzogen. Angst und Verwirrung waren stärker als jede Scham, also war ich nicht diskret, als er fragte, ob er meine Beine sehen könne. Ich ließ einfach die Hose fallen und entblößte die volle Länge meiner Beine für ihn. Mein Shirt bedeckte den Großteil meines Höschens, also war es mir egal. Ich musste herausfinden, wie Peter mich wieder in die übernatürliche Welt katapultiert hatte.

„Ich weiß nicht, was passiert ist", sagte ich und zog meine Hose hoch, nachdem er fertig war.

„Wie konnte er ein temporalibus mit dir machen? Er hätte einen Körperleiter gebrauchen müssen."

„Körperleiter?"

„Blut, Haare, ein intimes Kleidungsstück."

Plötzlich schwankte ich und trat zurück, bis ich das harte, kühle Glas der Zelle in meinem Rücken spürte. Den hatte er. Als er mich während des Wine-Down mit seinem Armband gekratzt und mir ein paar Haare ausgerissen hatte. Was ich für einen Unfall gehalten hatte, war ein sorgfältig geplanter Schachzug gewesen.

„Den hatte er", gab ich zu und erzählte ihnen, wie es dazu gekommen war, dass er sowohl einen Tropfen Blut als auch meine Haare hatte.

„Es gibt keinen Grund, ihn am Leben zu lassen", stellte Dominic wütend fest. „Keine Information, die ich von ihm bekommen kann, ist es wert. Er ist zu gefährlich."

Helena hatte ihren prüfenden Blick nicht von mir genommen. Ich hatte das deutliche Gefühl, dass sie mich als Mitverschwörerin betrachtete, nicht als unwissendes Opfer.

„Luna, ich denke, du solltest ein paar Tage hierbleiben. Melde dich krank oder was auch immer du tun musst. Ich möchte nicht, dass du noch einmal in Gefahr gerätst und dir irgendetwas zustößt", schlug Dominic vor.

Noch mehr Gefahr. Peter hatte einen Weg gefunden, seinen Platz in den Perils mit mir zu tauschen – was sollte mir sonst noch zustoßen? Wenn er das mit solcher Leichtigkeit geschafft hatte, lauerte da draußen noch mehr Gefahr.

„Lass uns ein paar deiner Sachen holen und hierher zurückkommen, okay?" Ich brachte kein Wort heraus; die Situation hatte meine Kommunikation auf ein Nicken beschränkt. Als er seine Hand ausstreckte, nahm ich sie und fand Trost in ihrer Wärme.

Dominics Reisen aus der Unterwelt passierten immer mit solcher Leichtigkeit. Wenn es Anstrengung erforderte, zeigte sie sich nie in seinem Gesicht. Diesmal sah ich eine langsame Abfolge von Verwirrung, Sorge und dann Wut. Er konnte die Unterwelt nicht verlassen. Dominic sah Anand an.

Anand versuchte es. Seine Irritation machte Angst Platz. Sein Atem beschleunigte sich, und es schien, als würde er eine Panikattacke bekommen. Dann sahen sie mich an. Helena konnte es nicht versuchen. Sie trug immer noch ihre magischen Einschränkungen und hatte nicht die Fähigkeit, aus der Unterwelt zu reisen.

Helenas Blick wanderte zu mir, glitt entlang der Zellen im Kerker und zu ihrem Bruder. Sie dachte nach. „Jedes Mal, wenn du einem Tenebras Obducit begegnet bist, bist du erschöpft und oft verletzt zurückgekehrt, diesmal jedoch nicht“, stellte sie fest, spekulativ. „Diesmal war es anders.“

Dominic runzelte die Stirn. „Er war abgelenkt und mitten in einem Zauber.“

„Ohne ein Schutzfeld zu errichten, einen Auslöser für Eindringlinge oder ein magisches Minenfeld? Ein Praktiker seines Status wäre nicht so nachlässig. Du hast selbst gesagt, dass seine Gefangennahme leichter war, als erwartet“, sagte sie.

Dominic biss sich auf die Lippen. Vermutlich dachte er entweder über die Beobachtung seiner Schwester nach oder ging in Gedanken Peters Gefangennahme durch, doch dann sagte er: „Er ist arrogant. Das hat ihn übermütig und nachlässig gemacht.“

Helena schüttelte den Kopf. „Das glaube ich nicht. Du bist arrogant und oft übermütig, aber nie nachlässig. Ich vermute, dasselbe gilt für ihn. Ich glaube, du hast deinen Meister gefunden, Bruderherz. Ich denke, es ging nie um die Gefangenen“, sagte Helena nachdenklich, ihr harter Blick war auf mich gerichtet. „Es ging um sie. Er hat deinen Menschen benutzt, um die Gefangenen freizulassen. Jetzt hat er sie benutzt, um zu entkommen und uns hier einzusperren. Die dringendste Frage ist warum. Warum Luna?“

Gute Frage, denn jetzt waren wir die Gefangenen in der Unterwelt.

NACHRICHT AN MEINE LESER UND LESERINNEN

Vielen Dank, dass Sie sich unter den vielen Titeln, die Ihnen zur Auswahl stehen, für *Ein Hauch von Schwefel* entschieden haben. Mein Ziel ist es, eine fesselnde Welt, faszinierende Charaktere und ein interessantes Erlebnis für Sie zu erschaffen. Ich hoffe, dass mir das gelungen ist. Rezensionen sind für Autoren sehr wichtig und helfen anderen Lesern, unsere Bücher zu finden. Bitte nehmen Sie sich einen Moment Zeit, um eine Bewertung zu schreiben. Ich würde gern erfahren, was Sie über dieses Buch denken.

Unabhängig davon, ob Sie ein paar Sätze oder mehrere Absätze schreiben, schätze ich Ihre Rezension aufrichtig.

Um Benachrichtigungen über neue Cover, Werbeaktionen, Updates und Neuerscheinungen zu erhalten, melden Sie sich bitte für meine mckenziehunter.com/Mailingliste.de.